HAROLD PINTER

THE COMPLETE WORKS OF HAROLD PINTER I

ハロルド・ピンター全集 I

喜志哲雄｜小田島雄志｜沼澤洽治　訳

新潮社

《目次》

部屋……喜志哲雄訳 5
バースデイ・パーティ……沼澤洽治訳 31
パーティの光景……喜志哲雄訳 99
料理昇降機……喜志哲雄訳 101
『部屋』と『料理昇降機』のプログラムのためのノート……喜志哲雄訳 134
かすかな痛み……小田島雄志訳 137
管理人……喜志哲雄訳 169
自分のために書くこと……喜志哲雄訳 235
劇場のために書くこと……喜志哲雄訳 241
解題 251

ハロルド・ピンター全集Ⅰ

部屋

＊『部屋』の初演は一九六〇年一月二十一日に、ハムステッド・シアター・クラブで行われた。
配役は次のとおり――
バート・ハッド――ハワード・ラング
ローズ――ヴィヴィアン・マーチャント
キッド氏――ヘンリー・ウルフ
サンズ氏――ジョン・リース
サンズ夫人――オーリオール・スミス
ライリー――トマス・バプティスト
（演出　ハロルド・ピンター）

＊『部屋』は続いて一九六〇年三月八日に、ロイアル・コート劇場で上演された。
配役の変更は次のとおり――
バート・ハッド――マイケル・ブレナン
キッド氏――ジョン・ケイター
サンズ氏――マイケル・ケイン
サンズ夫人――アン・ビショップ
（演出　アントニー・ペイジ）

〔登場人物〕

バート・ハッド　五十歳の男

ローズ　六十歳の女

キッド氏　老人

サンズ氏
サンズ夫人　若い夫婦

ライリー

〔場面〕

大きな家の一室。下手手前にドア。上手手前にガスストーヴ。上手奥にガスこんろと流し。中央奥に窓。中央にテーブル一つと椅子数脚。中央上手寄りに、ゆり椅子一つ。下手奥の壁のくぼみの小部屋から、ダブルベッドの脚が一本出ている。

（バートが帽子をかぶって、テーブルに向かって坐っている。前に雑誌が一冊立ててある。ローズはこんろのところにいる）

ローズ　ほら。これで寒くても平気よ。

（彼女はベーコンと卵を皿にのせ、ガスをとめ、皿をテーブルのところへもって来る）

きっと外はとても寒いわ。大変よ。

（彼女はガスこんろのところに戻って、やかんの湯をポットに注ぎ、ガスをとめて、ポットをテーブルまでもって来る。塩とソースを皿の料理にかける。パンを二切れ切る。バートが食べ始める）

それでいいの。食べてね、それを。精をつけとかなきゃね。ここにいても寒さが分るわ。でも、この部屋は暖かい。地下室よりはましよ、とにかく。

（彼女はパンにバターを塗る）

あんなところで、どうやったら暮らせるのかしら。ろくなことにならないのに。そう。すっかり食べてね。きっと身体にいいわ。

（彼女は流しのところへ行き、茶碗と受皿を拭いて、テーブルまでもって来る）

出かけるんだったら、お腹の中に何か入れとかなきゃね。だって、出かけてみれば、わかるわ。

（彼女は茶碗に牛乳を注ぐ）

ついさっきも窓から外の様子を見たのよ。それはもう大変。人っ子ひとりいないの。聞える、風の音が？

（彼女はゆり椅子に腰をおろす）

どんな人か、私、一度も見たことがないの。誰かしら？　誰かしらね、下に住んでるのは？　訊ねてみなきゃ。だって、知ってたっていいでしょ、バート。でも、誰だか知らないけど、あまりいい具合じゃないでしょうね。

（間）

この前に私が行ってみたあとで、借手が変ったようね。この前って、移って来た人を見たわけじゃないのよ。ほら、初めて借手がついた時のことよ。

（間）

とにかく、あの人たちはもういないみたい。

（間）

でも誰か他の人が住んでるようね、今は。いやね、あんな地下室に住むなんて。壁を見たことある、あんた？　水がしみこんでるのよ。私はここがいいわ。ね、バート。もっとパンを食べて。

（彼女はテーブルのところへ行き、パンを一切れ切る）

帰って来たら、ココアをいれるわ。

（彼女は窓のところへ行き、カーテンを閉める）

ええ、私はこの部屋がいい。だって、ありがたみがわかるでしょ。寒い時やなんかね。

（彼女はテーブルのところへ行く）

ベーコンはどう？　おいしかった？　そりゃあ、上等のだけどね、この前のほど上等じゃないの。お天気のせいよ。

（彼女はゆり椅子のところへ行って腰をおろす）

とにかく、ずっと出かけてないの。あまり具合がよくないのよ。どうも、出かける気にならなかった。でもね、今日はずっといいわ。だけど、あんたにはどうかしら。出かけたりしていいのかしら。だってよくないでしょ、やっと起きられるようになったばかりで。でもね。いいのよ、バート。行ってらっしゃい。ちょっとだものね。

（彼女はゆり椅子をゆする）

ほんと、この階でよかったわね。ほんとよ。あら、お茶をいれたままだった。いれっぱなしだったわ。

（彼女はテーブルのところへ行き、茶を茶碗に注ぐ）

大丈夫、これでいい。薄いお茶よ。ちょうどいい、薄いお茶。ほら。これを飲んで。私はあとにするわ。どうせ、私はもう少し濃いのがいいもの。

（彼女は皿を流しまでもって行って、そこに置いておく）

壁があんなじゃ、あんただっておしまいよ。一体誰があそこに住んでるのかしら、今は。誰だか知らないけど、よく住む気になるわね。きっと外人じゃないかしらね。

（彼女はゆり椅子のところへ行って、腰をおろす）

私なら、あんたをあんな目にはあわせなかっただろうけど。

（間）

どうせ、あそこじゃ二人も住めないわ。確か、初めは一部屋あいていた、あの人が出て行く前は。多分、今は二部屋あるんでしょう。

（彼女はゆり椅子をゆする）

掛値なしに言ってね、バート、私ここで満足してるの。ひっそりと、落着いていられるでしょう。上でよかったわ。それに上すぎるわけでもないしね、外から入って来る時に。その上、ひとにわずらわされることもない。誰にもわずらわされないわ。

（間）

あんた、どうして出かけなきゃいけないの。明日じゃ、駄目？　あとで火をつけるわ。あんた、火のそばに坐ってればいい。火のそばがいいでしょ、夜は。それに、もうすぐ暗くなるわ、あっという間に。

（彼女はゆり椅子をゆする）

もう暗くなってる。

（彼女は立ち上がって、テーブルのところで茶を注ぐ）

沢山いれたの。もっと飲んで。

（彼女はテーブルに向かって坐る）

外の様子を見た、今日？　道が凍ってるのよ。そりゃ、あんたは運転が上手だわ。何もあんたの運転がまずいというんじゃないのよ。今朝もキッドさんに、あんたが今日は仕事に出かけるって言ったの。このところあんたはあまり具合がよくないけど、でもうちの人の運転は確かですって、そう言ったの。いつだって、どこだって、かまいはしないわ、バート。あんたの運転なら安心よ。そう言ってやったの。

（彼女はカーディガンを身体に巻きつける）

でも今日は寒いわ。ほんとに寒い、こごえそう。帰って来たら、ココアをいれるわね。

（彼女は立ち上がり、窓のところへ行き、外を見る）

静かだわ。ほんとに暗くなった。誰もいない。

（彼女は外を見ながら立っている）

おや。

（間）

誰かしら。

（間）

違った。誰かいるようだったけど。

（間）

違う。

（彼女はカーテンから手を離す）

でもね。ちょっとましみたいよ。風がおさまってきたの。あんた、厚いセーターを着たほうがいいわ。

（彼女はゆり椅子に戻り、腰をおろし、椅子をゆする）

いい部屋だわ、ここは。こういうところにいると、いいことがあるのよ。私、よくあんたの面倒を見てるでしょ、バート。地下室に入りませんかって言われた時だって、すぐに断わったものね。地下室はよくないって、わかってたの。頭のすぐ上に天井があってね。でもここには窓があるし、ゆっくり動きまわれるし、夜帰って来ても、そう、出かけなきゃいけない時でも、仕事をして、帰って来れば、すっかり落着くでしょう。私がこうしてるし。大丈夫よ、ここなら。

（間）

今は誰が借りてるのかしら。一度も会ったことがないし、声を聞いたこともない。でも、誰かが下にいるようなの。誰だっていいわ、このまま借りてればいいのよ。さっきのベーコン、おいしそうだったわね、バート。私、あとでお茶を飲もう。私のはもう少し濃いほうがいいの。あんたは薄いのが好きね。

（ドアをノックする音。彼女は立ち上がる）

どなた？

（間）

どなたですか！

（ノックが繰り返される）

どうぞ。

（ノックが繰り返される）

どなたですか？

（間。ドアが開き、キッド氏が入って来る）

キッド氏　ノックしたんだけど。

ローズ　聞えてましたよ。

キッド氏　え？

ローズ　聞えてましたよ、私たち二人とも。

キッド氏　今晩は、ハッドさん、どうですか具合は、もういいんですか？　私、外のパイプを調べて来たんですよ。

ローズ　パイプ、大丈夫ですか。

キッド氏　え？

ローズ　おかけになって、キッドさん。

キッド氏　いや、おかまいなく。私はその、ちょっと顔を出して、様子を見ておこうと思ったもんでね。どうです、ここは具合がいいでしょう。

ローズ　ええ、それはもう。

キッド氏　今日はお出かけですか、ハッドさん。私は出てみましたがね。すぐ逆戻りですよ。ほんの角まで行っただけで。

ローズ　今日はあまり人が出てないでしょ。

キッド氏　だからね、私、思ったんですよ、パイプを調べといたほうがいいぞって。こんな天気ですからね。でもただ角まで行って、肝腎なところを少々調べただけですよ。どうも雪になりそうですな。きっと雪ですよ、この分じゃ。

ローズ　ほんとにどうぞおかけになったら。

キッド氏　いやいや、よろしいんですよ。

ローズ　でもお気の毒ですわ、こんな天気の時に外へ出なきゃいけないなんて。手伝ってくれる人はいませんの？

キッド氏　え？

ローズ　確か手伝いの女の人がいらしたんでは？

キッド氏　女は一人もいませんよ。

ローズ　一人いらしたんじゃなかったかしら、私たちが越して来た時は。

キッド氏　ここは女気なしです。

ローズ　きっと他の人とごっちゃにしてたんですわ、私。

キッド氏　近所には女は沢山いますがね。ここにはいないんですよ。そう、一人も。ええと、あれは以前からここにありましたかね？

ローズ　何が？

キッド氏　あれです。

ローズ　さあ。どうかしら。

キッド氏　私はどうも見覚えがあるんですよ。

ローズ　ただの古いゆり椅子ですけど。

キッド氏　あんた方が越して来た時からありましたか。

ローズ　いいえ、私がもって来たんです。

キッド氏　いや、確かに見たことがある。
ローズ　そうかもしれません。
キッド氏　え？
ローズ　そうかもしれませんって、言ったんですよ。
キッド氏　そうですよ、確かに見たことがある。
ローズ　どうぞおかけになって、キッドさん。
キッド氏　でも絶対に間違いないとは言えないな。

（バートがあくびをして背伸びをし、雑誌を見続ける）

せっかくだが、腰をおろすのはよしますよ、ハッドさんがお茶のあとでお休みのところですからね。私ももう行って用事をしなきゃ。するとお出かけなんですね、ハッドさん。ついさっきも、あんたのトラックを見てたんですがね。なかなかいいトラックですな、あれは。冷えないように、ちゃんとシートをかぶせてらっしゃる。無理もありませんよ。そうそう、お出かけになるのが聞えました、いつだったかな、この間の朝だ、そう。スタートが静かですな。ギヤの調子のいいのが、わかりますよ。
ローズ　おや、あなたの寝室は裏のほうじゃなかったかしら？
キッド氏　私の寝室が？
ローズ　裏のほうじゃありません？　いえ、ただそう思っただけですけど。
キッド氏　私は寝室にはいなかったんです。
ローズ　ああ、それなら。
キッド氏　起きてぶらぶらしてたんです。
ローズ　私は早起きはしないんですよ、こういう天気の時には。たっぷり時間をかけることにしてますの。

（間）

キッド氏　この部屋は私の寝室でした。
ローズ　この部屋が？　いつごろ？
キッド氏　私がここに住んでたころです。
ローズ　知らなかったわ。
キッド氏　ちょっと腰をおろしてゆこうかな。（肱掛椅子に腰をおろす）
ローズ　ほんと、ちっとも知らなかったわ。
キッド氏　この椅子は、あんたが来られた時からありましたか。
ローズ　ええ。
キッド氏　こいつは覚えていないな。

（間）

ローズ　すると、それはいつのこと？
キッド氏　え？
ローズ　いつのこと、この部屋があなたの寝室だったって？

キッド氏　ずいぶん以前ですよ。

（間）

ローズ　バートに言ってましたの、この人の運転はうまいって話をあなたにしてたんだって。

キッド氏　ハッドさんですか。そりゃ、ハッドさんの運転は確かですよ。調子よく走ってられるところを見たことがあります。ええ、ええ。

ローズ　ねえキッドさん、これはとてもいい部屋ですわね。ほんとに住み心地がよくて。

キッド氏　家中でいちばんいい部屋です。

ローズ　下だと少しじめじめするでしょうね。

キッド氏　上ほどひどくはありません。

ローズ　下はどうなんです？

キッド氏　え？

ローズ　下はどうなんです？

キッド氏　下がどうだって？

ローズ　少しじめじめするでしょ。

キッド氏　少しね。でも上よりはましですよ。

ローズ　どうして？

キッド氏　上は雨が入って来るんで。

（間）

ローズ　上には住んでる人がいるんですか。

キッド氏　上ですか。もとはいました。今はいません。

ローズ　この家には何階あるんですか。

キッド氏　何階か。（笑う）そう、昔はずいぶん何階もありましたな。

ローズ　今は何階？

キッド氏　それが、実をいうと、近頃は数えたことがないんで。

ローズ　まあ。

キッド氏　ええ、近頃はね。

ローズ　きっと大変なんでしょう。

キッド氏　いや、昔は数えたんですよ。面白かったもんでね。昔は家中のもの一つ一つにちゃんと目をくばってました。目をくばるものが沢山あったんです、その頃は。それに、私のほうでも元気があったし。まだ妹が生きてた時分ですよ。でも妹が死んでから、少しぼけてしまいましてね。もう大分になりますよ、妹が死んでから。その頃はいい家でした。妹ってのは、よくできた女でね。そう。それに見た目もなかなかでね。母親に似たんですな。ええ、母親似だったような気がしますよ、思い出してみると。母はユダヤ人だったと思います。ええ、ユダヤ人だったとしても、不思議はありません。子供はあまりいませんでした。

ローズ　妹さんのほうはどう？
キッド氏　どうって？
ローズ　お子さんはありました？
キッド氏　そう、妹は確かにおふくろに似てたと思いますよ。もちろん背は妹のほうが高かったけど。
ローズ　じゃ、いつ亡くなられたんです、妹さんは？
キッド氏　そうだ、確か、妹が死んでから数えるのをやめたんだ。妹はものをとてもきちんと片づける女でね。私も手伝ってやりましたよ。とてもありがたがってましたね、死ぬ間際まで。いつも言ってました、ほんとにありがたい、私に、その、何かと世話をしてもらうのがって。それから死んでしまいました。年は私が上です。そう、私のほうが。綺麗でしたよ、妹の部屋は。綺麗な部屋でした。
ローズ　何でお亡くなりになったの？
キッド氏　誰が？
ローズ　妹さん。

（間）

キッド氏　私は赤字の暮しなどしておりません。

（間）

ローズ　今はあいてる部屋はないんですか、キッドさん。
キッド氏　満室です。
ローズ　いろんな人がいるんでしょうね。
キッド氏　そりゃもう、私は赤字の暮しはしないんで。
ローズ　うちもそうよね、バート、ねえ。

（間）

それじゃ今はあなたの寝室はどこにあるんですか。
キッド氏　私のですか？　それはその時次第で。（立ち上がりながら）じゃもうすぐお出かけですな、ハッドさん。気をつけて行ってらっしゃい。道は大変でしょう。でも、トラックの扱いなら心得てらっしゃる、ねえ。どこまで行くんですか。遠方ですか。時間がかかりますか。
ローズ　すぐ帰って来ますわ。
キッド氏　そう、そりゃそうだ。すぐに決ってる。
ローズ　ええ。
キッド氏　さあ、それでは失礼します。行ってらっしゃい、ハッドさん。どうかお気をつけて。もうすぐ暗くなりますしね。でもまだしばらくは大丈夫だ。それではまた。

（彼は出て行く）

ローズ　あの人に妹なんていたはずないんだけど。

（彼女は皿と茶碗を流しへもって行く。バートは椅子をうしろへずらして立ち上がる）

さあそれじゃ。ちょっと待って。あんたのセーターはどこ？

（彼女はベッドからメリヤスのセーターをもって来る）

そら。上着をぬいで。これを着るのよ。

（彼女は彼を手伝ってセーターを着させる）

これでよし。マフラーはどこ？

（彼女はベッドからマフラーをもって来る）

そら。これを巻いて。そう。あまり早く走らないでね、バート。帰って来たらココアをいれるわ。すぐよね。ちょっと待って。オーヴァーはどこ？　オーヴァーを着たほうがいいわ。

（彼はマフラーを巻きつけ、ドアのところへ行って退場する。彼女はドアを見つめて立っている。それからゆっくりとテーブルの方を向き、雑誌を取り上げ、それを置く。立ったまま耳をすまし、ガスストーヴのところへ行き、身をかがめて点火し、両手をあたためる。身を起こして部屋中を見まわす。窓を見て耳をすまし、速足で窓のところへ行き、立ちどまってカーテンをまっすぐに直す。部屋の中央へ来て、ドアの方を見る。ベッドのところへ行き、ショールを身につけ、流しのところへ行き、流しの下からごみ入れを取り上げ、ドアまで行ってそれを開く）

あら！

（サンズ夫妻が踊り場のところにいるのが見える）

サンズ夫人　すみません。こうして突っ立ってる気はなかったんです。あんたをびっくりさせるなんて、そんな。ちょうど、階段を上がって来たとこだったの。

ローズ　いいんですよ。

サンズ夫人　こちら主人、サンズっていいます。私、家内です。

ローズ　はじめまして。

（サンズ氏は挨拶の言葉をぶつぶつ言う）

サンズ夫人　私たち、階段を上がって行くところだったの。でもここじゃ暗くて何も見えないでしょう。そうよね、トディ。

サンズ氏　そうとも。

ローズ　何を探してらしたの。

サンズ夫人　この家を切り回してる人？

サンズ氏　家主ですよ。家主をつかまえようとしてたんです。

サンズ夫人　何て名の人だったかしら、トディ？

ローズ　名前ならキッドさんです。

サンズ夫人　キッド？　そうだった、トディ？

サンズ氏　キッド？　いや違うよ。

ローズ　キッドさんよ。間違いありません。

サンズ氏　ふん、そいつは私たちが探してる人じゃありません
よ。

ローズ　そうね、誰か他の人を探してらっしゃるのね。

（間）

サンズ氏　そうらしいですな。

ローズ　あなた方、寒そうね。

サンズ夫人　外は大変なの。外へ出てみた？

ローズ　いいえ。

サンズ夫人　私たちここへ入って来たばかりだもんで。

ローズ　じゃよかったら、うちへ入って暖まっていったら。

（二人は部屋の中へ入って来て中央までやって来る）

（椅子をテーブルからストーヴのところへもっていって）さ、どうぞ。暖まりますよ。

サンズ夫人　すみません。（腰をおろす）

ローズ　火のそばへいらっしゃい、サンズさん。

サンズ氏　いや、いいんですよ。足をのばさせてもらうだけにします。

サンズ夫人　なぜ？　あなた、ずっと立ちっぱなしよ。

サンズ氏　それがどうした？

サンズ夫人　だって、どうしてかけないの？

サンズ氏　なぜかけなきゃいけない？

サンズ夫人　寒いでしょ。

サンズ氏　寒くない。

サンズ夫人　寒いはずよ。椅子をもってきてかけなさいよ。

サンズ氏　立ったままでいいんだよ。

サンズ夫人　立ってたんじゃどっちつかずだわ。

サンズ氏　これでいいったら、クラリッサ。

ローズ　クラリッサ？　可愛いお名前。

サンズ夫人　ええ、いい名でしょう？　両親がつけてくれましたの。

（間）

ねえ、こういう部屋だと、腰をおろして落着けるわ。

サンズ氏　（部屋を見て）大きさは手頃だな。

サンズ夫人　あの、おかけになって下さいな、その、お名前を知らないんで——

ローズ　ハッドです。いいんですよ。

サンズ氏　何ですって？

ローズ　え？
サンズ氏　お名前は何だとおっしゃった？
ローズ　ハッドです。
サンズ氏　それそれ。するとあんたが、さっき言ってた人の奥さんなんですか？
サンズ夫人　そうじゃないのよ。さっき言ってたのはキッドさんよ。
サンズ氏　そうだったかな。ハッドだと思ってた。
サンズ夫人　いいえ、キッドよ。そうですね、ハッドさん。
ローズ　そうですよ。その人が家主。
サンズ夫人　いいえ、家主じゃないわ。別の人よ。
ローズ　でも、それがその人の名よ。その人が家主です。
サンズ氏　誰が？
ローズ　キッドさん。

（間）

サンズ氏　そうかね。
サンズ夫人　きっと家主が二人いるのよ。

（間）

サンズ氏　そいつはお手挙げだ。
サンズ夫人　何だって？
サンズ氏　そいつはお手挙げだって言ったのさ。

（間）

ローズ　外はどんな具合？
サンズ夫人　外はとても暗いわ。
サンズ氏　中だって暗い。
サンズ夫人　それはこの人の言うとおりね。
サンズ氏　中のほうが外より暗いよ、言わせて貰えば。
サンズ夫人　この家にはあまりあかりがついていませんのね、ハッドさん。ねえ、ここへ入って来て初めて見た光が、これなんですよ。
サンズ氏　初めて見た光るもの、ね。
サンズ夫人　そういえば、星が見えたわ。
ローズ　私、夜は外に出ませんの。家にいるんです。
サンズ氏　何が見えた？
サンズ夫人　だって、見えたような気がするのよ。
サンズ氏　何が見えたような気がするって？
サンズ夫人　星よ。
サンズ氏　どこに？
サンズ夫人　空に。
サンズ氏　いつ？
サンズ夫人　ここへ来る途中。
サンズ氏　出たらめいうな。
サンズ夫人　それどういうこと？

サンズ氏　星なんて見えちゃいない。
サンズ夫人　なぜ？
サンズ氏　おれがそう言うからさ。いいか、星なんて見えちゃいない、分ったな。

（間）

ローズ　外があまり暗くなけりゃいいんですがね。あまり寒くないといいんですがね。主人がトラックに乗ってるんですよ。それがゆっくり運転するほうじゃないの。いつもよ。
サンズ氏　（げらげら笑いながら）じゃ、今夜あたりは無事にすむかどうかわからないってわけだ。
ローズ　え？
サンズ氏　いやなに——今夜あたりの運転には腕がよくなけりゃ。
ローズ　主人なら腕は確かですよ。

（間）

この家へいらしてからどれくらいになるんですか。
サンズ夫人　さあ。どれくらいになるかしら、トディ。
サンズ氏　半時間ほどだ。
サンズ夫人　もっとよ、もっとずっとよ。
サンズ氏　三十五分ほどだ。
ローズ　それなら、キッドさんがまだそこいらにいるはずですよ。ついさっきお茶をいれに行ったんですから。
サンズ氏　その人、この家に住んでるんですな？
ローズ　もちろんこの家に住んでますよ。
サンズ氏　で、その人が家主なんだって？
ローズ　もちろんですよ。
サンズ氏　じゃ、私がその人をつかまえたいと思ったら、どこへ行ったらいいでしょう？
ローズ　さあ——よくわかりませんけど。
サンズ氏　その人、ここに住んでるんですな？
ローズ　ええ、でも私には——
サンズ氏　あんたには、その人がどこで寝泊りしてるのかわからない、そうですな？
ローズ　ええ、まあ。
サンズ氏　でも、その男はここに住んでる、そうなんでしょう？

（間）

サンズ夫人　この家はとても広いのよ、トディ。
サンズ氏　そう、それはわかってる。でもハッドさんはキッド氏をよくご存じのようだ。
ローズ　いいえ、それほどじゃありませんよ。ほんとは、まるで知らないんです。私たち、ひっそり暮らしてるもんで。近所づきあいなんてしないの。ひとのことに口を出さないの。だって、余計なことでしょ。私たち、住む部屋ならある。他人のことはかまわない。それでいいと思うんですよ。

サンズ夫人　いい家のようですね、これは。部屋が多くて。

ローズ　さあ、家はどうですかね。この部屋はいいんですがね、家にはいけないところが随分あるんじゃないかしら。（ゆり椅子に坐る）随分、じめじめしてると思うんですよ。

サンズ夫人　ええ、少しじめじめしてましたわ、さっき地下室へ行ってみたら。

ローズ　地下室へ行ったんですか。

サンズ夫人　ええ、家の中へ入って、まず行ってみたの。

ローズ　なぜ？

サンズ夫人　家主を探してたもんで。

ローズ　地下室、どんな様子でした？

サンズ氏　何も見えませんでしたよ。

ローズ　なぜ？

サンズ氏　あかりがなかったんです。

ローズ　でも様子は——確か湿ってたとおっしゃったわね。

サンズ夫人　そんな感じでしたの、そうね、トッド。

サンズ氏　どうしたんです。下へ行ったことがないんですか、ハッドさん。

ローズ　いえ、ありますよ、一度だけ、ずっと以前に。

サンズ氏　じゃ、地下室の様子はご存じでしょう。

ローズ　ずっと昔だもんで。

サンズ氏　それほど昔からここに住んでるわけじゃないでしょう。

ローズ　私はただ、今地下室に住んでる人がいるのかどうか、知りたかったんですよ。

サンズ夫人　いますよ。男の人です。

ローズ　男？

サンズ夫人　ええ。

ローズ　男の人が一人で？

サンズ氏　そう、野郎が一人いたね。

（彼はテーブルに尻をのせる）

サンズ夫人　あら、腰かけた！

サンズ氏　（飛び上がって）誰が？

サンズ夫人　あんたが。

サンズ氏　馬鹿なこと言うな。尻をのせただけだ。

サンズ夫人　確かに腰かけたわ。

サンズ氏　腰かけたわけがない、だっておれは腰かけてなどいないんだから。ケツをのせたんだ！

サンズ夫人　人が腰かけてるの、私に見分けられないっていうの？

サンズ氏　見分ける！　お前はいつもそれだ。見分けるか。

サンズ夫人　あんたも少しはそういうことをしたらどう、変なことばかりたくらんでないで。

サンズ氏　変なこと！　お前だって、一々いやがってるわけでもないくせに。

サンズ夫人　あんたは叔父さんに似たのよ、そうなのよ！

サンズ氏　じゃ、お前は誰に似た？

サンズ夫人　（立ち上がって）あんたを生んだのは私じゃありませんからね。

サンズ氏　何だって？

サンズ夫人　あんたを生んだのは私じゃないって言ったの。

サンズ氏　ほう、じゃ誰だい？　聞かせてほしいね。誰だい？　誰がおれを生んだっていうんだ？

（彼女はぶつぶつ言いながら腰をおろす。彼はぶつぶつ言いながら立っている）

ローズ　あの、下に男の人がいたんですって、地下室に？

サンズ夫人　ええ、ハッドさん、つまりですね、ハッドさん、私たち、ここに貸間があるって聞いたもんで、見に来ようと思いましたの。だって私たち、部屋を探してるもんですから、どこか静かなところはないかって、それで、このあたりは静かだって知ってたし、この家の前は二、三か月前に通って、とてもよさそうだって思ったんですけど、来るのは夜にしようと思いました、家主にうまく会えるようにって、それで今夜やって来ました。で、ここに着いて表のドアから入ったら、玄関は真っ暗で誰もいなかったんです。それで私たち地下室へおりて行きました。実は、地下室まで行けたのは、トディがとても目がいいからなんです、ほんとに。ここだけの話だけど、私、あまり気に入らなかったの、部屋の見た目が、いや部屋の感じが、だってあまりよく見えなかったんですもの、何だかじめじめしたにおいがしたわ。とにかく、私たち何だか仕切りみたいなものを通り抜けたら、また仕切りがあって、どこへ行くんだかまるでわからないの、だって、だんだん暗くなるみたいなのよ、行けば行くほど、進めば進むほど、これはきっと家を間違えたんだって思ったんですよ。それで、私、立ち止まりました。するとトディも立ち止まりました。するとこの声が、この声が聞こえてきて――言ったんです――実は私はちょっとこわかったけど、トッドはどうだか知りません、とにかく誰かが言ったんです、何かご用ですかって。それでトッドが、家主を探してるんですって言ったら、この男の人は、家主は上にいるって言いました。それからトッドが、空室がありますかって訊ねました。するとこの男は、というよりこの声は、きっと仕切りの向こうにいたんだと思いますけど、ええ空室がありますよって言いました。とても丁寧な感じだったけど、顔は見えなかったの、どうしてあかりをつけないのかしら。とにかくそれで、私たちそこを出て、階段を登って、いちばん上の階まで行きました。いちばん上かどうかわかりませんけど。階段の端にドアがあって鍵がかかってたから、まだ上の階があったのかもしれません、でも誰もいないし、真っ暗だから、私たちおりて来たんです、ちょうどその時に、お宅のドアがあいたんですよ。

ローズ　上がって行くところだったんでしょう？

サンズ夫人　え？

ローズ　上がって行くところだっておっしゃったわ、さっきは。

サンズ夫人　いいえ、おりて来たところだったの。

ローズ　さっきの話とは違うわ。

サンズ夫人　上へはもう行ってました。

サンズ氏　上へは行ってました。おりて来るところだったんですよ。

（間）

ローズ　その人、どんなふうでした、年とってました？

サンズ夫人　顔は見なかったのよ。

ローズ　年とってました？

（間）

サンズ氏　さあ、それじゃその家主に会ってみることにしますよ、そこいらにいるなら。

ローズ　この家には空室なんてありませんよ。

サンズ氏　どうして？

ローズ　キッドさんがそう言いました。自分の口から。

サンズ氏　キッドさんが？

ローズ　満室だって言ってました。

サンズ氏　地下室の男は一つあいてるって言ったがな。一部屋だけ。七号室だそうです。

（間）

ローズ　それはこの部屋です。

サンズ氏　それじゃ家主を探してみますよ。

サンズ夫人　（立ち上がって）どうもすみません、暖まったわ。気分がよくなりました。

ローズ　この部屋はふさがってます。

サンズ氏　行こう。

サンズ夫人　失礼します、ハッドさん。ご主人が早く帰ってらっしゃるとよろしいのにね。ここに一人でいるんじゃ、おさびしいでしょう。

サンズ氏　行こう。

（二人は出て行く。ローズはドアが閉るのを見つめ、そちらの方へ行きかけて立ち止まる。彼女は椅子をテーブルのところへ戻し、雑誌を取り上げ、それを眺め、またテーブルに置く。ゆり椅子のところへ行き、腰かけ、それをゆすり、止めて、じっと腰かけている。ドアに鋭いノックの音がして、ドアは開く。キッド氏、登場）

キッド氏　返事がなかったけど入って来ました。

ローズ　（立ち上がって）キッドさん！　あなたに会おうと思ってたんです。お話したいことがあって。

キッド氏　ねえ、ハッドさん、話したいことがあってね。わざわざやって来たんだ。

ローズ　ついさっき、人が二人ここへ来たんです。この部屋がもうすぐあくはずだって言うんですよ。何の話でしょう、一体？

キッド氏　トラックが出て行くのを聞いて、すぐにここへ来ることにしました。私はもう参ってるんだ。

ローズ　どうしたっていうのかしら。お会いになった、あの人たちに？　この部屋があくだなんて、馬鹿な。ちゃんとふさがってますよ。あの人たち、あなたのところへ行きました？

キッド氏　私のところへ来るって、誰が？

ローズ　言ったでしょ。人が二人ですよ。家主を探してるって言ってました。

キッド氏　いいですか。トラックが出て行くのを聞いて、すぐにここへ来ることにしたんだ。

ローズ　ねえ、一体何でしょう、あの人たち？

キッド氏　だからさっきも来たんです。ところがご主人がまだおられた。この週末ずっと、ご主人のお出かけを待ってたんですよ。

ローズ　キッドさん、あれは何のこと、あの二人がこの部屋のことでしてた話は？

キッド氏　どの部屋ですって？

ローズ　この部屋はあいてるんですか？

キッド氏　あいてる？

ローズ　あの人たち、家主を探してたわ。

キッド氏　誰が？

ローズ　ねえキッドさん、家主はあなたなんでしょ、え？　他に家主なんていませんね？

キッド氏　何だって？　それがどうしたっていうんですか。何の話だかわからないね。私から話がある、それだけのことですよ。話があるのは私だ。ひどかったよ、この週末は。何としても、あの男に会ってもらわなくちゃ。私はもう我慢できない。ぜひ会って下さいよ。

（間）

ローズ　誰に？

キッド氏　男ですよ。あんたに会うのを待ってるんだ。会いたいんだって。私にはあいつを追っぱらうことなんてできないしね。私は若くはないんだよ、奥さん、誰が見たって。はっきりしてるよ。あんたにやってもらわなくちゃ、あいつに会うのは。

ローズ　誰に会うって？

キッド氏　男さ。今は下にいる。週末ずっとあそこにいたんだ。私は、お宅のご主人が出かけたら知らせろって、頼まれてね。だからさっきも来たんですよ。でもご主人がまだおられた。それであいつにそう言いましたよ。まだお出かけじゃないって。そして、ご主人が出かけたら、自分で行って、そう、行って話をつけろって、そう言ってやりました。それはまずい、と、やつは言うんだ、会ってくれるかどうかあんたから訊ねて下さいだって。だからまた私が来たんですよ、あんたがやつに会うかどうか訊ねようと思って。

ローズ　誰なの、その人？

キッド氏　私が知るもんですか。はっきりしてるのは、ただ、あいつが一言ものを言わないってこと、まるで話などしようとしない、ただ、亭主は行ったか、それだけなんですよ。やつはチェスの相手さえしようとしない。よかろう、と私は言ったんです、この間の晩ね、待ってる間に一つチェスでもやろう、あんた、チェスはやるんだろう、って。ところがね、奥さん、やつにはこっちの言ったことが聞えたかどうかもわからないんだな。ただ横になってるだけさ。こいつはいやなもんだ。ただ横になって、じっと待ってるだけってのは。

ローズ　横になってるんですか、地下室で。

キッド氏　こっちへ来てもいいって、言いましょうか。

ローズ　でもあそこは湿気があるのに。

キッド氏　かまわないって言いましょうか。

ローズ　かまわないって何が？

キッド氏　あんたがあの男に会うのが。

ローズ　男に会う？　ねえ、キッドさん。私は知らないんですよ、その男。会うわけなんてないでしょう。

キッド氏　会わないんですか？

ローズ　私が、知らない男に会うなんて思うの？　それも、主人が留守の時に？

キッド氏　でも、先方はあんたを知ってるんですよ、奥さん、先方は。

ローズ　そんな馬鹿な、私が先方を知らないのに。

キッド氏　あんたもご存じのはずですよ。

ローズ　でも、私には知合いなんていませんわ。私たち、ここではつき合いがないでしょう。ここへはつい最近移って来たばかりですよ。

キッド氏　でもね、その男はこの土地の人間じゃありません。きっと、あんたはよそでつき合いがあったんだ。
ローズ　キッドさん、私が行く先々で男の知合いを作るような女だというんですか。ひとを何だと思ってるんです。
キッド氏　さあ、私にはわかりませんな。

（彼は腰をおろす）

この分じゃ頭が変になりそうだ。
ローズ　休まなきゃいけないんですよ。あなたのようなお年寄りは。休むのが何よりです。
キッド氏　やつのおかげで、さっぱり休めないんだ。ただじっと寝てやがる。真っ暗闇の中で。何時間も。どうして私を休ませてくれないんですよ、やつもあんたも。奥さん、少しは私の身にもなって下さい。頼むからあいつに会って下さいよ。なぜ会ってくれないんですか。
ローズ　私、その人を知りません。
キッド氏　わかるもんですか。知合いかもしれない。
ローズ　知合いじゃありません。
キッド氏　（立ち上がって）どうしても会わないんですか、どうなったって知りませんよ。
ローズ　言ったでしょ、私、その人を知らないって！
キッド氏　いいでしょう、どうせ先は見えてるんだ。今やつに会わないと、もう逃げられませんぜ、向こうからやって来ますぜ、そうとも、ご主人がおいでの時に、そう、それに決ってます。ハッドさんがおいでの時に、のこのこやって来ますぜ、そう、ご主人がおいでの時に。
ローズ　まさか、そんなこと。
キッド氏　いや、そうに決ってます。やつなら間違いなくそうする。あんたに会わずにあいつが退散すると思ってるんですか、はるばるやって来たのに、え？　そんなことするとは思ってないでしょう？
ローズ　はるばるですって？
キッド氏　やつがそんなことをするとは思ってないでしょう？

（間）

ローズ　いくら何でもそこまでは。
キッド氏　いいや。きっとやります。

（間）

ローズ　今何時ですか。
キッド氏　さあ。

（間）

ローズ　その男を連れて来て。早く。早く！

（キッド氏は出て行く。彼女はゆり椅子にかける。しばらくたって、ドアが開く。盲目の黒人が入って来る。彼は自分のうしろでドアを閉め、前へ進み、杖で探って肱掛椅子にたどり着く。彼は立ち止まる）

ライリー　ハッドさんの奥さんだね？

ローズ　あんた椅子にさわったのよ。掛けたらどう？

（彼は腰をおろす）

ライリー　すまん。

ローズ　すまながったりしないで。あんたなどに来てほしくないの。私はあんたを知らない。だから早く出て行ったほうがいいわ。

（間）

（立ち上がって）さあさあ。ものには限度があります。あまり図に乗っちゃいけないわ。どうしたいっていうの？　こうして無理矢理入って来る。ひとが夜休んでるのにおしかけて来る。大きな顔をして坐る。どうしたいっていうの？

（彼は部屋を見まわす）

何を見てるの？　あんた盲なんでしょ？　だのに何を見てるの？　考え違いしちゃいけないよ、私は小娘じゃないんだから。あんたなどに負けはしないよ。あんたみたいな連中よりは上手《うわて》を行ってるんだよ。さあ、用事を言って出て行っておくれ。

ライリー　私の名はライリー。

ローズ　何さ、あんたの名なんて——え？　それはあんたの名じゃない。違うよ、それは。私はね、一人前の女なんだよ、おわかり？　それとも、あんたは耳も聞えないの？　まさか耳まで聞えないんじゃないでしょうね。あんたの仲間は、みんなつんぼでおしで盲さ。みんな、びっこなのさ。

（間）

ライリー　これは大きな部屋だ。

ローズ　余計なお世話よ。この部屋のことがどうしてわかるのさ。何もわからないくせに。それから、長居させてあげる気はないからね。毎度のことさ。変なのがやって来て、部屋中にいやなにおいをまき散らしてゆくのは。何がしたいっていうの？

ライリー　お前さんの顔が見たい。

ローズ　それは無理じゃない、え？　あんたは盲よ。あわれな、盲の年寄りよ。そうでしょう。何も見えるわけないじゃないの。

（間）

私があんたを知ってるんだって？　ずいぶん失礼な言いぐさじゃないか。だってね、あんたなんか、ただの一度も会ったことがないんだからね。

（間）

やれやれ、うるさい連中。入れかわり立ちかわりやって来て、ここを汚して出て行くよ。施しにありついてさ。手のうちは見えてるんだ。それから、あんたが私を知ってるとかいう話だけど、どうしてそんな失礼なことを言うのさ。その上、大家さんにまでしゃべって。あの人をびっくりさせて。一体何のつもり？　私たちは、ここで落ちついて、おとなしく暮らしてるんだ、大家さんにだって気に入られてる、お気に入りの借手なんだよ、だのにあんたがやって来て、あの人をきりきり舞いさせて、私の名前を引合いに出すんだ！　どういうつもりさ、私の名前を引合いに出すなんて、それにうちの人の名前まで。どうしてわかったの、私たちの名前が？

（間）

あんた、大家さんを散々な目にあわせたね、この週末。存分に泣かせたね、え？　堅気の貸間をやってる、気の毒な弱い年寄りをさ。くたくたにさせたね。勝手におしかけて来て、あの人を踏んだり蹴ったりの目にあわせて、その上、私の名前まで引合いに出そうってのかい。

（間）

さあ。私に会いたいと言ったね。このとおり、会えたんだから、早く用事をお言い、いやなら出て行くんだね。用は何？

ライリー　あんたに言づてをもって来た。

ローズ　何をもって来た？　私に言づてなんてあるわけがないよ、ライリーさんとやら、だって私はあんたを知らないし、私がここにいることは誰も知らないし、それにどうせ私には知合いなんていないもの。あんた私が簡単にかもになると思ってるね。ふん、その手には乗らないから、あきらめたほうがいいよ。そう、きれいさっぱり。私はもううんざりなんだよ。あんたはね、気違いだ、めくらの気違いだ、さあ、もと来た道をとっととお帰り。

（間）

言づてだって？　誰の言づてなのさ？　誰の？

ライリー　あんたのお父さんが帰って来いと言ってる。

（間）

ローズ　帰って来い？
ライリー　そう。
ローズ　帰って来い？　さあさあ、もう行って。遅いから。ね、遅いから。
ライリー　帰って来いって。
ローズ　おやめ。何言ってるの。どうしたいの？　どうしたいの？
ライリー　帰っておいで、サル。

（間）

ローズ　私を何て呼んだの？
ライリー　帰っておいで、サル。
ローズ　そんな名で呼ばないで。
ライリー　さあ、行こう。
ローズ　そんな名で呼ばないで。
ライリー　すると、これがあんたなのか。
ローズ　サルはやめて。
ライリー　あんたの身体。
ローズ　私にさわらないで。
ライリー　サル。
ローズ　駄目よ。
ライリー　家へ帰って来てくれ。
ローズ　いや。
ライリー　私と一緒に。
ローズ　駄目。
ライリー　私はあんたに会いたくて待ってた。
ローズ　ええ。
ライリー　そしてとうとう会えた。
ローズ　ええ。
ライリー　サル。
ローズ　それはやめて。
ライリー　さあ。

（間）

さあ。
ローズ　私はここにいたのよ。
ライリー　ああ。
ローズ　ずうっと。
ライリー　ああ。
ローズ　昼間は厄介だから、外へは出ないの。
ライリー　ああ。
ローズ　私はずっとここにいたの。
ライリー　家へ帰ろう、サル。

（彼女は両手で彼の両眼、後頭部、そしてこめかみにふれる。バートが登場する。）

彼はドアのところで立ち止まり、それから窓のところへ行ってカーテンを引く。外は暗い。彼は部屋の中央へやって来て女を見つめる)

バート　ちゃんと帰って来たぞ。

ローズ　(彼に近づいて) ええ。

バート　ちゃんと帰って来た。

(間)

ローズ　もう遅いの?

バート　今日は調子よく行った。

(間)

とばしたのさ、ぐいぐいと。外は暗くなった。

ローズ　ええ。

バート　帰りも気合を入れてとばした、ぐいぐいと。外は凍てつくようだったぜ。

ローズ　ええ。

バート　でも思いきり攻めてやった。

(間)

スピードを上げて。

(間)

痛めつけてやったぜ。すてきな乗心地だった。それから帰り道さ。見通しはよくきいた。ほかに車はなかった。いや、あった、一台。動こうとしないんだ。尻へ突込んでやったよ。あとはこっちのペースだ。やりたい放題さ。行きも帰りも。みんなよけてくれた。こっちは一気に突込むまでだ。調子よく行くに決ってるんだ。あいつに乗ってるんだからな。よかったぜ。おれに気合を合せて、一緒に行ってくれるんだ。こっちは手を使ってな。こんな具合に。あいつをおさえこむのさ。こっちは行きたいように行く。あいつも調子を出す。調子を上げて戻る。

(間)

ちゃんと帰って来たんだ。

(彼はテーブルのところから椅子を一つとり、黒人の坐っている椅子の上手側、すぐそばに、それをおいて腰かける。彼は黒人をしばらく見つめる。それから片足で肱掛椅子をもち上げる。黒人は床に倒れる。彼はゆっくりと立ち上がる)

ライリー　ハッドさん、奥さんが——

バート　こん畜生!

（彼は黒人をなぐりつけて、倒す。それから、頭を蹴とばして、ガスこんろに何度か打ち当てる。黒人はじっと横たわったままになる。バートは歩み去る。
沈黙。
ローズは両眼をしっかりおさえて立っている）

ローズ　見えないわ。目が見えない。目が見えない。

（照明消える）

——幕——

〔THE ROOM〕

バースデイ・パーティ

＊『バースデイ・パーティ』は、一九五八年四月二十八日に、ケンブリッジのアーツ・シアターで、マイケル・コドロン、デイヴィッド・ホール製作により初演、引き続き、ハマスミスのリリック・オペラ・ハウスで上演された。初演の配役は次のとおり――

ピーティ――ウィロビー・グレイ
メグ――ビアトリクス・レーマン
スタンリー――リチャード・ピアスン
ルールー――ウェンディ・ハッチンスン
ゴールドバーグ――ジョン・スレイター
マキャン――ジョン・ストラトン
（演出　ピーター・ウッド）

＊再演は、一九六四年六月十八日に、ロンドンのオールドウィッチ劇場において、ロイアル・シェイクスピア劇団によって行われた。配役は次のとおり――

ピーティ――ニュートン・ブリック
メグ――ドリス・ヘア
スタンリー――ブライアン・プリングル
ルールー――ジャネット・スズマン
ゴールドバーグ――ブルースター・メイソン
マキャン――パトリック・マギー
（演出　ハロルド・ピンター）

〔登場人物〕

ピーティ　六十代の男
メグ　六十代の女
スタンリー　三十代後半の男
ルールー　二十代の娘
ゴールドバーグ　五十代の男
マキャン　ほぼ三十歳の男

第一幕　夏のある朝
第二幕　同日の晩
第三幕　翌朝

第一幕

（海岸の町。とある家の居間。上手前面に玄関と階段に通ずるドア。上手奥に裏口のドアと小窓。中央奥に台所の配膳窓。下手奥に台所のドア。中央にテーブル一、椅子若干。ピーティ、上手ドアより新聞を手に登場、テーブルの前に腰をおろす。台所の配膳窓からメグの声）

メグ あなた？ あなたなの？

（間）

あなたなの、あなた？

（間）

あなた？

ピーティ む、何だ？

メグ あなたなの、ピーティ？

ピーティ ああ、おれだ。

メグ 何だって？ （配膳窓に顔を出す）もう帰ってたの？

ピーティ ああ。

メグ コーンフレークができてますよ。（姿が一度消え、再び現われる）はい。どうぞ。

（ピーティ、立ち上がり、皿を受け取るとテーブル前に坐り、新聞を立てかけて食べ始める。メグ、台所ドアから登場）

おいしい？

ピーティ 上乗だ。

メグ と思った。（テーブル前に腰をおろす）新聞取って来た？

ピーティ ああ。

メグ 面白い？

ピーティ まあな。

メグ 何が書いてある？

ピーティ 大したことは。

メグ 昨日は面白いところ読んでくれたのに。

ピーティ ああ。でもこいつはまだ全部読んでない。

メグ 何か面白いところがあったら教えてね。

ピーティ ああ。

（間）

メグ 忙しかった、今朝は？

ピーティ いや。古くなった椅子を三つ四つ片づけてから、掃除、それだけ。

メグ　外は？　気持いい？

ピーティ　上乗だ。

（間）

メグ　スタンリー、もう起きた？

ピーティ　おれは知らない。起きてるのかい？

メグ　知らない。まだ見かけないものだから。

ピーティ　じゃ、起きてないんだろう。

メグ　あなた、ここで見かけた？

ピーティ　今入って来たばかりだぞ、おれは。

メグ　じゃ、寝てるんでしょう。まだ。

（メグ、部屋の中を見まわし、立ち上がると食器棚《サイド・ボード》に行き、引出しから一足のソックスと毛糸、針を出してテーブルに戻る）

今朝は何時に出かけたの？

ピーティ　いつもと同じ。

メグ　まだ暗かった？

ピーティ　いや、明るかった。

メグ　（ソックスをつくろい始める）でも、時々暗いことがあるじゃない。

ピーティ　そりゃ冬の話だ。

メグ　あら、冬の話？

ピーティ　うん、冬は日の出が遅いからな。

メグ　ああ、そうか。

（間）

今読んでるの何の話？

ピーティ　誰かに赤ん坊が産まれたとさ。

メグ　まさか！　で、誰に？

ピーティ　どこかの女の子に。

メグ　だから誰かときいてるの。

ピーティ　あんたが聞いても知らない人間だ。

メグ　名前は？

ピーティ　メアリー・スプラット夫人。

メグ　知らないね。そんな人。

ピーティ　言わんことじゃない。

メグ　男の子？　女の子？

ピーティ　（新聞を調べ）えーと。女の子。

メグ　男の子じゃないの？

ピーティ　そう。

メグ　お気の毒さま。私だったらがっかりだね。男の子のほうがいいもの。

ピーティ　女の子も悪かない。

メグ　私なら男の子のほうがずっといいな。

（間）

ピーティ　こいつは食べ終わったよ。

メグ　おいしかった？

ピーティ　上乗だ。

メグ　次のご馳走があるの。

ピーティ　ありがたい。

（メグ、立ち上がり、皿を取ると台所へ。配膳窓に現われ、揚げパン二切れが乗った皿を出す）

メグ　ハイ、どうぞ。

（ピーティ、立ち上がると皿を取り、眺めてから、テーブルにつく。メグ、再び登場）

おいしい？

ピーティ　まだ食べてやしない。

メグ　何だか知らないでしょう、それ？

ピーティ　知ってるよ。

メグ　じゃ、何？

ピーティ　パンの揚げたのだ。

メグ　ご名答。

（ピーティ、食べ始める。メグ、夫が食べるのを見まもる）

ピーティ　上乗だ。

メグ　と思った。

ピーティ　（メグの方を向き）そういえば、昨晩《ゆうべ》、浜で男が二人おれの所に来てな。

メグ　男が二人？

ピーティ　うん。一晩か二晩、泊めてもらえないかだと。

メグ　泊まる？　ここに？

ピーティ　ああ。

メグ　何人だって？

ピーティ　二人。

メグ　何て答えたの？

ピーティ　さあ、どうかなと。そしたら、ここに来て返事を聞くと言っていた。

メグ　来るの？

ピーティ　と言ってたが。

メグ　家のこと噂に聞いたのかしらね？

ピーティ　らしいな。

メグ　そう、きっと聞いたんでしょ。素人宿屋としては最上等って。本当だもの。案内にも載ってるんだから。

ピーティ　載ってる。

メグ　そうですとも。

ピーティ　今日来るかもしれない、その二人。どうだ、泊められるかな？

メグ　とても良い部屋があるけど。
ピーティ　何だ、ちゃんと部屋の用意があるのか？
メグ　肘掛椅子のある部屋が。不意のお客用に支度してあります。
ピーティ　本当か？
メグ　ええ、だから今日来ても大丈夫。
ピーティ　よし。

（メグは、ソックス、毛糸、針を引出しに戻す）

メグ　あの子、起こしてこよう。
ピーティ　パレス座に新しい演《だ》し物がかかるとさ。
メグ　桟橋の所？
ピーティ　いや、パレス座だ。町なかの小屋だよ。
メグ　桟橋でやるショーだったら、スタンリーも出られるのに。
ピーティ　こいつはただの芝居なんでな。
メグ　どういうこと？
ピーティ　歌も踊りも抜きだ。
メグ　なら何をやるっての？
ピーティ　ただペチャクチャしゃべるだけさ。

（間）

メグ　何だ。
ピーティ　歌が好きなんだな、あんたは？
メグ　ピアノが好き。スタンリーがピアノを弾くのを見てると、楽しかったもの。もちろん、あの子は歌は歌わなかったけれどもね。（ドアに目をやり）さ、あの子、起こして来よう。
ピーティ　お茶を持ってってやったんだろう？
メグ　いつもそうしてますけどね。あれからもう大分たってる。
ピーティ　飲んだのかい、そのお茶を？
メグ　見てる前で飲ませたの。呼んでみようか。（ドアに行く）スタン！　スタン君！（耳を傾け）スタン！　下におりてらっしゃい！　来ないと登って行って引きずりおろすから！　登って行くからね！　三つ数えますよ！　一！二！　三！　ようし、行くぞ！（ドアから出、階段を登って二階に。ちょっとしてから、スタンリーのわめく声。メグが大笑いする声。ピーティ、皿を持って配膳窓に。叫び交わす声。高笑い。ピーティ、テーブル前に坐る。沈黙。メグ、戻って来る）今、おりて来るわよ。（息を切らし、乱れた髪を整える）急いで来ないと、朝ごはん抜きだからって言ってやった。
ピーティ　効果覿面か？
メグ　あの人のコーンフレークを持って来よう。

（メグ、台所に出て行く。ピーティ、新聞を読む。スタン

リー登場。髭が伸びたまま。パジャマの上衣を着、眼鏡をかけている。テーブルの前に坐る)

ピーティ　お早う。

スタンリー　お早う。

(沈黙。メグ、コーンフレークを入れたボウルを持って登場、テーブルの上に置く)

メグ　やっとお出ましだね。朝ごはんを召しあがりに。でもごはん食べる権利なんかないねえ、この人。そうでしょ、あなた?　(スタンリー、コーンフレークを見つめる)よく眠れた?

スタンリー　一睡もしてない。

メグ　一睡も?　聞いた、あなた?　朝ごはんがのどを通らない程ぐったりしてるってわけ?　さあさ、いい子だからコーンフレークをおあがんなさい。さ、さ。

(スタンリー、食べ始める)

スタンリー　外の陽気はどうです?

ピーティ　上乗だ。

スタンリー　暑い?

ピーティ　いや、相当風があるからね。

スタンリー　じゃ寒い?

ピーティ　いや、寒いってことはない。

メグ　コーンフレーク、どう?

スタンリー　まずい。

メグ　え、この上等のフレークが?　嘘つきだよ、あんたは。食べると元気が出る。そう書いてあるんだから。寝坊した人にいいんだってさ。

スタンリー　ミルクが駄目になってる。

メグ　そんなはずありませんよ。うちの人がちゃんと食べてるんだから。そうでしょ、あなた?

ピーティ　そうだ。

メグ　ホラ、どらん。

スタンリー　じゃいい。二品目をもらいましょう。

メグ　呆れたよ、食べ終わってもいないのに二品目の催促だ!

スタンリー　煮た物か焼いた物に願いたいね。

メグ　お断わりですよ。

ピーティ　出してあげろ。

メグ　(テーブル下手寄りの椅子に坐り)お断わりです。

(間)

スタンリー　朝飯抜きか。

(間)

一晩中、朝飯のことを夢に見てたんだが。
メグ さっき、あなた、一睡もしなかったと。
スタンリー いや、夢と言っても、ぼーっと考え込んでたという意味だ。なのに、ここの奥さんは、その朝飯を出してくれない。テーブルにはパン屑一つないという有様。ま、仕方ない、港の高級ホテルの食堂にでも行くか。

（間）

メグ （あわてて立ち上がり）そんな所に行っても、家のより上等な朝ごはんなんて食べられませんよ。

（台所に出て行く。スタンリー、大口開いてあくび。メグ、皿を持って配膳窓に）

さ、これなら口に合うこと請合い。

（ピーティ、立ち上がり、皿を受け取ってテーブルに戻り、皿をスタンリーの前に置くと、腰をおろす）

スタンリー 何です、これ？
ピーティ パンの揚げたのだ。
メグ （入って来ながら）それ、何だか知らないでしょ？
スタンリー 知ってるとも。
メグ じゃ何？
スタンリー パンの揚げたのだ。
メグ あら、この人知ってるよ。
スタンリー 感激だぞ、これは。
メグ まさかと思った？
スタンリー まさかに輪がかかってる。
ピーティ （腰を上げ）さ、おれは出かけよう。
メグ また一仕事？
ピーティ うん。
メグ でもあなた、お茶を！　お茶をまだ飲んでないじゃないの！
ピーティ かまわん。時間がない。
メグ 台所でもういれてあるのよ。
ピーティ いいよ。じゃ行って来る。スタン君、失礼。
スタンリー 失礼。

（ピーティ、上手より退場）

チョッ、チョッ、チョッ、チョッ。（舌を鳴らす）
メグ （言訳がましく）何なの、それ？
スタンリー 悪妻だね、奥さんは。
メグ とんでもない。一体誰がそんな？
スタンリー 旦那様にお茶もいれてあげないとは。ひどいものだ。
メグ 私が悪妻じゃないことぐらい、あの人百も承知ですよ。

スタンリー　お茶も出さず、代わりに酸っぱくなったミルクだ。
メグ　酸っぱくありません。
スタンリー　恥ずべきことだ、まさに。
メグ　余計なお世話だよ、本当に。（スタンリー、食べる）私よりいい奥さんなんて、そうざらにいるものか。絶対だよ。家はきちんと切り回してるし、ちり一つありゃしない。
スタンリー　ほほう！
メグ　そのとおりじゃないか！　しかもこの家は名が通ってるんだからね、素人宿としては最上等って。
スタンリー　宿か？　じゃお客は？　僕がここに来てから、一体何人お客があった？
メグ　何人かしら？
スタンリー　一人だよ。
メグ　一人って誰？
スタンリー　僕だよ！　僕がそのたった一人の客。
メグ　嘘。この家は案内にも載ってるんだから。
スタンリー　なるほどごもっとも。
メグ　本当よ。

（スタンリー、皿を押しやると新聞を手にする）

おいしかった？
スタンリー　何が？
メグ　パンの揚げたの。
スタンリー　露気タップリだったな。
メグ　その言葉はよして。
スタンリー　何の言葉？
メグ　今使った言葉。
スタンリー　え？　すると「露気タップリ」ってやつ——？
メグ　言っちゃ駄目！
スタンリー　どこが悪いんだ？
メグ　人妻には言っちゃいけない言葉よ、それ。
スタンリー　本当かい？
メグ　ええ。
スタンリー　ちっとも知らなかった。
メグ　でも本当なんだから。
スタンリー　誰から聞いた、そんなこと？
メグ　誰でもかまやしません。
スタンリー　人妻に言っていけなけりゃ、誰になら言っていいんだ？
メグ　悪い子。
スタンリー　お茶はどうなってるのかな？
メグ　お茶がほしいの？（スタンリー、新聞を読む）なら「お願い」とおっしゃい。
スタンリー　「お願い」
メグ　その前に、「ごめんなさい」って。

スタンリー 「その前にごめんなさいって」
メグ 違う、ただ「ごめんなさい」って。
スタンリー 「ただごめんなさいって！」
メグ お仕置きだよ、この人。
スタンリー やめて！

（メグ、皿を取って出て行くが、通りすがりにスタンリーの髪の毛をかきまわす。スタンリーは大声を立て、メグの手を払いのける。メグ、台所に入る。スタンリー、眼鏡の下に指を入れ、目をこすると、新聞を手に取る。メグ、登場）

メグ ハイ、ポットのまま持って来たよ。
スタンリー （ぼんやりと）ありがたい、奥さんがいなかったら、とてもやっていけないな、僕は。
メグ サービスする値打ちないけどね、あんたなんか。
スタンリー どうして？
メグ （お茶をいれながら、しなを作り）何さ、私にあんな言葉使ったりして。
スタンリー このお茶、ポットにどのぐらい入れといたんだ？
メグ 上等なのよ、これ。濃くて強い。
スタンリー こんなお茶あるか。これじゃ肉汁だ！
メグ とんでもない。
スタンリー いい加減にしてくれよ、この露気たっぷりのズダ袋！
メグ そんなのじゃないよ、私は！ かりにそうだったとしても、あんたにそんな口きかれる覚えはないよ！
スタンリー あんただって男の寝室にずかずか入って来たあげく——その、つまり、叩き起こすいわれはないぜ。
メグ この子ったら！ あんた、朝のお茶ほしくないの？——私がわざわざ持ってってあげてるのに。
スタンリー 大体こんなオワイみたいのが飲めるか。ポットを暖めるくらいのこと、誰にも教わらなかったのかね？
メグ これは上等の濃いお茶。それだけのことです。
スタンリー （頭を抱え）ああ、くたくただ、僕は。

（沈黙。メグ、食器棚《サイド・ボード》に行き、雑巾を取り出すと、スタンリーの顔を見つめながら、ぼんやりした手つきで部屋のあちこちを拭いて回る。テーブルに来て、拭く）

よせよ、テーブルは！
メグ あのね。
スタンリー え、何だ？
メグ （はにかみながら）私、本当に露気たっぷり？
スタンリー そうとも。けっこう毛だらけだ。
メグ まあ、お世辞。
スタンリー （乱暴に）おい、この家もっと掃除したらどうなんだ！　まるで豚小屋だよ。それから、僕の部屋どうしてくれる？　ゴミが積もってるし、壁紙も張りかえてもらわなけりゃ。部屋を代えてもらいたいね！

メグ　（色気たっぷりにスタンリーの腕を撫でながら）でもすてきな部屋よ、あそこ。すてきな思い出でいっぱいだものね、すてきな午後の一時《ひととき》の……

（スタンリー、嫌悪の表情でメグの手から逃れ、立ち上がると上手ドアから急いで出て行く。メグ、スタンリーのカップと紅茶のポットを取り、配膳窓の棚に。通りのドアがバタンと乱暴に閉まる音がし、スタンリーが戻って来る）

晴れてる、外？　（スタンリー、窓辺に行き、パジャマの上衣から煙草とマッチを出し、煙草に火をつける）何吸ってるの？

スタンリー　煙草だよ。

メグ　一本くれない？

スタンリー　いやだ。

メグ　煙草に目がないの、私。（スタンリー、窓辺に立って煙草を吸っている。メグ、その背後に回り、首筋をくすぐる）コチョコチョ。

スタンリー　（メグを押しのけ）そばに寄らないでくれ。

メグ　お出かけ、これから？

スタンリー　あんたと一緒じゃごめんこうむる。

メグ　でも、私も買物があるの。

スタンリー　なら出かけたらいいだろう。

メグ　一人ぼっちじゃ、あなた寂しくて困るでしょ。

スタンリー　へえ？

メグ　このメグ小母さんがついてなけりゃね。さ、あの二人の男の人のために、買物をしとかなくちゃ。

（間。スタンリー、ゆっくりと顔を起こす。振り向かずに言う）

スタンリー　二人の男？

メグ　お客さんよ。

（スタンリー、振り向く）

スタンリー　何だと？

メグ　知らなかったでしょ、そのこと？

スタンリー　何の話だ？

メグ　男の方がお二人、うちの人に一晩か二晩泊めてくれないかって。じきここに来るはずなの。

（雑巾を取り、テーブルクロスの上から拭いてしまう）

スタンリー　嘘だろう？

メグ　本当よ。

スタンリー　（メグに歩み寄り）わざと言ってるんだな。

メグ　今朝うちの人から聞いたの。
スタンリー　（煙草をもみ消しながら）いつの話だ？　いつ会ったんだと？
メグ　昨夜。
スタンリー　誰なんだ、そいつら？
メグ　知りませんよ。
スタンリー　名前を言わなかったのか？
メグ　いいえ。
スタンリー　（部屋の中を歩き回りながら）ここに？　ここに来たがってたんだな？
メグ　そうよ。（髪からカール用のクリップをはずす）
スタンリー　なぜ？
メグ　この家は案内に載ってるんですからね。
スタンリー　一体何者なんだ？
メグ　来ればわかるじゃないの。
スタンリー　（きっぱり）来るものか。
メグ　なぜ？
スタンリー　（早口に）来ないと言ったら来ない。来る気なら昨夜のうちに来てるはずだ。
メグ　暗いから家がわからなかったんじゃない？　ここの家は夜だと見つけにくいからね。
スタンリー　来やしない。誰か酔っぱらって夢でも見たんだろう。忘れちまったほうがいいぜ。ただの空騒ぎだ。

（テーブルの前に坐り）お茶はどうした？
メグ　片づけましたよ、あんたいらないって言うから。
スタンリー　片づけた？　どういうことだ、それ？
メグ　片づけたのよ。
スタンリー　なぜ片づけた？
メグ　いらないって言うからさ！
スタンリー　誰がそんなこと言った？
メグ　あんたよ！
スタンリー　誰の許しを得てそんな？
メグ　飲みたくないって言うからさ。

（スタンリー、相手をにらみ）

スタンリー　（静かな声で）一体誰に口きいてるつもりだ？
メグ　（おぼつかなげに）何だって？
スタンリー　ここに来い。
メグ　どういうこと？
スタンリー　ここに来いと言うんだ。
メグ　いやだよ。
スタンリー　聞きたいことがある。（メグ、落ちつかなげにもじもじする。行こうとしない）来いよ。（間）じゃ、いい。ここからでも聞けるからな。（ゆっくり、わざとらしく）いいかね、ボールズの奥さん、あなたは僕に向かって口をきく時にだよ、相手が一体何者かお考えになったことがおありですかね？　ええ？

（沈黙。スタンリー、呻き声を立てると、がくりとうつ伏せになり、頭を抱える）

メグ　（小声で）ね、スタン、朝ごはんおいしくなかったの？（テーブルに近づき）ね、スタン、今度はいつピアノ弾いてくれるのよ？（スタンリー、唸る）前みたいに、ね？（スタンリー、唸る）あんたがピアノ弾くの見てると、とても楽しかった。いつ弾いてくれるの？

スタンリー　弾けるわけがないだろう？

メグ　どうして？

スタンリー　ピアノがないじゃないか。

メグ　いえ、そうじゃないの。あんたが雇われて弾いてた時のこと。あのピアノのことよ。

スタンリー　いいから買物に出かけてくれ。

メグ　仕事さえあれば、あんた、この土地を離れなくてもいいんでしょ？　港でピアノ弾きになればいいじゃないの。

（スタンリー、相手の顔を見てから、気軽な口調になり）

スタンリー　そう……そう言えば……あの、つまり、仕事の口が一つあってね。

メグ　何ですって？

スタンリー　そう、目下考慮中というわけだ。

メグ　まさか。

スタンリー　しかも、なかなかいい口でね。ナイトクラブだ、ベルリンの。

メグ　ベルリン？

スタンリー　ベルリンだ。ナイトクラブで弾く。給料は凄くいい。おまけに衣食全部向こう持ち。

メグ　いつまでの仕事？

スタンリー　ベルリンにずっといるわけじゃない。次はアテネに行く。

メグ　そこはいつまで？

スタンリー　そう、それから今度は、ちょいの間だが、あそこだ……ええと、何と言ったっけ……

メグ　どこよ？

スタンリー　コンスタンチノープル。次がユーゴのザグレブ、それからウラジオストック。世界一周の巡業だよ。

メグ　（テーブルの前に腰をおろし）今までにも行ったの、そんな所に？　演奏旅行で？

スタンリー　演奏旅行？　世界中回ってるさ。国中、世界中。（間）一度、コンサートをやったこともある。

メグ　コンサート？

スタンリー　（思い出すように）うん。しかも立派なコンサートだった。猫もしゃくしも詰めかけた。一人残らずやって来た。大成功だった。そう、コンサート——エドモントンでな、ロンドン郊外の。

メグ どんな物を着て？

スタンリー (独り言) 僕には独特のタッチがあった。完全にユニークな。皆、僕の所に押しかけて来た。うれしい、ありがとうと僕に言った。夜はシャンパンで乾杯、大宴会だった。(間) 親父のやつも、わざわざお出まし下さるところだったが。葉書で一応知らせてやったのさ。来られそうもないと思ったけれども。いや——そうじゃない——住所を失くしちまったんだ。そうだ。(間) エドモントンか。それから——それからどんな目に合わされたかわかるか？ やつらめ、僕をズタズタにしやがった。全部でっち上げ、計画ずくなんだ。二回目のコンサート。今度は別の場所。冬だったな、あれは。僕は会場に行った。するとどうだ、会場のホールは閉まってる。シャッターが降りて、管理人さえいやしない。やつら、鍵をかけやがったんだ。(眼鏡をはずし、パジャマの上衣で拭く) やられた。見事にしてやられた。誰の仕業なんだ、一体？ (いまいましげに) いいよ、わかったよ、おれだってピンとくるよ。やつら、おれに土下座させたいんだな、わかったよ、ピンとくるよ、おれだって。(再び眼鏡をかけ、メグを見て) この女を見ろ。な、あんたはただの梅干婆あ、そうだな？ (テーブルごしに相手に向かって身を乗り出し) そうだろ、あんた？

メグ 行かないで、ね。ここにいるのよ。そのほうがいいんだから。このメグと一緒にいるのよ。(スタンリー、呻き声を立てて、テーブルの上に突っ伏す) 気分が悪いのね、今朝は。はばかりに行った？

(スタンリー、ぎくっと身をこわばらせると、ゆっくりと身を起こし、振り向いてメグに向かうと、軽い、さりげない口調で)

スタンリー あのね。

メグ え、何？

スタンリー 聞いた？

メグ いいえ。

スタンリー 聞いてるだろ？

メグ いいえ、聞いてない。

スタンリー 教えてあげようか？

メグ 聞いたって、何を？

スタンリー 聞いてないの？

メグ いいえ。

スタンリー (歩み寄る) 今日来るんだ、やつらが。

メグ 誰が？

スタンリー トラックで来るんだ。

メグ 誰が？

スタンリー　しかも、そのトラックにやつらが積んで来る物——何だかわかるか？
メグ　何？
スタンリー　手押車を積んで来る、やつらは。
メグ　（息が詰まったように）まさか、そんな。
スタンリー　いや、そうだ。
メグ　嘘つき。
スタンリー　（メグに向かって歩み寄りながら）大きな手押車だ。トラックが止まる、やつらはこいつを押して下におろし、庭の道からやって来る。玄関のドアをノック。
メグ　そんな、まさか。
スタンリー　ある人間を捜してるんだ。
メグ　いいえ、まさか。
スタンリー　捜してるんだよ、やつらは。ある人物をな。
メグ　（かすれた声で）とんでもない、まさか！
スタンリー　それが誰か、教えようか？
メグ　いや！
スタンリー　聞きたくないのかい？
メグ　嘘つきよ、あんたは！

（突然、玄関のドアをノックする音。ルールーの声「もしもし！」。メグ、スタンリーの横をすり抜け、買物袋を手にし、退場。スタンリー、そっとドアに寄ると、聴耳を立てる）

ルールーの声　（レター・ボックスの穴ごしに聞こえる）今日は、奥さん……
メグ　おや、もう届いたの？
声　ええ、たった今。
メグ　まあ、その包みが……？
声　そう。お届けしとこうと思って。
メグ　品物はどう？　良さそう？
声　ええ、とても立派。どうしようか、これ？
メグ　せっかくの計画でしょ、だから……（ひそひそ声）
声　それはそうだわ……（ひそひそ声）
メグ　いいわ、でもね……（ひそひそ声）
声　ええ、絶対内緒……（ひそひそ声）じゃあね、奥さん。

（スタンリー、あわててテーブル前に坐る。ルールー登場）

ルールー　あら、今日は。
スタンリー　やあ。
ルールー　これ、置きに来ただけよ。
スタンリー　ああ、いいよ。（ルールー、食器棚に行き、その上に丸い、かさばった包みを置く）ずいぶん、かさばってるな、そいつ。
ルールー　あなたはさわっちゃ駄目。

スタンリー　僕がさわりたいだと、そんな物に？

ルールー　とにかく、さわっちゃ駄目。

（ルールー、舞台奥へ）

どうして戸を開けとかないの？　むんむんしてるじゃない。

（裏口のドアを開ける）

スタンリー　（立ち上がり）むんむんする？　僕が今朝消毒したばかりでね、この部屋。

ルールー　（ドアの所で）ああ、これでセイセイした。

スタンリー　一雨降りそうだが。君はどう思う？

ルールー　降ってくれればいい。一雨ほしい顔だもの、あなたなんか。

スタンリー　このおれがか！　今朝六時半に一泳ぎして来たんだぜ。

ルールー　本当？

スタンリー　朝飯前に岬の端《はな》まで往復したんだぞ。信用しないとはひどい。

（ルールー、腰をおろし、コンパクトを出して、鼻に白粉を塗る）

ルールー　（コンパクトを相手に差し出し）ホラ、自分の顔を見てごらん。（スタンリー、テーブルから逃げる）不精髭生やしちゃって。自分で気がつかないの？（スタンリー、テーブル下手寄りの椅子に坐る）外に全然出ないの、あなた？（スタンリー、返事しない）あなた、要するに一日中こうしてるってわけ？　家の中に腰をすえて。（間）ボールズの奥さん、それでなくても忙しい人なんだから、あなたがそうブラブラしてちゃ足手まといじゃないの。

スタンリー　あの人が掃除する時は、僕はちゃんとテーブルの上に立つことにしてる。

ルールー　顔でも洗いなさいよ。二目と見られないわよ、それじゃ。

スタンリー　洗ったところでどうなる顔でもない。

ルールー　（腰をあげ）空気吸いに外に出てみない？　そんな顔じゃ、こっちの気が滅入っちまう。

スタンリー　空気？　さて、どんなものかねえ。

ルールー　外はいい天気よ。それに私サンドイッチ少し持ってるから。

スタンリー　どんなサンドイッチだ？

ルールー　チーズ・サンド。

スタンリー　僕は大食いなんでね。

ルールー　いいのよ。私お腹空いてないから、全部あげる。

スタンリー　（ふいに）僕と一緒にこの土地におさらばしないか？

ルールー　どこに行くの？
スタンリー　どこでもない。でも、とにかく一緒に出かければ。
ルールー　けど行くあては？
スタンリー　なしさ。どこも行くあてなどない。だからこそ、一緒にとにかく出かけるんだ。行くあてなどどうでもいいさ。
ルールー　ならいっそここにいたほうが。
スタンリー　いや、ここにいちゃ駄目なんだ。
ルールー　じゃ、ほかにどこかあるっていうの？
スタンリー　どこもない。
ルールー　まあ、結構な誘い方もあったもの。（スタンリー、立ち上がる）あなた、その眼鏡はずすわけにいかないの？
スタンリー　ああ、駄目だ。
ルールー　じゃ、散歩には行かないのね？
スタンリー　今は駄目だ。
ルールー　あなたって、甲斐性なしね、いささか。

（ルールー、上手から退場。スタンリー、そのまま立っているが、やがて鏡に行き中をのぞく。台所に入り、眼鏡をはずすと、顔を洗い始める。間。裏口のドアから、ゴールドバーグとマキャン登場。マキャンは二つのスーツケース、ゴールドバーグはブリーフケースを持つ。二人、ドアを入った所で一度立ち止まってから、舞台前面に進み出る。スタンリー、顔を拭きながら、配膳窓ごしに二人を見かける。二人、部屋の中を見回す。スタンリー、眼鏡をかけ、そっと台所のドアから入り、裏口のドアから脱け出す）

マキャン　ここが？
ゴールドバーグ　ここだ。
マキャン　確かに？
ゴールドバーグ　まさしく。

（間）

マキャン　で、次は？
ゴールドバーグ　そうハラハラするなよ。坐りたまえ。
マキャン　じゃあんたは？
ゴールドバーグ　私が？
マキャン　坐るんですか、坐らないんですか？
ゴールドバーグ　君も私も二人とも坐る。（マキャン、スーツケースを下に置き、テーブル上手寄りに坐る）背をあずける。くつろぐんだ、君。どうしたというんだね？　せっかく海岸に連れて来てやったんだぞ、三、四日の予定で。せいぜい休みたまえ。骨休めだ。くつろぐことを学ぶ、これだよ、マキャン、さもないと出世はできん。
マキャン　そりゃ精いっぱいそうしてますがね。
ゴールドバーグ　（テーブル下手寄りに坐る）秘訣は呼吸だ。悪いことは言わん。こりゃ隠れもない事実なんだから。吸い込む、吐く、思い切ってゆるめる、身も心も——別に損にはならんだろう？　私を見たまえ。まだほんのでっちに過ぎん頃、バーニー伯父さんは私を毎月第二金曜日になると海岸に連れて行ってくれた、時計のようにキチンキチンとな。ブライトン、キャンヴィー・アイランド、ロティングディーン——場所にはこだわらない人だった、伯父さんは。土曜日——つまりわれわれユダヤ人の安息日だが——土曜日には昼飯が済むと、デッキチェアに並んで腰をおろす、天蓋つきのデッキチェアだ。バチャバチャ水遊びをしては、さす汐、引く汐を見まもる——やがて日が沈む——まさに黄金の日々だったね、マキャン君。（思い出にふける）バーニー伯父さんか。そう、身なりのキチンとした人でな。昔風の紳士。ベイジングストークのはずれに家を持っていた。土地では皆に尊敬されてたね。教養？　言うにゃ及ばない。欠けるところのない人だよ。とやかく言うなどもってのほか。コスモポリタンさ、あの人は。

マキャン　あの……

ゴールドバーグ　（考えにふける）そう、昔風のな、当世じゃ鉦や太鼓で……

マキャン　あのね、この家で間違いないのかい、本当に？

ゴールドバーグ　何？

マキャン　間違いないのかい、この家で、本当に？

ゴールドバーグ　間違うわけがあるのか？

マキャン　門に番地の札がついてなかったからね。

ゴールドバーグ　番地など探しとらん。

マキャン　探してない？

ゴールドバーグ　（肘掛椅子にどっかりと落ちつき）バーニー伯父が私に何と教えたか？　すなわち、「紳士の一言は千金に値いする」——これだよ。私が出張する時に金を持たんことにしているのもそのせいだ。息子の一人が、よく私について来たものだが、この子には小銭を僅かだけ持たしておく。せいぜい新聞代、海外遠征中のクリケット・ティームの成績を見たくなったりした時に備えてな。これを除けば、あとは私の名前だけで充分。しかもあまり忙しいので、金など使う暇がなかったというわけさ。

マキャン　ところでどうします？　そろそろ誰か姿を現わしてもいい頃だが。

ゴールドバーグ　何をそうソワソワするのかね？　落ちつきたまえ。どうも最近の君は、どこに行っても、葬式に出るみたいな顔だ。

マキャン　確かにそうで。

ゴールドバーグ　確か？　確かなどというものじゃない、絶対の事実だ。

マキャン　かもしれないね。

ゴールドバーグ　どういうわけだ？　私を昔のようには信用していないのかね？
マキャン　信用してますよ。
ゴールドバーグ　しかしだな、不思議なのは、仕事の前の君はソワソワセカセカしてるのに、いざ仕事にかかってしまうと、氷のように冷静になる。どういうのかね？
マキャン　なぜかねえ？　自分が何やってるのか見当がつけば大丈夫なんだ。一度見当がつけば、もう大丈夫。
ゴールドバーグ　いずれにせよ、君の仕事ぶりはあざやかだ。
マキャン　ありがとう。
ゴールドバーグ　この仕事の話が持ち上がった時のいきさつは知ってるだろうな。当然、彼らは私に処理を依頼してきた。で、私が名指しで頼んだのが誰だと思う？
マキャン　誰です？
ゴールドバーグ　君さ。
マキャン　そりゃどうも。恩に着るよ。
ゴールドバーグ　いや、とんでもない。君は有能な人物だからな。
マキャン　あんた程の人からそう言ってもらえるとは、おれも鼻が高い。
ゴールドバーグ　なるほど、確かに私には地位がある。こいつは否定はせん。
マキャン　ごもっとも。
ゴールドバーグ　絶対に否定はせんぞ、私に地位があるということは。
マキャン　しかも大した地位だ！
ゴールドバーグ　確かに、こいつは否定はせん。
マキャン　そのとおり。おかげで随分世話になった。恩に着てるよ。
ゴールドバーグ　いや、もう言うな。
マキャン　ねっからのキリスト教徒だものね、あんたは。
ゴールドバーグ　ある意味ではな。
マキャン　いや、誤解しないで欲しいね。ただ恩に着てるって言いたかっただけで。
ゴールドバーグ　一々繰り返すには及ばん。
マキャン　ごもっともで。
ゴールドバーグ　全然、及ばん。

（間。マキャン、身を乗り出し）

マキャン　でもね、一つだけ聞いときたいことが……
ゴールドバーグ　何かね、今度は？
マキャン　この——つまり、仕事ってやつ、今まであたしらがやったのと同じようなものかね？
ゴールドバーグ　チョッ、チョッ、チョッ。

（舌を鳴らす）

マキャン　いえ、とにかくそいつだけ、そいつだけを聞かして下さい。あとは何も言わないからね。

（ゴールドバーグ、溜息をつくと立ち上がり、テーブルの後方に回って、しばらく考え込み、マキャンの顔を見てから言う。静かな声、形式ばってペラペラと）

ゴールドバーグ　今回の事件はだ、その性格の特異性からいって、君のこれまで手がけた仕事とは明瞭に差異がある。しかし、ある特定の基本的要素においては、君の扱う他の業務とその処理過程の面で類似性を有する、と言えるかもしれん。万事、相手の出方次第だがね。いずれにせよ、君も過度の不快をこうむることなしに、今回の任務を成功裏に遂行しうることは保証しておく。どうかね、納得がいったかな？

マキャン　ありがとう。それだけ聞いとけば。

（メグ、上手より登場）

ゴールドバーグ　ボールズ夫人ですな？

メグ　はい？

ゴールドバーグ　昨夜、ご主人にお話した者ですが。何か言っとられませんでしたかな？　お宅はちゃんとした人達に部屋をお貸しになる――そう伺ったものですからな。ここにいる友人を連れて参上したというわけで。私達はそれ相当な、しかるべき宿を捜しておる。だからお宅に伺った次第だ。ゴールドバーグと申します。こちらがマキャン君。

メグ　初めまして。よろしく。

（握手を交わす）

ゴールドバーグ　こちらこそどうぞ。

メグ　それはどうも。

ゴールドバーグ　君の言うとおりだ。世の中、会ってうれしいというようなお方にはなかなかお目にかかれるものじゃない。そうだな？

マキャン　全く。

ゴールドバーグ　が、今日という今日は例外。ご機嫌いかがかな、ボールズ夫人？

メグ　ハイ、おかげさまで。

ゴールドバーグ　本当に？

メグ　もちろん、本当。

ゴールドバーグ　それは結構。

（ゴールドバーグ、テーブル下手寄りに坐る）

で、御都合はいかがかな？　泊めていただけますかな？

メグ　実は、先週でしたらもっと都合がよろしかったんですけど。

ゴールドバーグ　ほほう？
メグ　そうなんですよ。
ゴールドバーグ　なぜ？　今、何人泊めておいでだ？
メグ　今の所は一人だけ。
ゴールドバーグ　一人だけ？
メグ　ええ、一人だけ、あなた方がお見えになるまでは。
ゴールドバーグ　その他に、もちろん、あなたのご主人が？
メグ　ハイ、でも主人は私と一緒にやすみますから。
ゴールドバーグ　ご主人のご商売は？
メグ　浜で貸しデッキチェアの世話係を。
ゴールドバーグ　ほう、それは結構。
メグ　ええ、どんな天気でも出かけます。

（メグ、買物を袋から出し始める）

ゴールドバーグ　ごもっとも。で、お客さんという方は？　男の人ですかな？
メグ　男の人？
ゴールドバーグ　それとも女の人？
メグ　いえ、男です。
ゴールドバーグ　ここには長く？
メグ　これで一年になります。
ゴールドバーグ　なるほど。下宿しとられるわけだ。何とおっしゃる人で？
メグ　スタンリー・ウェバー。
ゴールドバーグ　ほほう？　この土地で仕事か何か？
メグ　以前はね。ピアノ弾いてました。港で避暑のお客さん相手の。
ゴールドバーグ　ほほう？　港で？　上手なんですか？
メグ　とっても。（テーブルの前に腰をおろし）一度コンサートまでやったんですって。
ゴールドバーグ　ほう？　どこで？
メグ　（つっかえながら）その……どこか……大きなホールでですって。お父さんが主催でシャンパンが出て大宴会になったとか。ところが気がついてみると、外から鍵がかかって出られなくなってしまって。管理人が帰ってしまったから。朝まで待ってやっと出たんですって。（やっと自信が湧いた口調で）皆さん、とても喜んだんですって。（間）ぜひ、皆でお礼がしたいって言うんだって。で、あの人、お礼にさんざん飲まされて、頭がピンピン痛むものだから、特急に乗ってここに飛んで来たんだとか。
ゴールドバーグ　ほほう？
メグ　ええ、まっすぐここに来たんですって。

（間）

今夜弾いてくれるといいんですけどねえ、あの人。

ゴールドバーグ 今夜とは？
メグ 今日があの人の誕生日なんです。
ゴールドバーグ 誕生日？
メグ ええ、今日。でも、夜まではあの人に内緒。
ゴールドバーグ 自分で自分の誕生日を知らない？
メグ 自分じゃ何も言ってませんでしたからね。
ゴールドバーグ （考え込み）なるほど！　で、奥さんは彼の誕生祝、バースデイ・パーティをやるおつもりでしょうな？
メグ パーティを？
ゴールドバーグ やらないんですか？
メグ （目を見開いて）いいえ。
ゴールドバーグ いやいや、それはいかん。もちろんやってあげなければいけませんな。（立ち上がり）やりましょう。ええ、どうです？
メグ そう、そうしましょう！
ゴールドバーグ そうこなければ。彼のためにパーティを。私にお任せ下さい。
メグ まあ、それはすてき。ええと、ゴールド、ゴールド――
ゴールドバーグ バーグ。
メグ そう、バーグさん。
ゴールドバーグ 賛成して下さると？
メグ ありがたいわ、あなた方、今日来て下さって。
ゴールドバーグ 今日来なければ、明日には来てます。が、まあ、今日来ることができて、私も嬉しい。彼のバースデイ・パーティにちょうど間に合ったとはな。
メグ 私もやりたかったんですけど、パーティには人が来てくれなければ駄目でしょ。
ゴールドバーグ だがこれで、マキャン君と私が。マキャン君というのは、パーティの名人でしてな。
マキャン え？
ゴールドバーグ どうだね、君？　ここのお宅に、一人の紳士が住んでおられる。今日が彼の誕生日なのだが、ご自分ではとんと失念しておいでだ。だから、われわれが手を貸して、思い出させてあげようという寸法。彼のためにパーティを一席。
マキャン へえ、本当かね？
メグ 今夜ね。
ゴールドバーグ 今夜な。
メグ 私、ドレスを着よう。
ゴールドバーグ 私は酒をおごろう。
メグ それから、今のうちにルールーを呼んでおきましょう。喜ぶわ、スタンリーも。絶対よ。このところ、あの人すっかりふさぎ込んでたから。
ゴールドバーグ 私達がそのふさいだ殻から引きずり出して

やる。

メグ　ドレス、似合うかしらね？

ゴールドバーグ　マダム、あなたはチューリップのように映えますぞ、きっと。

メグ　チューリップって、何色の？

ゴールドバーグ　それはその――まずドレスを拝見しなくては。

マキャン　あの、部屋に案内してもらえませんかね？

メグ　あら、そうだった。お二人一緒にしときましたけど、かまいませんかしら？

ゴールドバーグ　私はかまわん。君は？

マキャン　いいですよ。

メグ　パーティはいつからにしましょう？

ゴールドバーグ　九時。

マキャン　（ドアの所に行き）こっちですか？

メグ　（腰を上げ）ご案内しますわ。お二階になりますけど、よろしゅうございますか？

ゴールドバーグ　うるわしきチューリップのお伴だ、喜んで。

（メグとゴールドバーグ、笑いながら退場、マキャンがそれに続く。スタンリー、窓に現われる。裏口のドアから入り、上手ドアに行き、開けると立ち聞き。沈黙。スタンリー、テーブルに歩み寄る。立っている。腰をおろした時にメグ登場。舞台を横切ると、壁の鉤に買物袋を掛ける。スタンリー、マッチをともし、燃えるのに見入る）

スタンリー　誰だい？

メグ　例のお二人。

スタンリー　お二人とは？

メグ　来る予定って言ってたでしょ。今部屋にお通ししたところ。部屋がとても気に入ったって。

スタンリー　来たのか、そいつら？

メグ　とてもいい人達よ。

スタンリー　なぜ、昨晩来なかったんだ？

メグ　ベッドもすばらしいって。

スタンリー　何者だ、やつら？

メグ　（腰をおろしながら）とってもいい人達。

スタンリー　何者だと聞いてるんだよ。

メグ　言ったじゃない、男の方が二人って。

スタンリー　まさか来るとは思わなかったが。

（立ち上がると窓に歩み寄る）

メグ　でも来たんだから。私が入って来たら、もういらしてたの。

スタンリー　ここに何の用が？

メグ　泊まるんですって。

スタンリー　いつまで？

メグ　聞いてないわ。
スタンリー　（振り向いて）でも、なぜここに？　なぜよそに行かないんだ？
メグ　家は案内に載ってるんですからね。
スタンリー　（戻って来る）名前は？　何と言ってた？
メグ　そんな、思い出せないもの。
スタンリー　名前言ったんだろう？　言わなかったのか？
メグ　そりゃ、言ってたけど……
スタンリー　なら何という名だ？　さ、さ、思い出してくれ。
メグ　なぜ？　あなた知ってるの、あの人達？
スタンリー　知ってるも知ってないも、名前を知らないうちに言えるはずあるか？
メグ　そう……ええと……とにかく教えてくれたってことはおぼえてる。
スタンリー　だから何て名だ？

（メグ、考え込む）

メグ　ゴールド――何とか。
スタンリー　ゴールド何とか？
メグ　そう、ゴールド……
スタンリー　それから？
メグ　ゴールドバーグ。
スタンリー　ゴールドバーグ？
メグ　そうだわ。片方の人がゴールドバーグ。

（スタンリー、ゆっくりとテーブル上手に坐る）

あなた、知ってるの？

（スタンリー、黙っている）

大丈夫よ、あなたが寝てるところ邪魔したりしないから。静かにするように、私から頼むわよ。

（スタンリー、じっと坐っている）

長くいるわけでもなし。朝のお茶はちゃんと運んであげる。

（スタンリー、じっと坐っている）

今日という今日はふさぎ込んじゃ駄目。あなたの誕生日じゃないの。

（間）

スタンリー　（ポカンとして）ええ？
メグ　誕生日よ、あなたの。夜まで内緒にしとくつもりだったんだけど。
スタンリー　まさか。

メグ　いいえ、そうなの。今日が誕生日。プレゼント、用意しといたわ。（食器棚に行き、さっきの包みを手に取ると、スタンリーの目の前のテーブルの上に置く）さ、開けてごらんなさい。さあ。
スタンリー　何だ、これは？
メグ　あなたにプレゼント。
スタンリー　誕生日は今日じゃないよ。
メグ　いいえ、そうです。さ、開けて。
（スタンリー、包みをじっと見つめ、ゆっくり腰を上げると、包みを開ける。中から子供用のドラムを取り出す）
スタンリー　（気の抜けた声で）ドラム、子供のドラムか。
メグ　（優しく）ピアノがないから、代わりにね。（スタンリー、メグをじっと見つめてから、振り向くと上手ドアに向かって歩く）あら、キスしてくれないの？（きっと振り向いたスタンリー、足を止める。ゆっくり、メグの方に戻り、メグの坐る椅子の所で立ち止まると、メグを見おろす。間。スタンリー、肩をがっくり落とすと、メグの頰にキスする）叩く棒もあるわ、その中に。（スタンリー、包みの中をのぞき込み、二本のスティックを取り出し、軽く打ち合わせる。メグを見て）
スタンリー　首に掛けようか、これ。
（メグ、おぼつかなげにスタンリーを見まもる。スタンリー、ドラムを首に掛け、そっとスティックで叩く。続いてリズムを取って叩きながら、テーブルの回りをマーチ。メグ、喜んでこれを見まもる。スタンリー、あい変わらずリズムをとって叩きながら、二周目に入る。半分回ったところで、リズムが乱れ、でたらめになる。メグ、がっかりした声を出す。スタンリー、ドラムを乱暴に叩きながらメグの椅子の所に。彼の表情も、叩くドラムのビートも荒々しく、物につかれたよう）

――幕――

第二幕

（マキャンがテーブルを前に坐り、一枚の新聞紙を五等分にちぎっている。夜。しばらくしてスタンリーが上手より登場。マキャンを見て立ち止まり、見まもる。それから台所の方に向かい、立ち止まって言う）

スタンリー　今晩は。

マキャン　今晩は。

（裏口のドアは開け放しになっており、そこからクスクス笑いが聞こえる）

スタンリー　暑いな、今夜は。（裏口ドアの方を向いてから、また向き直り）外に誰か？

（マキャン、新聞をもう一筋ちぎり取る。スタンリー、台所に入り、コップに水を注ぐと、配膳窓からこちらを見ながら飲む。コップを下に置くと台所を出、急ぎ足で上手ドアに向かう。マキャン、立ち上がり、前に立ちふさがる）

マキャン　初めてだ、あんたとは。

スタンリー　そうだね。

マキャン　おれはマキャン。

スタンリー　長くいるつもり、ここには？

マキャン　いや。あんたの名前は？

スタンリー　ウェバー。

マキャン　どうぞよろしく。（片手を差し出す。スタンリー、その手を取る。マキャンは相手の手を握ったまま放さない）おめでとう、健康長寿を祈る。（スタンリー、手を引っ込める。二人、顔を突き合わせる）出かけるつもりか？

スタンリー　ああ。

マキャン　自分の誕生日に？

スタンリー　ああ。いいじゃないか？

マキャン　でも、皆であんたのために、今晩パーティを。

スタンリー　へえ？　それはまずかったな。

マキャン　まずいもんか。結構じゃないか。

（裏口ドアの外で人声）

スタンリー　ごめん。だが、どうもパーティの気分にはなれなくてね、今夜は。

マキャン　へえ、そうかね？　それはお気の毒。

スタンリー　というわけで、僕は出かけて、一人静かにお祝いがしたいのさ。

マキャン　そりゃいかん。

（マキャン、立ちはだかる）

スタンリー　そこを通してもらえないか——

マキャン　でも、もうすっかり用意してあるんだぜ。お客さんもじきに。

スタンリー　お客？　何のお客だ？

マキャン　おれもその一人。お招きにあずかったんでな、光栄にも。

（マキャン、『モーンの山』*The Mountains of Morne*を口笛で吹き始める）

スタンリー　（立ち去ろうとしながら）光栄かね、そんなことが？　要するにお定まり、飲んだくれるだけじゃないか。

（スタンリーも、マキャンと共に『モーンの山』を口笛で吹き始める。次の五つの台詞の間、一人が話す間一人が吹き続け、さらに二人揃って吹くという具合に、口笛がやまずに続く）

マキャン　それでも光栄だ。

スタンリー　少しオーバーだな、そいつは。

マキャン　いやいや。光栄だ。

スタンリー　トンマもいいところだ。

マキャン　いやいや。

（二人、にらみ合う）

スタンリー　他の客は？

マキャン　若いご婦人が一人。

スタンリー　へえ？　それから……？

マキャン　おれの友達。

スタンリー　君の友達？

マキャン　そうだ。お膳立てはすっかりできてる。

（スタンリー、テーブルのまわりを回ってドアの方へ。マキャン、前に立つ）

スタンリー　失礼。

マキャン　どこへ行く気だ？

スタンリー　外に行く。

マキャン　なぜここにいない？

（スタンリー、テーブル下手に引っ込む）

スタンリー　君は休暇で来たといったね、ここに？

マキャン　ほんのしばらくの休暇だがね。（スタンリー、マキャンがちぎった新聞紙の一切れを手に取る。マキャン進み出る）よせよ。

スタンリー　何だね？

マキャン　よせよ。さわるな。

スタンリー　君とはどこかで会ったような気がするな。
マキャン　いいや、そんなはずは。
スタンリー　メイドンヘッドの辺にいたことは？
マキャン　ないね。
スタンリー　フラーの喫茶店があるだろう、チェーンストアの。僕はいつもあそこでお茶を飲んだ。
マキャン　知らないね。
スタンリー　それにブーツの貸本サービスが一軒。どうもあそこの中央通りのあたりで見かけたようだな、君を。
マキャン　へえ？
スタンリー　いい町だろう、あの町は？
マキャン　知らないよ、おれは。
スタンリー　いやいや、静かで、しかも結構栄えてる町だ。僕はあの町で生まれて育った。町なかからは大分離れた所だけど。
マキャン　へえ？

（間）

スタンリー　ここには長くいないんだな？
マキャン　そうだ。
スタンリー　元気になるよ、ここにいると。
マキャン　あんたの経験か、それは。
スタンリー　僕？　僕は駄目だ。でも君はきっと。（テーブルを前に坐り）ここも気に入ってるんだが、じきおさらばだ。故郷に帰る。今度は腰を落ちつけるよ。「埴生の宿」は何とやら言うじゃないか。（笑う）家を離れる気はなかったんだが、仕事でね。仕事でしばらく留守にするほかなかった。ままならぬのが浮世ってわけでね。
マキャン　（テーブル上手に坐り）仕事って、商売でもやってるのか？
スタンリー　いや、もうよすつもりだ。僅かだけど、固定収入があるものだから。家を離れて暮らすのはいやなんだよ。前は引きこもって静かに暮らしていた――レコード聴くぐらいで、後は何にも。全部人まかせでね。それから自分で仕事を始めた――ごくささやかなものだが。ここにやって来たのも、その仕事のせいさ。しかも予定より長く足どめされちまった。他人の家に住むなんて、どうしてもなじめないものだ。そう思わないかね？　昔は本当に静かに暮らしてたんだが。持ってる物のありがたみは、そいつをなくしてみなけりゃわからない。世間でもそう言うじゃないか？　煙草どう？
マキャン　いや、吸わないんでな。

（スタンリー、煙草に火をつける。裏口の方から人声）

スタンリー　誰だい、あれは？
マキャン　おれの友達とここの親爺だ。

スタンリー　どうだい、僕を見てもそうは思えないだろう？　――今まで静かな暮らしをしてきた人間とは。大分しわが出てるしな、顔に。酒のせいだ。ここに来てからつい過ごすようになっちまって。だけどね……よくある話だろ？　……つまり、家を離れて一人で暮らしてると……全然向かないのにな、そんな暮らしは……家に帰れば治るさ……でも、ほら、なぜか人が変わっちまったように見られるんだ。なるほど、僕は変わったんだろう。でも、僕はやはり昔の僕。つまり……僕を見てもまさか……つまり、まさか面倒を起こすような人間には見えないだろう？（マキャン、スタンリーを見る）わかるか、僕の言うことが？

マキャン　わからない。（スタンリーがまた新聞紙の一切れを手に取ると）よせよ。

スタンリー　（口早に）君はなぜここに？

マキャン　ほんのしばらくの休暇だよ。

スタンリー　馬鹿げてるぞ、こんな家を選ぶとは。（立ち上がる）

マキャン　なぜ？

スタンリー　ここは宿屋じゃない。昔も今も。

マキャン　いや、宿屋だ。

スタンリー　なぜこの家を選んだ？

マキャン　せっかくの誕生日だというのに、どうもしけてるね、旦那。

スタンリー　（鋭く）僕を「旦那」だと？　なぜだ？

マキャン　気に入らないか？

スタンリー　（テーブルに向かって）君、「旦那」呼ばわりはよしてくれ。

マキャン　いやならよすよ。

スタンリー　（テーブルから離れながら）いやだ。大体、今日は僕の誕生日じゃない。

マキャン　誕生日じゃない？

スタンリー　来月だよ、誕生日は。

マキャン　ここのお内儀さんの話とは違うぞ。

スタンリー　お内儀さん？　ああ、ありゃ気違いだ。パーだ。

マキャン　ひどいこと言いやがる。

スタンリー　（テーブルに向かって）気がつかなかったのか、そんなこと？　君が知らんことはまだ大分ある。誰かに一杯食わされてるんじゃないか？

マキャン　一杯食わす？　誰が？

スタンリー　（テーブルに身を乗り出し）あの女は狂ってる！

マキャン　そいつは中傷ってもんだ。

スタンリー　何もわかってないんだな、君は。

マキャン　おい、煙草に注意。新聞が燃えるぞ。

（裏口の方から人声）

スタンリー 皆どこにいるんだ？ （煙草をもみ消し）なぜ入って来ない？ 外で何してるんだ？

マキャン 落ちつけよ、あんた。

（スタンリー、マキャンに歩み寄り、腕をつかむ）

スタンリー 君——

マキャン さわるなよ。

スタンリー 頼む。聞いてくれ。

マキャン 手を放せ。

スタンリー な、ちょっとでいい、坐ってくれ。

マキャン （相手の腕をなぐりつけ、凶暴な口調） よせ、こいつ！

（スタンリー、腕を抱え、舞台を横切って後退）

スタンリー 君、さっき僕の言ったことがどういうことか、わかってるんだろう？

マキャン いいや、全然。一体どういうつもりなのかね？

スタンリー 全部誤解だ！ わからないのか？

マキャン 大分いかれてるな、あんた。

スタンリー （ヒソヒソ声になり、前に進み出ながら） やつから何か聞いてるのか？ わかってるのか、君が何のためにここへ来させられてるのか？ さ、言ってくれ。別に僕をこわがることはない。それとも何も聞いてないのか、やつから？

マキャン 聞くって、何を？

スタンリー （声を落とし、鋭く） 馬鹿、説明してやったじゃないか——ベイジングストークに長いこと住んでたが、僕はその間一歩も家の外に出たことがないんだ。

マキャン 呆れてものも言えないね、あんたという人にゃ。

スタンリー （説きさとすように） 君、君は正直者らしい。要するに君はコケにされてる。それだけのことだ。わかるな？ 君はどこから来たの？

マキャン どこだと思う？

スタンリー アイルランドなら、僕はおなじみだ。友達も沢山いる。国も好きだし、人も尊敬してる、信用してる。アイルランドの人は、真実を敬い、ユーモアを解する。お巡りさんがすばらしい。行ったことがあるんだ。あんなすてきな日暮れはほかじゃ見られない。どうだ、一杯やりに外に出ないか？ ちょっと行くとギネスの生を飲ませる所がある。この辺じゃめったに手に入らないぜ、ギネスの生は——（言葉を切る。人声が近くなる。ゴールドバーグとピーティが裏口ドアから登場）

ゴールドバーグ （入って来ながら） さよう。百万人に一人という お袋——（スタンリーが目に入り） おや。

ピーティ　今晩は、スタン君。ゴールドバーグさん、スタンリー君にはまだ？

ゴールドバーグ　さよう、初めてですな。

ピーティ　そうですか。こちら、ゴールドバーグさん、こちら、ウェバーさん。

ゴールドバーグ　どうぞよろしく。

ピーティ　この方と、庭でちょっと空気を吸ってたところだ。

ゴールドバーグ　ボールズ氏に、私のお袋の話をしておりましてな。ああ、なつかしいな、あの頃が。（テーブル下手寄りに腰をおろし）さよう、若い頃、金曜日になると、近所の若い娘と掘割沿いに散歩に出た。美人でな。声のきれいなこと！　ナイチンゲールか、うぐいすか！　身持ち？　素行？　何をおっしゃる、あの娘、伊達や酔狂で日曜学校の先生してたわけじゃない。とにかく、別れる時はほっぺたに軽くキス——私ゃふらちな真似など絶対しなかったからね——あの頃の若者は昨今の若いのとはわけが違う。尊敬ということをわきまえてた。という次第で、ほっぺたに軽くチュッ、後はスタスタご帰館さ。鼻歌うたいながら、遊園地のそばを通って。ヨチヨチ歩く子に、ハイ今日はと帽子を脱ぎ、野良犬にも手をさしのべる。ごく当たり前にそんな気になったものだ。まるで昨日のことのように思い出す。夕日がドッグレース場の裏に沈んで行く。ああ、なつかしい！（満足げに、椅子に背を預ける）

マキャン　公会堂の裏に沈んだな、おれの町では。

ゴールドバーグ　公会堂？

マキャン　キャリクマクロスの町の。アイルランドだよ。

ゴールドバーグ　そんな、そもそも比べものにならん。とにかく、スタスタと通りを帰って来る、門をくぐる、ドアを入る、「ただ今」。と、お袋が大声で、「サイミー、早く。冷めないうちにおあがり！」テーブルを見る。何のご馳走だ？　飛び切り上等、よだれの出そうなお国料理——魚団子。

マキャン　あんたの名前、ナット・ゴールドバーグだったはずだがね。

ゴールドバーグ　いや、お袋はサイミーと呼んだのさ、私を。

ピーティ　いや、誰にとっても子供の頃は忘れられないものです。

ゴールドバーグ　さよう、さよう。どうです、ウェバー君、そう思いませんかね？　子供の頃の思い出。湯タンポ、熱いミルク、ホットケーキ、シャボンの泡。楽しかったねえ。

（間）

ピーティ　（立ち上がり）さて、私は失礼して。

ゴールドバーグ　お出かけで？

ピーティ　チェスをやる晩でしてね、毎週。

ゴールドバーグ　パーティにはお出にならぬ？

ピーティ　悪いが失礼するよ、スタン君。たった今聞かされたものだから。もう約束しちまったんだ。できるだけ早く帰って来る。

ゴールドバーグ　お酒を取っときますぞ、よろしいかな？　おや、それで思い出した。君、行って酒を受け取って来たまえ。

マキャン　今かね？

ゴールドバーグ　もちろん。そろそろ時間だよ。すぐそこの酒屋、わかってるな？　私の名前を言ってくれ。

ピーティ　私もそっちに行きますから。

ゴールドバーグ　早く相手をやっつけて帰ってらっしゃい。

ピーティ　まあせいぜいね。じゃ、あとでな、スタン君。

（ピーティ、マキャン、上手より退場。スタンリー、舞台中央に）

ゴールドバーグ　暑いですな、今夜は。

スタンリー　（振り向き）僕にかまわないでくれ！

ゴールドバーグ　何ですと？

スタンリー　（舞台前面に進みながら）何かの手違いだ、これは。予約でもうふさがってるんだ、あんた方の部屋はね。奥さん、つい言うのを忘れてたんだろう。どこか、よそを捜してくれませんか。

ゴールドバーグ　君、ここの番頭かね？

スタンリー　そうだ。

ゴールドバーグ　もうかるか？

スタンリー　ここの切盛りは僕がやってる。申し訳ないが、お二人とも、よそに泊まってもらう。

ゴールドバーグ　（立ち上がり）ああ、忘れてた。誕生日おめでとうを言わなけりゃ。（片手を差出し）おめでとう。

スタンリー　（手を無視し）つんぼなのか、あんた？

ゴールドバーグ　ごあいさつだな。なぜまたそんな？　実のところ、私の感覚は五官揃って目下絶好調でね。悪くないだろう、五十過ぎの男にしてみれば。しかし、こいつは私がいつも思うことだが、誕生日というのは大した日だ。昨今じゃ、どうも軽々しく思われすぎてるが。そもそも何を祝う日か——人間の生誕だ！　いわば朝の目覚めにもひとしい。すばらしいことじゃないか！　そりゃ、世の中には朝起きるのが気に入らん人もある。こんなことを言う連中だよ——「朝起きる？　それがどうした？　肌はザラザラ、髭はモジャモジャ、目には目糞、口は便所のように臭く、手のひらは寝汗でじっとり、鼻が詰まり、足がにおう。湯灌《ゆかん》前の仏さま同然じゃないか」。が、私は違う。そんなことぬかす連中を耳にすると、かえって心うきうき。なぜか？　私は朝起きる喜びを知っとるからだ――朝日は輝き、芝刈機は唸る、小鳥のさえずり、芝草のかおり、教会の鐘、トマトジュース――

スタンリー　出てってくれ。

（そこに酒瓶を何本か持ったマキャン登場）

酒も外だ。ここはアルコール禁止、営業許可を取ってないんだぞ。

ゴールドバーグ　ウェバー君、今日はどうもおかんむりだね。君の誕生日、しかも奥さんが大骨折ってパーティを開こうとして下さってるんだよ。

（マキャン、食器棚《サイド・ボード》に酒瓶をのせる）

スタンリー　酒は外だと言ったじゃないか。

ゴールドバーグ　まあ、坐んなさい、ウェバー君。

スタンリー　一つハッキリ言っとく。あんたらなど、下卑た冗談みたいなもの、吹けば飛ぶようなものだ。しかし、僕にはこの家の人達に対する責任がある。あの二人はこの土地に長くいすぎて、鼻が利かなくなってる。僕は違うぜ。僕がここにいる限り、誰にもあの人達をカモにさせたりはしない。（少し力が抜けて）いずれにせよ、この家はあんたら向きじゃない。あんたらの得になるようなことは何一つないんだから、どこから見たって。だから、これ以上邪魔しないで、おとなしく引き取ってくれよ。

ゴールドバーグ　ウェバー君、坐りたまえ。

スタンリー　騒動起こしても何にもならないんだから。

ゴールドバーグ　坐りたまえ。

スタンリー　どうして？

ゴールドバーグ　歯に衣着せずに言うとだな、私はお前さんがいささか胸にもたれてきてる。

スタンリー　へえ、そうかね？　いや結構な話――

ゴールドバーグ　坐る。

スタンリー　いやだ。

（ゴールドバーグ、溜息つくと、テーブル下手に坐る）

ゴールドバーグ　君。

マキャン　へえ？

ゴールドバーグ　この人に坐ってもらえ。

マキャン　へえ。（マキャン、スタンリーに近づき）坐ってくれないか？

スタンリー　ごめんだ。

マキャン　そりゃよくわかるが――つまり、坐ったほうが得だぜ。

スタンリー　じゃ君が坐ったらどうだ？

マキャン　いや、おれじゃない、あんただ。

スタンリー　ごめんこうむるよ。

（間）

マキャン　ねえ。

ゴールドバーグ　何だ？

マキャン　坐りたくないって。

ゴールドバーグ　頼んでみたまえ。

マキャン　もう頼んだ。

ゴールドバーグ　も一度。

マキャン　（スタンリーに）坐れや。

スタンリー　なぜ？

マキャン　そのほうが楽だ。

スタンリー　あんたも同じことだろ。

（間）

マキャン　よかろう。あんたが坐ればおれも。

スタンリー　あんたが先だ。

（マキャン、テーブル上手にゆっくり腰をおろす）

マキャン　さ、どうだ？

スタンリー　よろしい。これで二人とも、休むだけ休んだわけだから、とっとと出てってくれ！

マキャン　（立ち上がり）汚ねえぞ、こいつ！　ぶっとばされるな！

ゴールドバーグ　（立ち上がり）よせ！　私はこのとおり立った。

マキャン　また坐んなさい！

ゴールドバーグ　立った時は立つ、私は。

スタンリー　こっちもご同様。

マキャン　（スタンリーに近づき）ゴールドバーグさんを立たせたな、あんた。

スタンリー　（声が高くなる）身体にいいさ！

マキャン　腰かけろ。

ゴールドバーグ　マキャン君。

マキャン　腰かけろったら！

ゴールドバーグ　（スタンリーの所に行き）おい、ウェバー。（静かに）坐れよ。（沈黙。スタンリー、『モーンの山』を口笛で吹き始める。ぶらぶらとテーブル前の椅子へ。一同見まもる。スタンリー、口笛をやめる。沈黙。スタンリー、腰かける）

スタンリー　皆、注意したほうがいいよ。

ゴールドバーグ　昨日何をした、ウェバー？

スタンリー　昨日？

ゴールドバーグ　それに一昨日だ。一昨日は何をした？

スタンリー　どういう意味だ？

ゴールドバーグ　なぜ皆をわずらわす、ウェバー？　なぜ皆の邪魔をする？

スタンリー　僕が？　一体あんた達――
ゴールドバーグ　いいか、ウェバー、お前はごくつぶしだ。なぜ皆に厄介かける？　なぜここのお内儀さんの頭を変にする？
マキャン　したくて仕様がないんだ、こいつ！
ゴールドバーグ　なぜそう悪さをする、ウェバー？　なぜこの親爺さんを追い出して、チェスなどやりに行かせる？
スタンリー　僕が？
ゴールドバーグ　なぜあのお嬢さんを鼻つまみにする？　鼻つまみはどっちだ、ウェバー？
スタンリー　一体何の――
ゴールドバーグ　先週は何を着た、ウェバー？　服はどこにおいてある？
マキャン　なぜ組織から脱け出しやがった？
ゴールドバーグ　お袋さんが何と言うかね、ウェバー？
マキャン　なぜおれ達を裏切った？
ゴールドバーグ　こたえたぞ、ウェバー。あまりにも下劣だ、お前の仕打ちは。
マキャン　明々白々、苛酷な事実だ、そいつは。
ゴールドバーグ　こいつめ、一体自分を誰だと思ってる？
マキャン　きさま、一体自分を誰だと思ってる？
スタンリー　そんな、お門違いだ。
ゴールドバーグ　この家にはいつ来た？
スタンリー　去年。
ゴールドバーグ　どこから？
スタンリー　よそから。
ゴールドバーグ　なぜここに来た？
スタンリー　足が痛んだから！
ゴールドバーグ　なぜここに腰落ちつけた？
スタンリー　頭痛がしたから！
ゴールドバーグ　頭痛薬飲んだか？
スタンリー　ああ。
ゴールドバーグ　何を？
スタンリー　ナントカ胃散だよ！
ゴールドバーグ　とぼける気だな。じゃ聞くがどこの製品だ？　イーノスか、アンドリューズか？
スタンリー　それが……その……
ゴールドバーグ　よくかき回したか？　泡が出て、シュッと溶けたか？
スタンリー　ちょいと、ちょいと待ってくれ、あんたら――
ゴールドバーグ　シュッと溶けたのか？　シュッと溶けたのか、シュッと溶けなかったのか？
マキャン　野郎、知らねえとくる！
ゴールドバーグ　知らんのだな、お前。最後に風呂に入ったのはいつだ？

スタンリー 毎日入ってる――

ゴールドバーグ 嘘つくな。

マキャン きさまは組織を裏切ったな。お見通しだぞ！

スタンリー 見通せるもんか！

ゴールドバーグ 眼鏡はずして何が見える？

スタンリー 何でも。

ゴールドバーグ こいつの眼鏡を取れ。

（マキャン、スタンリーの眼鏡をもぎ取る。スタンリー、取り戻そうと手を伸ばし、立ち上がると、マキャンがその椅子を舞台中央前面、テーブル前に持って来る。スタンリー、よろめきながらそれを追う。椅子をつかんで、スタンリーはその上にかがみ込む）

ウェバー、きさまはイカサマだ。（マキャンとゴールドバーグ、椅子をはさんで立つ）最後にコップ洗ったのはいつだ？

スタンリー 一昨年のクリスマス。

ゴールドバーグ どこで？

スタンリー ライオンズ・コーナー・レストラン。

ゴールドバーグ どのライオンズだ？

スタンリー マーブル・アーチのだ、ハイド・パークのとっつきの。

ゴールドバーグ お前の細君はどこにいた？

スタンリー その――ある所に――

ゴールドバーグ 答えろ。

スタンリー （かがんだまま、振り向き）女房って？

ゴールドバーグ 女房をどうしちまったのだ？

マキャン 野郎、女房を殺しやがったな！

ゴールドバーグ なぜ女房を殺した？

スタンリー （客席に背を向け、椅子に坐る）女房って？

マキャン 野郎、どうやって殺した？

ゴールドバーグ お前、どうやって殺した？

マキャン 手前、絞め殺したな。

ゴールドバーグ 一服盛ったな。

マキャン さ、こいつに間違いなし！

ゴールドバーグ お袋さんはどこだ？

スタンリー 精神病院に。

マキャン そらきた！

ゴールドバーグ お前、なぜ結婚しなかった？

マキャン 女がすぐそこで待ってたのに。

ゴールドバーグ 結婚式からズラかったな。

マキャン 見殺しにして、女を。

ゴールドバーグ はらませておいて。

マキャン 教会で待ってる女を。

ゴールドバーグ ウェバー！ きさま、なぜ名前を変えた？

スタンリー も一つの名を忘れたからだ。

ゴールドバーグ　今の名は？
スタンリー　ジョー・シャボン。
ゴールドバーグ　それにしては、罪のにおいがプンプンする。
マキャン　おれにもにおう。
ゴールドバーグ　お前は、外なる力を信じるか？
スタンリー　何だと？
ゴールドバーグ　外なる力を信じるか？
マキャン　そう聞いてるんだぞ！
ゴールドバーグ　外なる力を信じるのか？　お前の責任者となり、お前のために苦しむ力を？
スタンリー　もう遅いよ。
ゴールドバーグ　遅いだと！　遅いもいいところだ！　最後にお祈り上げたのはいつだ？
マキャン　野郎、汗かいてやがる！
ゴールドバーグ　いつだ、最後に祈ったのは？
マキャン　汗かいてやがる、野郎！
ゴールドバーグ　８４６という数は可能か必然か？
スタンリー　どっちでもない。
ゴールドバーグ　違う！　８４６という数は可能か必然か？
スタンリー　両方だ。
ゴールドバーグ　違う！　必然だが可能ではない。
スタンリー　両方だよ。
ゴールドバーグ　違う！　なぜ８４６が必然的に可能なのだ？
スタンリー　そうにきまってる。
ゴールドバーグ　違う！　必然的に必然なだけだ！　可能性を認めるのは、まず必然性を認めてからのこと。必然だから可能になる。だが、可能だから必然なのではない。必然性が立証された上で、初めて可能性が想定される。
マキャン　正しい！
ゴールドバーグ　正しい？　もちろん正しい！　私らは正しく、お前は間違っている、一から十までな、ウェバー。
マキャン　一から十までな！
ゴールドバーグ　きさまの好色の結末はどうなる？
マキャン　因果応報だぞ。
ゴールドバーグ　まずい飯をのどまで詰め込むがいい。
マキャン　女を害する毒だ、お前は。
ゴールドバーグ　なぜ家賃を払わん？
マキャン　お袋を犯す人非人だ、お前は！
ゴールドバーグ　なぜ鼻糞をほじる？
マキャン　正しい裁きを！
ゴールドバーグ　商売は何だ？
マキャン　アイルランドがどうしたと？
ゴールドバーグ　商売は何だ？
スタンリー　ピアノ弾き。

ゴールドバーグ 指は何本使う？
スタンリー 手なんか使わない！
ゴールドバーグ きさまは鼻つまみだ。土方組合でも爪はじきだぞ。
マキャン きさまは教会を裏切った、堕落坊主め。
ゴールドバーグ 夜寝る時は何を着る？
スタンリー 何も。
ゴールドバーグ 誕生の床を汚すシラミだ、きさまは。
マキャン アルビ派の異端をどうしてくれる？ やつらはキリストの復活を認めないんだぞ。
ゴールドバーグ メルボルンのクリケット試合で八百長やったのは誰だ？
マキャン 福者オリバー・プランケットをどうしてくれる？ アイルランドの殉教者だぞ。
ゴールドバーグ 返事をしろ、ウェバー。犬が東向けばシッポはどっち向く？
スタンリー それはその――それは――その……
マキャン 知らねえな、こいつ！
ゴールドバーグ 犬が東向けばシッポはどっち向く？
スタンリー その――それは――その……
ゴールドバーグ シッポはどっち向く、犬が東向けば？
スタンリー それがその……
マキャン 知らねえんだ、この野郎。西や東はおろか後先の区別もつかねえ！
ゴールドバーグ さ、どっちが先だ？
マキャン ヒヨコか卵か、どっちが先だ？
ゴールドバーグ、マキャン どっちが先だ？ どっちが先だ？ どっちが先だ？

（スタンリー、悲鳴を上げる）

知らんとおっしゃる。きさま、自分で自分の顔がわかるか？
マキャン 目を覚まさせてやりましょう。目玉に針をブスリと。
ゴールドバーグ ウェバー、きさまは疫病神だ。カスだ。お払い箱だ。
マキャン 残り物だ！
ゴールドバーグ だが私達に名案がある、きさまにうってつけのな！ 消毒だ、殺菌だ――去勢してやる。
マキャン ドロイダ事件をどうしてくれる？ アイルランド人の大虐殺を？
ゴールドバーグ もう気が抜けてる、きさまは。においだけだ。
マキャン おれ達の国を裏切ったな。
ゴールドバーグ われわれのはらからを裏切ったな。
マキャン お前は誰なんだ、ウェバー？

ゴールドバーグ 自分が生きてるなどと、どうしてわかる？
マキャン お前は死人だ。
ゴールドバーグ 死人だ。きさまは生きることも、考えることも、愛することもできない。死人だ、きさまは。悪性の疫病だ。露気が切れて悪臭だけ残ってる！

（沈黙。二人はスタンリーの前に立ちはだかる。スタンリーは椅子の中にうずくまっている。ゆっくりと目を上げたスタンリー、ゴールドバーグの腹を蹴飛ばす。ゴールドバーグ、倒れる。スタンリー、立ち上がる。マキャン、椅子をつかんで振りかざす。スタンリーも椅子をつかみ、頭をかばう。マキャンとスタンリー、ぐるぐる回る）

落ちつけ、マキャン。
スタンリー （回りながら）ウォー！
マキャン その調子だ。ユダめ。
ゴールドバーグ （立ち上がり）落ちつけよ、マキャン。
マキャン さあ、来い！
スタンリー ウォー！
マキャン 野郎、汗かいてやがる。
スタンリー ウォー！
ゴールドバーグ 落ちつけったら、マキャン。
マキャン この汗かき豚、汗かいてやがる。

（上手でけたたましいドラムの音がし、階段をおりて来る。ゴールドバーグ、スタンリーの持った椅子を取り上げる。一同、椅子を下におろし、静止。メグ登場。イブニング・ドレスを着、ドラムとスティックを持つ）

メグ ドラム持って来ましたよ。ホラ、着がえもしてきた。
ゴールドバーグ これはすてきだ。
メグ いかが、このドレス？
ゴールドバーグ すてきだ。何とも言えませんぞ。
メグ そうでしょ、これ、父からもらったドレスなの。（ドラムをテーブルの上に置く）とてもいい音ね、これ。
ゴールドバーグ なかなか立派な太鼓ですな。スタン君、あとで何か一曲叩いてくれるかもしれん。
メグ そうだわ。どう、あなた何かやってくれる、スタン？
スタンリー 眼鏡返してもらえないかね？
ゴールドバーグ なるほど、そうだ。（片手をマキャンに差し出す。マキャン、眼鏡を渡す）ホラ。（スタンリーに眼鏡を差し出す。スタンリー、手を出す）さあ。（スタンリー、受け取る）さてさてと。こりゃどうだ、汽船も沈むほど酒がドッサリ。スコッチが四本、アイリッシュが一本。
メグ あの、私、何を飲んだらいいかしら、ゴールドバーグさん？

ゴールドバーグ　いや、まずグラスだ、グラスを。マキャン君、スコッチを開けたまえ。
メグ　（食器棚に行き）家で一番上等なグラスはここよ。
マキャン　スコッチはやらないんだがね。
ゴールドバーグ　ならアイリッシュをやればいい。
メグ　（グラスを運んで来て）さ、お待たせ。
ゴールドバーグ　結構結構。奥さん、乾杯の音頭はスタンリー君にやってもらいたいが？
メグ　そうですとも。さ、スタン君。（スタンリー、ゆっくりとテーブルに）私のドレス、お気に召して？
ゴールドバーグ　立派だ、ユニークだ。ちょっと後ろを向いていただけますかな、奥さん。これで私、昔はその道の商売をしとりましてな。ささ、あっちに歩いて。
メグ　あら、いやだ。
ゴールドバーグ　照れずに。（メグの尻をピシャリとやる）
メグ　まあ！
ゴールドバーグ　さ、大通りを歩くつもりで。どれどれ。ふむ、見事な身のこなしだ。どうだね、マキャン君？　まさに伯爵夫人というところ。マダム、そこで回れ右、台所の方へ。おお、何とすばらしい身のこなし！
マキャン　（スタンリーに）おれのアイリッシュも注いでくれよ。
ゴールドバーグ　これぞあやめかかきつばた。
メグ　スタン君、私のドレスどうなのよ？
ゴールドバーグ　こらこら、令夫人の分を忘れちゃいけない。さてマダム、これがあなたのグラス。
メグ　どうも。
ゴールドバーグ　では皆さん、グラスをどうぞ。乾杯をいたしますぞ。
メグ　ルールーがまだ。
ゴールドバーグ　いや、もう時間が過ぎてます。さて、誰が音頭を？　ふむ、奥さん、やはりあなたしか。
メグ　私が？
ゴールドバーグ　ほかに誰がいるとおっしゃる？
メグ　でも何と言ったらいいの？
ゴールドバーグ　好きなことを言えばよろしい。正直思ったことをな。（メグ、おぼつかぬおももち）今日はスタンリー君の誕生日。あなたのスタン君ですぞ。彼の顔を見ると。見ていれば必ず言葉など湧いて来ます。ちょっと待った。明るすぎるな、これでは。この場にふさわしい照明が必要。マキャン君、君の懐中電灯は？
マキャン　（ポケットから小型の懐中電灯を出し）あいよ。
ゴールドバーグ　電灯を消して、それをつける。（マキャン、ドアに行き、電灯のスイッチを切って戻って来ると、懐中電灯の光をメグに向ける。窓の外はまだかすかに明るい）奥さんじゃない、そこの紳士だ！　誕生日の主人公であるわが坊やを照らすんだ。(マキャン、光をスタンリーの顔に浴びせる) さて奥さん、あとはあなただ。

(間)

メグ　でも、何て言ったらいいか。

ゴールドバーグ　顔を見ること、スタンリー君の顔を。

メグ　これじゃ光が目に入って、まぶしいんじゃない、この人?

ゴールドバーグ　大丈夫。さ、さ。

メグ　そうね、では――その、今夜、この家でこうしてパーティを開けるのは、とてもうれしいんです。そこでスタンリー君に乾杯したいの。今日は彼の誕生日。もうここにだいぶ長いこと住んでるわけだし、今や私のスタンリー君ですものね。スタンリー君は良い子、もっとも時に悪い子になるけど。(ゴールドバーグ、面白そうに笑い声) 私の知ってるただ一人のスタンリー、私はこの人のことなら何から何まで、誰よりもよく知っている。この人はそう思ってないけど。(ゴールドバーグ、「ヒヤ、ヒヤ」とあいの手) 私、私、もううれしくて、うれしくて泣きそう。この人がどこにも行かずここにいてくれるし、今日はお誕生日、もうこの人のためなら、私、どんなことでも、そして今日集まって下さった皆さんのためなら、もう私……(すすり泣く)

ゴールドバーグ　お見事! お見事なスピーチだ。あかりをつけて、マキャン君。(マキャン、ドアに行く。スタンリー、じっとしている) 祝辞、いや実に立派などあいさつだった。(あかりがつく。ルールー、上手ドアから登場。ゴールドバーグ、メグを励ます) さあ、元気を出して。かわいい坊やに笑っておあげなさい。そうそう。その調子。おや、これはこれはどこの姫君のお出ましだ?

メグ　こちらがルールー。

ゴールドバーグ　お初にお目にかかります。小生、ナット・ゴールドバーグ。

ルールー　今晩は。

ゴールドバーグ　スタンリー君、お客さんにお酒を。お嬢さん、乾杯のスピーチがたった今終わったところでしてな。いや実に結構なスピーチだった。

ルールー　あら、そうだったの?

ゴールドバーグ　スタンリー君、お客さんにお酒だ。(スタンリー、ルールーにグラスを渡す) ようし、いいか、皆グラスを持って。ご起立をお願いします。いいかな? いやいや、スタンリー君、君はいかん、坐ってなけりゃ。

マキャン　そうだそうだ、こいつは坐ってなけりゃ。

ゴールドバーグ　ちょいと坐っていただけますかな? 君のための乾杯だ。

メグ　そうよ!

ルールー　そうよ！

（スタンリー、テーブル前の椅子に坐る）

ゴールドバーグ　よろしい。これでスタンリー君は坐った。

（主役気どりで）さて、まず申し上げておきたい。私はただ今のスピーチ程強く胸を打たれたことはない。今日この頃の世の中で、かかる真の暖かさに接することが、はたして何度ありましょうか？　今のはまさに生涯一度と言うべき名演説。紳士淑女諸君、私はついさっきまで、皆さん方と同じ疑問を抱いていたのです。すなわちこういうことだ——母がゆりかごのわれわれに教えたもうたあの愛情、あの善意、あのあけすけな情愛の表現は、一体どこに行ってしまったのか？

マキャン　風と共に去りぬ。

ゴールドバーグ　そのとおり。私もつい今日になるまで、そう思っていた。楽しき笑い、一日の釣り三昧、ささやかな庭いじり——私はこういったものを信じておる。おのが手の豆、額の汗で作ったささやかなる温室を、かつては大いに自慢に思っていた。そんな男です、私は。量より質が主義。小さなオースチンに乗る、フラーズでお茶を飲む、ブーツの貸本に読みふける——それだけで充分満足なのだ。しかしです、たった今、ここの奥さんのスピーチをうかがって、私は、少なくともこの私は、奥さんの吐露された情愛にただただ打ちひしがれてしまった。かくも暖かき情愛の恩恵に浴する青年こそ幸せなれだ。(間) 何と申したらおわかりいただけようか？　さようー—道連れはお前だけなり影法師——一人枕の夢の寂しさ。いかがかな？

ルールー　(感に堪えて) 本当。

ゴールドバーグ　さよう、全く。しかしだ、お嬢さん、それにマキャン君、今夜われわれは大いなる幸運にめぐり合うことができた。われわれは一人の淑女が、その生きとし生けるはらからの一人に、十全、完璧、至高なる献身を捧げる言葉を耳にしえたのである。スタンリー君、心からお祝い申し上げる。皆を代表して、誕生日おめでとう。今日ほど君が誇り高く思った日はあるまい。ユダヤのお国なまりで言わせていただく——マゼルトフ、幸運を祈る！　われわれがシムハの日、すなわち喜びの日のみに再会せんことを！ (ルールーとメグ、拍手喝采) マキャン君、乾杯の間、電気を消してくれたまえ。

ルールー　すてきだわ、今のお話。

（マキャン、電灯を消して戻って来、懐中電灯の光をスタンリーの顔に注ぐ。窓外のあかりはさっきより暗くなっている）

ゴールドバーグ　さ、皆さん、グラスをかかげて。スタンリー君、ハッピー・バースデイ。
マキャン　ハッピー・バースデイ。
ルールー　ハッピー・バースデイ。
メグ　幸せなお誕生日がこれからも何度も何度もありますように。
ゴールドバーグ　健康長寿、食欲旺盛。
（一同、飲む）
メグ　（スタンリーにキスしながら）スタン、ああ、私のスタン坊や……
ゴールドバーグ　あかり！
マキャン　合点だ！（電灯のスイッチを入れる）
メグ　さ、スタン、グラスを当てて。乾杯。
ルールー　ね、ゴールドバーグさん――
ゴールドバーグ　ナットと呼んでいただこう。
メグ　（マキャンに）あなたもグラスを。乾杯。
ルールー　（ゴールドバーグに）空よ。お注ぎしましょう。
ゴールドバーグ　これは光栄。
ルールー　あなた、とってもお話がお上手。どこで練習なさって？
ゴールドバーグ　お気に召したかな？
ルールー　ええ、とっても！
ゴールドバーグ　生まれて初めて講演をやらされたのは、ロンドン、ベイズウォーターの倫理会館でしてな。絶好の機会だった。忘れがたい思い出さ。猫もしゃくしも詰めかけた。シャーロット通りが空っぽになるという騒ぎ。むろん、だいぶ昔の話だが。
ルールー　何の講演なさったの？
ゴールドバーグ　「必然性と可能性について」。大当たりだった。以後、結婚式に呼ばれると、必ず一席やらされてな。
（スタンリー、じっとしている。ゴールドバーグはテーブル上手に坐る。メグは舞台前面下手のマキャンのそばに行き、ルールーは舞台前面上手。マキャンは手に持ったままのアイリッシュ・ウイスキーの瓶から自分のグラスに注ぐ）
メグ　それ、少し注いで。
マキャン　そこに注ぎたしかい？
メグ　そうよ。
マキャン　いつも混ぜてるのか？
メグ　いえ。
マキャン　よし、グラス貸せ。
（メグ、舞台前面下手にある靴箱に腰かける。テーブル前に行ったルールーは、ゴールドバーグと自分のグラスに酒を注ぎ、ゴールドバーグにグラスを渡す）
ゴールドバーグ　ありがとう。

メグ　（マキャンに）大丈夫かしら、こんな？
ゴールドバーグ　ルールー君、あんた大柄で、フカフカよく弾みそうだぞ。私の膝の上に坐んなさい。
マキャン　かまやしねえ。
ルールー　大丈夫かしら、そんな？
ゴールドバーグ　ものはためし。
メグ　（一口つけて）おいしい。
ルールー　フカフカ弾んで天井まで届いちまうわ。
マキャン　よくもそんな物が混ぜられるな。
ゴールドバーグ　やってみなけりゃ。
メグ　（マキャンに）この腰かけに坐ったら？

（ルールー、ゴールドバーグのひざに坐る）

マキャン　こいつか？
ゴールドバーグ　いいかね、坐り心地？
ルールー　ええ、おかげさまで。
マキャン　（腰をおろしながら）上等な坐り心地だ。
ゴールドバーグ　君の目には多くの物がたたえられている。
ルールー　あなたの目も。
ゴールドバーグ　本当か？
ルールー　（クスクス笑い）まあ、いや！
マキャン　（メグに）この腰かけ、どこで手に入れた？
メグ　父からもらったの。

ルールー　まさか今夜、あなたにお目にかかれるなんて。
マキャン　（メグに）キャリクマクロスに行ったことあるかね？
メグ　（飲みながら）キャリクマクロス？　ロンドンのキングズクロスなら行ったことあるけれど。
ルールー　青天のへきれきよ。
ゴールドバーグ　（ルールーが身動きすると）おいおい、注意してくれ。肋骨が折れちまう。
メグ　（立ち上がり）ね、踊ろうよ！（ルールーとゴールドバーグ、見つめ合う。マキャン、酒を飲む。メグ、スタンリーのところに行き）踊ろうよ、君。（スタンリー、じっと坐ったまま。メグ、一人で部屋の中を踊り回り、マキャンの所に戻って来る。マキャン、メグのグラスに注ぐ。メグ、腰をおろす）
ルールー　（ゴールドバーグに）あのね、良いこと教えようか？
ゴールドバーグ　何だね？
ルールー　私、あなたを信用する。
ゴールドバーグ　（グラスをかかげ）乾杯！
ルールー　奥さんいるの、あなた？
ゴールドバーグ　いたと言うべきだな。いい女房だった。まあ、聞きなさい。金曜の午後になると、私は散歩に公園まで出かけたものだ、健康のためにな。君、まあいいから、ちょいとテーブルの上に坐ってくれんかね？（ルールー、テーブルの上に坐る。背伸びしてから、ゴールドバーグは先を続ける）健康のための散歩。小さな子供達を見かけると、「今日は」。男の子にも女の子にもな。私は男の子女の子の区別はせん。それから賤《しず》がわが家へご帰館。平屋根のバンガロー。と、女房が大声で、「サイミー、早く。冷めないうちにおあがんなさい！」。テーブルを見る。何のご馳走だ？　飛び切り上等、よだれの出そうなにしんときゅうりの酢づけ。

ルールー　あなた、ナットじゃなかったの？

ゴールドバーグ　女房はサイミーと呼んだ。

ルールー　きっといい旦那さんね、あなたなら。

ゴールドバーグ　あれの葬式を見せてやりたかったな。

ルールー　なぜ？

ゴールドバーグ　（息を深く吸い、首を軽く横に振りながら）立派な葬式だった。

メグ　（マキャンに）父が昔アイルランドに連れて行ってやると言ってたんだけど、結局私を置いて一人で行ってしまって。

ルールー　（ゴールドバーグに）子供の頃の私を知ってたんじゃないかな、あなた？

ゴールドバーグ　良い子だったのかね？

ルールー　ええ。

メグ　それも行先がアイルランドだったのかどうか。

ゴールドバーグ　ひょっとすると、君をこの背中におんぶしたことがあるかもしれない。

ルールー　そうね。

メグ　父は私を置き去りにして。

ゴールドバーグ　でなければ、「かごめかごめ」か。

ルールー　お遊戯ね？

ゴールドバーグ　そうとも！

マキャン　なぜアイルランドに連れてってくれなかったんだ？

ルールー　よしてよ、くすぐるの！

ゴールドバーグ　よせよ、柄にもない。

ルールー　昔から年取った人に弱いの、私。一緒にいて気が落ちつくもの。

（二人、抱き合う）

マキャン　国に良い店が一軒あってな。ロスクレーの町、「ノーラン小母さん」という居酒屋だ。

メグ　子供の頃、私の部屋には一晩中、暗いあかりがつけてあった。

マキャン　一度、その店で仲間と徹夜したことがある。飲めや歌えや、にぎやかにやったもんだ。

メグ　乳母がずっと一緒についていてくれた、子守歌を歌って。

マキャン　朝飯にはフライがついた。なのに今のおれはどうだ？
メグ　私の部屋は全部ピンク色。じゅうたんもカーテンもピンク色。部屋中オルゴールが一杯。オルゴールを聞きながら眠ったの。父は良くはやったお医者さん。私が病気一つしなかったのはそのせい――大事にされてたもの。弟や妹が大勢、皆それぞれ色の違う部屋にいた。
マキャン　タラモアの町はどうなっちまったのか？
メグ　（マキャンに）もう一杯ちょうだい。
マキャン　（メグのグラスに注ぎ、歌う）独立の志士、フィニアの志士、万歳、万歳！
メグ　まあ、いい声。
ゴールドバーグ　一つやれよ、マキャン君。
ルールー　ラブソングやって！
マキャン　（朗誦の口調）パディが絞首刑になった夜、若者はこぞってパディを見送りに集まった。
ゴールドバーグ　ラブソングをやれ！
マキャン　（声を張り上げ、歌う）
　人は言う、エデンの園の今は無し
　我は言う、エデンの園のいまだ有り
　ベンクレイの山のもと、クートヒルの町はずれ、
　エデンの園のいまだ有り
　エデンの園の歌声は、優しく響く耳もとに――
　帰り来よ、パディ
　帰り来よ、パディ・ライリー
　わがもとに、わが町に帰り来よ
　バリー・ジェムズ・ダフの町に
ルールー　（ゴールドバーグに）あなた、私の初恋の彼氏に生き写しよ。
ゴールドバーグ　もちろん、もちろん。
メグ　（立ち上がり）ゲームやりましょ！
ゴールドバーグ　ゲーム？
ルールー　何のゲーム？
メグ　何のゲームでも。
ルールー　（飛び上がり）そうだ、ゲームやろうよ。
ゴールドバーグ　何のゲームだ？
マキャン　隠れんぼ。
ルールー　目隠しごっこ。
メグ　賛成！
ゴールドバーグ　皆、目隠しごっこに賛成なのか？
ルールー、メグ　賛成！
ゴールドバーグ　よろしい。では目隠しごっこだ。さあさ、皆立つ！（立ち上がり）マキャン君、それにスタンリー君――スタンリー君！

ルールー　さあ。

メグ　スタン、立って。

ゴールドバーグ　どうかしたのかね、先生は？

メグ　（スタンリーの上にかがみ込み）スタン、ゲームよ。ホラホラ、ふくれないで。

（スタンリー、立ち上がる。マキャンも立ち上がる）

ゴールドバーグ　ようし！　さて、最初の鬼は？

ルールー　奥さん。

メグ　いやよ、私。

ゴールドバーグ　いや、当然あなたですぞ。

メグ　私が？

ルールー　（巻いていたスカーフを取り）さ、どうぞ。

マキャン　どうやるんだ？

ルールー　（スカーフでメグに目隠しし）あら、やったことないの？　奥さん、じっとして。皆、鬼にさわられないようにするの。でも、鬼が目隠しして、用意ドンと言ったら、その場から動いちゃいけません。そのままの位置にいること。もし鬼にさわられたら、その人が鬼になって目隠しするのよ。さ、こっち向いて。指が何本見える？

メグ　見えない。

ルールー　オーケー。

ゴールドバーグ　オーケー！　皆、動き回る。ホラ、マキャン君、スタンリー君。ようし、止まって。そのまま。用意、ドン！

（スタンリーは下手舞台前面。メグ、部屋の中を動き回る。ゴールドバーグ、腕を伸ばしたまま、ルールーの身体をいじり回す。メグ、マキャンにさわる）

メグ　つかまえた！

ルールー　目隠し取って。

メグ　すてきな髪の毛！

ルールー　（スカーフをほどき）ほうら。

メグ　まあ、あなた！

ゴールドバーグ　マキャン君、目隠しだ！

ルールー　（マキャンの目にスカーフを巻いて）さあ。こっち向いて、指、何本見える？

マキャン　わからん。

ゴールドバーグ　オーケー！　皆、動き回る。ようし、止まって！　そのまま！　用意、ドン！

（マキャン、動き出す）

メグ　すてき、すてき！

ゴールドバーグ　静かに！　チョッ、チョッ、チョッ。（舌を鳴らす）さ、も一度、動き回って。止まる！　そのまま！　用意、ドン！

（マキャン、動き回る。ゴールドバーグ、また腕を伸ばし、ルールーをいじり回す。マキャン、スタンリーに近づく。腕を伸ばし、スタンリーの眼鏡にさわる）

メグ　スタン君よ！

ゴールドバーグ　（ルールーに）どう、面白い、このゲーム？

メグ　スタン君、あなたの番よ。

（マキャン、スカーフを取る）

マキャン　（スタンリーに）眼鏡を預かるよ。

（マキャン、スタンリーの眼鏡を取る）

メグ　目隠しちょうだい。

ゴールドバーグ　（ルールーを抱きながら）奥さん、目隠ししてやって下さい。

メグ　ええ、言われなくたって。（スタンリーに）見える、私の鼻？

ゴールドバーグ　見えるもんか。いいですかな？　オーケー！　皆、動き回る。止まって！　そのままじっと！　用意、ドン！

（スタンリー、目隠しのまま立っている。マキャン、ゆっくりと後ずさりし、舞台を横切って上手へ。スタンリーの眼鏡の縁をへし折り、こわしてしまう。メグは舞台前面上手。ルールーとゴールドバーグは舞台奥中央に身を寄せて立つ。スタンリー、ゆっくりと動き出し、舞台を横切って上手へ。マキャン、ドラムを取って、スタンリーの足もとに横倒しに置く。スタンリー、これに足を取られてひっくり返る）

メグ　まあ！

ゴールドバーグ　シーッ！

（スタンリー、立ち上がる。足をドラムに突っ込んだまま、引きずりながらメグの方に向かう。メグの所に行きつき、立ち止まる。両手を伸ばし、メグののどにさわる。メグを絞め上げる。マキャンとゴールドバーグが飛び出し、スタンリーをメグからもぎり取る）

——暗転——

（窓外のあかりは完全に消え、舞台は真っ暗）

ルールー　あかり、あかりをつけて！

ゴールドバーグ　何が起きたのかね、一体？

ルールー　あかり、あかりを！

マキャン　ちょっと待った。

ゴールドバーグ　やつはどこだ？

マキャン　おれを放せよ！

ゴールドバーグ　これは誰だ？

ルールー　誰か私にさわってる！
マキャン　野郎はどこだ？
メグ　どうしてあかりが消えたんだろう？
ゴールドバーグ　懐中電灯は？　（マキャン、懐中電灯でゴールドバーグの顔を照らす）私を照らせと言ったんじゃない！
（マキャン、懐中電灯の光をそらす。誰かがその懐中電灯を叩き落とし、電灯は床に落ちて消えてしまう）
マキャン　おれの懐中電灯を！
ルールー　神様！
ゴールドバーグ　懐中電灯をどうした？　拾うんだ！
マキャン　見つからないんで。
ルールー　抱いて。私を抱いて。
ゴールドバーグ　床を這って、捜すんだ、マキャン君の懐中電灯を。
ルールー　駄目、できない。
マキャン　なくなっちまった。
メグ　なぜ電気が消えたの？
ゴールドバーグ　皆静かに！　皆手を貸してマキャン君の懐中電灯を捜すんだ。
（沈黙。床を這い回るマキャンとゴールドバーグが立てる「おう」、「うむ」などの唸り声。突然、部屋の奥からドラムの胴をスティックで叩くタタタという音がけたたましく聞こえ、しばらく続く。沈黙。ルールー、べそをかく）

こっちだ、マキャン君！
マキャン　いや、こっちだ。
ゴールドバーグ　ここここ、私の方に来い。あわてるな。やつはあっちだ。
（ゴールドバーグとマキャン、テーブル上手を舞台奥に向かう。スタンリー、テーブル下手から舞台前面に向かう。ルールー、突然スタンリーが近づいて来るのに気づき、悲鳴を上げて気絶。ゴールドバーグとマキャン、振り向こうとして衝突）
何事だ？
マキャン　誰だ、今の悲鳴は？
ゴールドバーグ　何事だ？
（闇の中でスタンリー、ルールーを抱き上げ、テーブルの上に乗せる）
メグ　ルールーが！
（ゴールドバーグとマキャン、下手舞台前面）
ゴールドバーグ　どこに行った、ルールーは？
マキャン　ひっくり返っちまった。
ゴールドバーグ　どこに？

マキャン この辺。
ゴールドバーグ 手を貸してくれ、抱き起こすから。
マキャン (上手舞台前面に行き) 見つからねえ。
ゴールドバーグ どこかにいるはずだぞ。
マキャン ここにはいねえ。
ゴールドバーグ (上手舞台前面に行き) いるはずだ。
マキャン どこかに行っちまった。

(マキャン、床の上に落ちた懐中電灯を見つけ、テーブルの上とスタンリーを照らす。ルールーはテーブルの上に大の字なり、スタンリーがその上にかがみ込んでいる。光を浴びたとたん、スタンリーはクスクス笑い出す。ゴールドバーグとマキャン、スタンリーに歩み寄る。スタンリー、顔を照らされたまま、クスクス笑いながら後ずさり。二人はスタンリーを追い、舞台奥下手へ。あい変わらず笑い続けながら、スタンリーは配膳窓に背をつけて立つ。懐中電灯の光が近づく。スタンリー、壁にぴったりと張りつきながら、クスクス笑いを高める。二人の姿がスタンリーにのしかかってゆく)

——幕——

第三幕

(翌朝。ピーティ、上手より新聞を手に登場、テーブルを前に坐る。新聞を読み始める。メグの声が配膳窓から聞こえてくる)

メグ スタン? そこにいるのスタン君? (間) スタン君?
ピーティ ああ?
メグ スタン君、そこにいるのは?
ピーティ おれだよ。
メグ (配膳窓に現われ) ああ、あなただったの。コーンフレークが切れちゃった。
ピーティ ほかに何かないのか?
メグ ないの。
ピーティ ない?
メグ ちょっと待ってね。(窓を離れ、台所のドアから入って来る) 新聞取って来た?
ピーティ ああ。
メグ 面白い?

ピーティ　まあな。
メグ　あのお二人さん、今朝、フライの余り全部食べちゃった。
ピーティ　へえ、そうかね?
メグ　でも、まだポットにお茶が。(夫にお茶を注ぎ)じき買物に行くわ。何かおいしい物見つけて来ますからね。頭痛がするの。頭が割れそう。
ピーティ　(新聞を読みながら)昨夜はぐっすり眠ってたじゃないか。
メグ　本当?
ピーティ　死んだみたいだった。
メグ　疲れてたのね。きっと。(部屋の中を見回し、暖炉の中のこわれたドラムを見つける)あらまあ。(立ち上がり、ドラムを拾う)こわれちゃってる。(ピーティ、目を上げる)なぜかしら?
ピーティ　わからないな。
(メグ、手で叩く)
メグ　まだ鳴るわ。
ピーティ　別のを買えばいい。
メグ　(悲しげに)パーティの時かしらね。こわれたの覚えてないけれど。(ドラムを下に置き)残念だわ。
ピーティ　別のを買えばいいさ。
メグ　でもとにかく誕生日にあげることはあげたんだから。私の願いどおりにね。
ピーティ　(新聞を読みながら)そうさ。
メグ　下におりて来た、あの子?(ピーティ、返事をしない)あなた。
ピーティ　む、何だ?
メグ　ここで見かけた?
ピーティ　誰を?
メグ　スタンリーよ。
ピーティ　いいや。
メグ　私も。もう起きてもいい頃だけど。朝ごはんに間に合わないわ。
ピーティ　朝飯なんて残ってないじゃないか。
メグ　でもあの子はそんなこと知らないもの。呼んでみよう。
ピーティ　(急いで)よせ。寝かせといてやれ。
メグ　だってあなた、いつもあの人寝過ぎるっておっしゃってるのに。
ピーティ　寝かしてやれよ……今朝はな。かまうなよ。
メグ　一度起きたのよ、私。朝のお茶を届けに。そしたら、マキャンさんがドアを開けて、今スタンリーと話してる最中だって。お茶はマキャンさんがもういれてくれたんだって。あの方、よほど早く起きたのね。何の話をしてたのかは、わからない。びっくりしたわ。私が起こすまで、いつもぐうぐう眠ってるんだから。でも、今朝は違う。あの子の話声がしてるのよ。(間) 前からの知合いじゃないのかしら? どうもあの三人、おたがい昔なじみみたいな気がして。スタンリーって、前は友達がたくさんいたのよ。知ってるの、私。(間) で、お茶はあげなかった。もう飲んでしまってるんだものね。だから、私下におりて来て、仕事を続けてたの。そしたら、しばらくして、あのお二人さんが朝ごはんにおりて来た。スタンリーはまた寝ちまったらしいの。

(間)

ピーティ いつ出かけるんだ、買物に?

メグ そうだ、行かなくちゃ。(買物袋を取り) ああ、頭がズキズキする。(裏口ドアに行き、ふいに足を止めて振り返る) 外にあるの見た?

ピーティ 何だって?

メグ あの大きな車。

ピーティ ああ、見た。

メグ 昨日はなかったけど。あなた、あの……あの車の中見た?

ピーティ ちょっとだけ。

メグ (舞台前面に、緊張の様子で進み出、ひそひそ声で) 中に何かなかった?

ピーティ 中に?

メグ ええ。

ピーティ どういう意味だ、「中に」というのは?

メグ 車の中よ。

ピーティ どんな物が?

メグ あの……つまりその……手押車、入ってなかった、車の中に?

ピーティ 手押車?

メグ そう。

ピーティ 見なかったな、そんな。

メグ 見なかった? 絶対に?

ピーティ ゴールドバーグさんが手押車に一体何の用があるのかね?

メグ ゴールドバーグさん?

ピーティ あの人の車だからね、あれは。

メグ (ほっとして) そうなの? あの人の車だとは知らなかった。

ピーティ あの人のにきまってるじゃないか。

メグ まあ、ホッとした。

ピーティ どうかしたのか、あんた?

メグ 本当にホッとしたわ。

ピーティ 外に出て少し空気でも吸って来るといい。

メグ　そうね、そうしましょ。買物に行って来るわ。（裏口ドアの方に行く。二階でドアがバタンと閉まる音。メグ、振り返る）スタンリーだ！　おりて来る――さ、あの子の朝ごはんどうしよう？（台所に走り込む）何を食べさせたらいいかしら、あなた？（配膳窓から顔を出し）コーンフレークは品切れだし。

（二人、ドアを見つめる。ゴールドバーグが入って来る。二人と目が合ったゴールドバーグはドアの所で足を止め、にっこりして）

ゴールドバーグ　これは大そうなお出迎えで！

メグ　あら、スタンリーだと思ったものだから。

ゴールドバーグ　似てますかな？

メグ　いいえ。似ても似つかない。

ゴールドバーグ　（部屋の中に進み出）身体つきがそもそも違う。

メグ　（台所から入って来て）おりて来たのかと思ったんです、朝ごはんに。あの子まだ食べてないものだから。

ゴールドバーグ　ボールズさん、奥さんはお茶をいれさせては名人だ。ご存じかな？

ピーティ　そう、時にはね。まるっきりの時もあるが。

メグ　あの子、おりて来るのかしら？

ゴールドバーグ　おりる？　もちろんですとも。こんな結構な日よりだ、おりて来ないわけがありますか？　あっという間に起きて来るさ。（テーブルの前に坐り）飛び切り上等の朝ごはんがお待ちかねだしな。

メグ　ゴールドバーグさん。

ゴールドバーグ　え？

メグ　外の車、あなたのでしたの？

ゴールドバーグ　お気に召したかな？

メグ　ドライブにお出かけ？

ゴールドバーグ　（ピーティに）なかなかスマートな車でしょう？

ピーティ　ピカピカで、手入れがいい。

ゴールドバーグ　ありゃ昔の物だが、「古かろう良かろう」――これは確かですぞ。ゆったりと広い。前のシートも後のシートも。（ポットを撫でまわし）おや、まだ熱い。お茶をもう一杯いかが？

ピーティ　いえ、結構です。

ゴールドバーグ　（茶を注ぎながら）さよう、あの車、あれはどんな時でも頼りになる。

メグ　ドライブにお出かけ？

（ゴールドバーグ、答えずに茶を飲む）

さ、出かけなくちゃ。（裏口ドアに進み、振り向いて）あなた、スタンリーがおりて来たら……

ピーティ　ああ？
メグ　じきに帰ると言っといて。
ピーティ　うん。
ゴールドバーグ　(ぼんやりと) じきに帰るから、私。(退場)
メグ　(茶を飲みながら) 良い奥さんだ、チャーミングな。私の母がそうでしたな。それに私の女房も。
ピーティ　彼の加減はどうです、今朝は？
ゴールドバーグ　誰の？
ピーティ　スタンリー君。少しは良くなりましたか？
ゴールドバーグ　(若干おぼつかなげに) ああ……そう……少しはね、少しは良いようだ。もちろん、私にはそんなことを判断する……その、つまり、資格はありませんがね。最善の方法は……うん、つまり、その……しかるべき人間にだ、診てもらうことでしょうな。名前の横に肩書のついてる人にですな。覿面さ、そうすれば。
ピーティ　そうですね。
ゴールドバーグ　どの道、今のところはダーモット君がついてるし。彼が……その、つまり、スタンリー君の相手をしていてくれる。
ピーティ　ダーモットさん？
ゴールドバーグ　さよう。
ピーティ　困りましたね、本当に。
ゴールドバーグ　(溜息をつき) 全く。誕生祝がこたえたというわけだ。
ピーティ　どうしたのかな、スタンリー君は？
ゴールドバーグ　(鋭く) どうした？　どうしたもこうしたもない、ノイローゼだ。簡単明瞭、ノイローゼです。
ピーティ　でも、なぜこんな不意に？
ゴールドバーグ　(立ち上がり、舞台奥へ) それはだ、つまり、ノイローゼというやつは多種多様、千差万別でしてな。ついこないだも、ある友人から聞いたのだが。二人である患者の話をしていた。この患者はもちろんスタンリー君の場合とそっくり――とまでは言わないが、つまり、その……きわめてよく似ておる、きわめてな。(一度言葉を切り) とにかくだ、友人の話によると、ノイローゼは時として段階的症状を呈する――一日一日と徐々に進行。が、場合によれば一時に出る。パーッ！　というわけ。神経がプッツリいかれる。出方がどうなるか、これは誰にもわからん。しかしだ、ある種の人間においては……つまり、遅かれ早かれ必ずいかれるのだ。
ピーティ　本当ですか？
ゴールドバーグ　さよう。つまり――というのがその友人の話――ついこないだ聞いたばかりのな。(しばらく落ちつかぬ様子で立っているが、シガレットケースを取り出すと一本出し) アブダラはいかが？
ピーティ　いいえ、私はやりませんので。

ゴールドバーグ　私は時々用いることに。アブダラか、さもない時は、ええと、あれは何と……（指を鳴らし、思い出そうとする）

ピーティ　大変な夜でしたな。（ゴールドバーグ、ライターで煙草に火をつけ）玄関を入ってみると電気が消えてる。で、メーターに一シリング入れ、ここに入ってみると、もうパーティはお開き。

ゴールドバーグ　（舞台前面に出ながら）メーターにお金を？

ピーティ　ええ。

ゴールドバーグ　すると電気がついた。

ピーティ　ええ、それからここに入って来たわけです。

ゴールドバーグ　（短く笑って）絶対ヒューズのせいだと思ってたが。

ピーティ　（話を続け）すると、まるで死んだような沈黙。物音一つしない。で、二階に上がってみると、あなたのお友達――ダーモットさんでしたね――ダーモットさんが階段のてっぺんで私をつかまえ、一部始終を聞かせて下さった。

ゴールドバーグ　（鋭く）誰ですと？

ピーティ　あなたのお友達――ダーモットさんです。

ゴールドバーグ　（重苦しい口調）なるほど、そう、ダーモット君ね。（坐る）

ピーティ　でも、治ることもあるんでしょうね？　つまり、回復する可能性はあると？

ゴールドバーグ　回復？　さよう、時には回復する、何らかの形でな。

ピーティ　いえ、その、スタンリー君、もう治ってるのじゃないかということなのですが。

ゴールドバーグ　ありえます。考えられますな。

（ピーティ、立ち上がり、ポットと茶碗を取り上げる）

ピーティ　昼までに全然良くならないようでしたら、医者を探して来ましょう。

ゴールドバーグ　（てきぱきと）ご心配には及びませんぞ、ボールズさん。もうちゃんと手配は済んでおりますのでな。

ピーティ　（疑わしげに）とおっしゃると？　（マキャン登場。スーツケースを二つ持っている）おや、もうお支度済みで？

（ピーティ、ポットと茶碗を台所へ運ぶ。マキャン、上手に行きスーツケースを置く。窓辺に歩み寄り外を見る）

ゴールドバーグ　で？　（マキャン、返事をしない）マキャン君、「で？」ときいてるんだ。

マキャン　（振り返らず）「で？」がどうしたんです？

ゴールドバーグ　どうしたとはどうした？　（マキャン、返事しない）

マキャン　（ゴールドバーグを振り向き、険悪な口調）もう二階に行くのはごめんだよ。
ゴールドバーグ　なぜごめんだ？
マキャン　もうごめんだよ、二階に行くのは。
ゴールドバーグ　今どんな具合だ。
マキャン　（舞台前面に進み）静かになった。もうさっきみたいに……ベラベラしゃべらなくなってね。

（ピーティ、二人に気づかれずに配膳窓に姿を現わす）

ゴールドバーグ　やつの支度はいつまでかかる？
マキャン　（ふくれっつらで）今度はあんた自分で行ったらいいでしょう。
ゴールドバーグ　君、一体どうしたのかね？
マキャン　（静かに）やつに返してやったよ……
ゴールドバーグ　何を？
マキャン　眼鏡を返してやったよ。
ゴールドバーグ　喜ばなかったのか？
マキャン　縁がぶっこわれててね。
ゴールドバーグ　どうしてこわれたんだ？
マキャン　あいつ、レンズ枠をじかに目にはめようとしやがる。そのままにして失礼して来たよ。
ピーティ　（台所のドアから）どこかにセロテープがあるはずですよ。あれで貼り合わせればいい。

（ゴールドバーグとマキャン、振り返る。間）

ゴールドバーグ　セロテープ？　いやいや、おかまいなく。眼鏡をいじってる限り、当分静かにしているでしょう、余計なことを考えずにね。
ピーティ　（舞台前面に進み）医者はどうしますか？
ゴールドバーグ　もう手配済み。

（マキャン、下手の靴箱に行き、ブラシを出して靴を磨く）

ピーティ　（テーブルのところに行き）医者が必要だな、スタンリー君は。
ゴールドバーグ　そのとおり。もうちゃんと手配済みです。落ちつくまでしばらく休ませてから、モンティーの所に連れて行く。
ピーテイ　医者に診せるんでしょうね？
ゴールドバーグ　（ピーティをじっと見つめ）そうとも。モンティーだ。

（間。マキャン、靴にブラシをかけ続ける）

すると奥さんはお買物ですな、私達に上等のお昼をご馳走して下さるために？
ピーティ　そうです。

ゴールドバーグ　残念だが、それまでに失礼してるかもしれん。
ピーティ　お発ちですか？
ゴールドバーグ　それまでにはな、ひょっとすると。

（間）

ピーティ　じゃその間にちょっと失礼して、豆畑の具合を見て来よう。
ゴールドバーグ　その間？
ピーティ　待ってる間に。
ゴールドバーグ　待つとは、何を？　（ピーティ、裏口ドアの方に歩く）浜には戻らないんですか？
ピーティ　いえ、まだ。もしスタンリー君がおりて来たら、呼んでいただけますか？
ゴールドバーグ　（まじめな調子で）浜は混んでるでしょうな……こんな良い日よりだ。寝そべったり、泳いだり。あ、そうだ。デッキチェアはどうなさる？　もう用意してあるんですか？
ピーティ　今朝全部並べときましたから。
ゴールドバーグ　でも椅子の切符は？　誰が集めるんで？
ピーティ　いや、いいんです。大丈夫、ご心配なく。じき戻りますから。

（ピーティ退場。ゴールドバーグ、立ち上がり、窓辺に行ってピーティを見送る。マキャン、テーブル上手に行き、腰をおろすと新聞を取り、細く裂き始める）

ゴールドバーグ　万事いいな、支度は？
マキャン　ああ。

（ゴールドバーグ、ふさぎ込んだ様子、重い足取りでテーブルに歩く。テーブル下手寄りに腰をおろし、マキャンのしていることに気づく）

ゴールドバーグ　よせよ、それは！
マキャン　ええ？
ゴールドバーグ　なぜ年がら年中そんなことやってるのかね？　子供じみてるし、およそ無意味、全然全く無意味だ。
マキャン　あんた一体どうしたんです、今日は？
ゴールドバーグ　つべこべつべこべ、人に聞いてばかりいる。もう聞くのはやめてくれ。一体私を誰だと思ってるんだ、君？

（マキャン、相手をじっと観察してから、新聞をたたみ、紙の切れはしをその中にしまい込む）

マキャン　で？

（間。ゴールドバーグ、目を閉じ、椅子に背を預ける）

で？

ゴールドバーグ　（くたびれた調子）「で？」がどうした？

マキャン　待つのかね、それとも行って連れて来るのかね、やつを？

ゴールドバーグ　（ゆっくり）連れて来たいか、君は？

マキャン　早く済ましちまいたいんでね。

ゴールドバーグ　それは無理もないな。

マキャン　だから、待つのかね、行って連れて来るのかね？

ゴールドバーグ　（相手の言葉をさえぎり）なぜだかしらんが、私はくたくただ、参っちまった。どうもこう、妙な……こんなのは滅多にないことだがね、私には。

マキャン　そうかねえ？

ゴールドバーグ　珍しい。

マキャン　（さっと立ち上がり、ゴールドバーグの椅子の背後に回る。声を落とし、鋭く）片づけて、行こうよ。ケリをつけて、出かけようよ。やっちまおう。やっちまうんだ、こんないやらしいことは。とにかく片づけて、出かけるんだよ！

（間）

おれが行こうか？

（間）

ね、ナット！

（ゴールドバーグ、肩を落として坐っている。マキャン、その横にすり寄る）

ね、サイミー！

ゴールドバーグ　（目を開け、マキャンを見つめる）何と――呼んだ――私を？

マキャン　誰を？

ゴールドバーグ　（殺気立って）やめろ、その呼び方は！（マキャンののどをつかみ）絶対にいかん、許さんぞ！

マキャン　（もがきながら）いや、ナット、ナット、ナット、ナットだ！　ナットと呼んだんだ、ナット。ただ聞いてみただけですよ、ナット。誓ってもいいよ。ほんの一言、聞いてみただけじゃないか。わかる？　わからないの？

ゴールドバーグ　（相手を突き飛ばし）聞いたとは、何を？

マキャン　おれが行こうかって。

ゴールドバーグ　（激しく）行く？　さっきは二度とごめんだと言ったじゃないか？

マキャン　何だって？　おれが渋るわけあるか？

ゴールドバーグ　あんた自分でいやだと言ったぞ！

マキャン　言わねえよ、そんな！
ゴールドバーグ　言わん？
マキャン　（床に倒れたまま言う。特に相手はなく、部屋全体に向けて）そんなこと誰が言った？　おれは言わねえよ、そんな！　行くよ！

（おどり上がって、上手ドアへ突進）

ゴールドバーグ　待て！

（椅子の肘掛けに置いた両腕を一杯に伸ばし）

ここに来い。

（マキャン、ゆっくりと近づく）

君の意見が聞きたい。私の口の中をのぞいて見てくれ。

（口を大きく開ける）

よく見てくれ。

（マキャン、口の中を見る）

わかるか、私の言いたいことが？

（マキャン、じっとのぞき込む）

わかるかな、私の歯は一本も欠けとらん。生まれたその日のまま、全然何も変わっとらんのだ。（立ち上がる）私が今の地位にまで登ることができたのはそのためだぞ、マキャン君。常に健康、ピンピンしてるからだ。一生私は同じことを言い続けてきた。「頑張れ、勝負だ、フェアプレー」父を敬い、母を敬うべし。終始一貫しておのが道を歩む、これだ、マキャン君、さすれば必ず誤ることなし。どうだ、私はいわゆる立志伝中の人物に見えるか？　違う、断固、違う！　私は坐れと言われたところに坐っただけ。そして球から目を離さなかった。学校？　私に学校の話はないだろう？　一番だ、全科目を通じて一番。何のおかげか？　それはな、君、それはな、いいか、わかるか、私の論旨が？——考えの筋道が？　とにかく頭で覚えてしまうことだ。何も書きとめるな。それから、あまり水の近くに寄るな。すればだ、君にもわかる——私の言葉の正しさが。
私は信ずるからだ、世界とはつまり……（うすぼんやりと）……
私は信ずるからだ、世界とはつまり……（必死になって）……
私は信ずるからだ、世界とはつまり……（自失）……

（椅子に坐る）

坐りたまえ、マキャン君、私から見える所に坐ってくれ。

（マキャン、テーブルの前にひざまずく）

（熱っぽく、次第に高まる自信とともに）父は私に言った、「ベニー、ベニーや、お出で」。父は臨終の床にある。私はひざまずいた。夜も昼も、父のそばに。ほかに誰がいたかな？　父は言った、「許してやることだよ、ベニー、人さまざま、好きにさせておやり」「ハイ、お父さま」「奥さんの所に帰っておやり」「ハイ、お父さま」「くれぐれも注意するんだぞ、だに、ルンペン、居候のたぐいには」。別に誰と名ざしであてこすりはしなかったが。「私はな」と父は言う。「他人に尽くそうとして命を落とした。なんら恥じることはない」とな。こうも言った、「つとめをはたし、気づいたことはすべて自分の胸にだけ畳んでおけ。ご近所の衆に朝のあいさつを忘れるんじゃないよ。家族を決してなおざりにしないこと、家族こそ万事の支え、肝心かなめ！　もし困った破目になれば、バーニー伯父がきっと助け出してくれるからね」。そこで私はひざまずいた。（マキャンと鼻突き合わせてひざまずく）聖書にかけて誓った。ハッキリと悟った、決して忘れてはならぬ言葉、それは——尊敬の一語！　なぜか？　それはな、マキャン君——（優しく）いや、シェイマスと呼ばしてもらう。君のお父上に先立つものは誰だ？　お父上のお父上だ。それに先立つものは？　その前に来るのは？……（うすぼんやり、やがて意気揚々と）君のお父上のお父上の前に来るのは、これすなわちお父上のお父上のお母上！　ひいおばあさんだ。

（沈黙。ゴールドバーグ、ゆっくりと立ち上がる）

私が現在の地位に登りえたのは、まさにこのためだ、マキャン君。常に健康、ピンピンしてるからだ。私のモットー、すなわち、よく働きよく遊べ。さすれば一日の病だになし。

（ゴールドバーグ、坐る）

とはいうものの、一吹き頼むかな。（間）私の口に息を吹き込んでくれ。

（マキャン、立ち上がり、両手を膝に腰をかがめ、ゴールドバーグの口の中に息を吹き込む）

出がけを祝ってもう一つ。

（マキャン、再び息を吹き込む。ゴールドバーグ、深く吸い込み、にっこりする）

よろしい！

（ルールー登場。マキャン、二人を見、ドアの方に行く）

マキャン　（ドアのところで）五分だけだよ。（退場）

ゴールドバーグ　ここにお出で。

ルールー　一体どうなるのかしら？

ゴールドバーグ　ここにお出で。

ルールー　いえ、結構。

ゴールドバーグ　怒ってるのかい、このナット小父さんを？

ルールー　失礼するわ、私。

ゴールドバーグ　その前にトランプで「二十一」を一番。昔なじみじゃないか。

ルールー　遊びごとはもう沢山。

ゴールドバーグ　おやおや、君のような若くてはち切れそうな子が、遊びごとを嫌うとは。

ルールー　お利口さんよ、あなたは。

ゴールドバーグ　そもそも、君が遊び好きじゃないなどと誰が言った？

ルールー　あなた、私もほかの女の子なみにお思いなの？

ゴールドバーグ　ほう、ほかの女の子も君みたいなのかね？

ルールー　知らない、ほかの女の子のことなんか。

ゴールドバーグ　私もだ。ほかの女の子など、指一本触れたことがない。

ルールー　（悲嘆）父に知れたら何て言うかしら？　それにエディ。

ゴールドバーグ　エディ？

ルールー　私の初恋の人よ。たとえどんな時でも清い仲だった、あの人とは！　あの人は夜中にブリーフケース持って私の部屋に入って来たりしなかった！

ゴールドバーグ　そのブリーフケースを開けたのは、一体どっちだったかな？　君か、私か？　な、ルールー、ぶーぶー言わずに仲直り。水に流して仲直りのキッスだ。

ルールー　いいえ、あなたなどに指一本ふれたくない。

ゴールドバーグ　それに今日でもうお別れだもの。

ルールー　行ってしまうの？

ゴールドバーグ　今日な。

ルールー　（高まる怒りとともに）じゃあなたは一夜の慰みに私を使っただけなのね？

ゴールドバーグ　はて、誰が誰を使ったのかな？

ルールー　私が手も足も出ないでいるのにつけ込んでものにした、そうなのよ、あなたは。

ゴールドバーグ　手も足も出なくなったのは、他人のせいかね？

ルールー　そうなのよ、あなたの仕打ちは。いやらしい欲望の捌《は》け口に私を利用したのよ。あなたは私にいやらしいことを教えた——女の子が少なくとも三度ぐらい夫を取り替えてみなければ覚えないようなことを！

ゴールドバーグ　これはまた突拍子もない！　一体何がそんなに気に入らんのかね？

（マキャン、急いで入って来る）

ルールー　私という人間が気に入ったからじゃない、ただ自分の欲望を満たしたい一心で、あんな好き勝手を。ねえ、一体どうしてあんなことしてくれたの？

ゴールドバーグ　君がしたがったから、私がしてやった、それだけのことだ、ルー子ちゃん。

マキャン　なるほど、もっともだ。（進み出ながら）お姐さん、ずいぶんゆっくりお寝みだったね。

ルールー　（上手舞台奥へ後ずさりしながら）私が？

マキャン　あんたのような手合いは、寝床の中でつぶす時間が多過ぎる。

ルールー　どういうこと、それ？

マキャン　ざんげしとくことはないか？

ルールー　ええ？

マキャン　（凶暴な口調）ざんげだ！

ルールー　ざんげって何を？

マキャン　ひざまずいてざんげしろ！

ルールー　この人何言ってるのかしら？

ゴールドバーグ　ざんげするんだな。別に損にはなるまい？

ルールー　ええ？　この人に？

ゴールドバーグ　この先生は神父の資格を剝奪されてから半年しかたっとらんからな。

マキャン　女、ひざまずけ、すべてありていに言え！

ルールー　（裏口ドアへ退却しながら）ここで起きたことはちくいち見てますからね、私。お見とおしよ。何がどうなってるのか、見当ついてるんだから。

マキャン　（歩み寄る）きさまがわが祖国アイルランド、キャシエルの聖なる岩のあたりをうろついてるのを見かけてるんだ、神聖な土をその淫らさで汚しおって。消えて失せろ！

ルールー　言われなくたって出てくわよ。

（ルールー退場。マキャン、上手ドアに行き、出て行く。スタンリーを連れて入って来る。スタンリーは仕立ての良いダークスーツにホワイトカラー。片手にこわれた眼鏡を持つ。きれいに髭をそっている。マキャンがその後に続き、ドアを閉める。ゴールドバーグ、スタンリーを迎え、椅子に坐らせる）

ゴールドバーグ　ご機嫌いかがかね、スタンリー君？

（間）

気分はどうだ、少しは良いか？

（間）

その眼鏡どうしたんだい？

（ゴールドバーグ、かがみ込んで見る）

とわれてるじゃないか。こりゃお気の毒。

（スタンリー、ぽかんと床を見つめる）

マキャン　（テーブル際で）顔色良くなったね。

ゴールドバーグ　大分いい。

マキャン　生まれ変わったみてえだ。

ゴールドバーグ　こうするか？

マキャン　え？

ゴールドバーグ　新しい眼鏡を買ってやろう。

（二人、スタンリーをかまい始める。口調は優しく、自分達も楽しんでいる。以下のやり取りの間、スタンリーは全然反応を見せず、坐ったまま身動きしない）

マキャン　おれ達のポケットマネーでな。

ゴールドバーグ　無論だ。な、スタン君、君と私の仲だから言っとくが、そろそろ新しい眼鏡がほしい頃だぞ。

マキャン　物が素直に見えねえものな、あんた。

ゴールドバーグ　全く。長い年月、君はヤブニラミだった。

マキャン　それがますますひどくなってる。

ゴールドバーグ　そのとおり。君はますます悪化しとる。

マキャン　悪《わる》にしんにゅうがかかってる。

ゴールドバーグ　回復のため、長期の保養を要する。

マキャン　転地がいい。

ゴールドバーグ　虹のかなたへ。

マキャン　利口なやつは近寄らねえようなところへ。

ゴールドバーグ　まさに。

マキャン　マンネリだぜ、あんた。

ゴールドバーグ　貧血症だよ、君。

マキャン　リューマチだ。

ゴールドバーグ　近眼だ。

マキャン　てんかんだ。

ゴールドバーグ　瀬戸際だ。

マキャン　おしゃかだ。

ゴールドバーグ　だが、私達なら君を救ってやれる。

マキャン　放っとけば地獄落ちだが。

ゴールドバーグ　まさに。

マキャン　絶対に。

ゴールドバーグ　これからは私達が君という車の軸だ。

マキャン　予約切符を書きかえてやる。

ゴールドバーグ　朝のお茶は二ペンス割引き。

マキャン　燃えやすい品物は全部割引き。

ゴールドバーグ 面倒見よう。
マキャン 智恵貸してやる。
ゴールドバーグ 充分世話する。
マキャン クラブのバーを使わせる。
ゴールドバーグ 専用テーブルを一つやる。
マキャン 精進日が守れるようにしてやる。
ゴールドバーグ ケーキを焼いてやる。
マキャン ひざまずく日にはひざまずかせてやる。
ゴールドバーグ フリーパスをやる。
マキャン 散歩に連れてってやる。
ゴールドバーグ 耳よりなネタをやる。
マキャン 縄飛びのひも。
ゴールドバーグ チョッキにズボン。
マキャン 油薬。
ゴールドバーグ 温湿布。
マキャン 指サック。
ゴールドバーグ 腹帯。
マキャン 耳栓。
ゴールドバーグ ベビーパウダー。
マキャン 孫の手。
ゴールドバーグ スペア・タイヤ。
マキャン 胃の洗浄ポンプ。
ゴールドバーグ 酸素テント。
マキャン お祈りを数える車。
ゴールドバーグ ギブス。
マキャン ヘルメット。
ゴールドバーグ 松葉杖。
マキャン 昼夜無休の――
ゴールドバーグ フリーサービス。
マキャン 違えねえ。
ゴールドバーグ 君を男にする。
マキャン 女にする。
ゴールドバーグ 生きる道を再発見させる。
マキャン 金持になれる。
ゴールドバーグ 人生にアジャストできる。
マキャン おれ達の誇りに。
ゴールドバーグ あっぱれな男に。
マキャン 出世するぞ。
ゴールドバーグ 調和のとれた人格。
マキャン 人が使えるやつ。
ゴールドバーグ 決断が下せる人物。
マキャン お偉方。
ゴールドバーグ 大政治家。
マキャン ヨットが持てる。
ゴールドバーグ ペットが持てる。
マキャン ペットが持てる。

（ゴールドバーグ、マキャンを見る）

ゴールドバーグ　もう私が言ったよ、それは。（スタンリーの方に向き直り）人を生かすも殺すも君の胸三寸、そういう人物になれるんだぞ、スタン君。命にかけて誓おう。（沈黙。スタンリー、じっと動かない）どうだ、え？　どうなんだ？

（スタンリーの頭がゆっくりと起き、ゴールドバーグの方に向く）

どうかね、君？

（スタンリー、目をぎゅっと開けたりつぶったりし始める）

マキャン　え、どう思う、旦那？　前途洋々ざんしょ、え、旦那？

ゴールドバーグ　なるほど、前途洋々。まさに前途洋々。

（スタンリーの眼鏡を握りしめた手がわなわなと震え出す）

どうだね、スタンリー君、この前途洋々の未来をどう思う？

（スタンリー、懸命になる。口を開け、何か言おうとするが言葉が出ず、のどから奇声が）

スタンリー　グアアア、グウウウ、グエエエ。（無声音となり）クククク……クククク……

（二人、スタンリーを見まもる。スタンリー、深く息を吸う——と、これが身震いとなって全身がわななく。懸命に意識を集中する）

ゴールドバーグ　どうだい、スタン坊や、どうかね？

（二人、見まもる。スタンリー、懸命になる。首ががくりと垂れ、あごが胸に沈み、前かがみの姿勢になる）

スタンリー　グアアア……グウウウ……

マキャン　どうです、旦那？

スタンリー　クククク……クククク……

マキャン　ウェバー旦那、どう思うときいてるんですぜ！

ゴールドバーグ　どうかね、スタン君や？　この前途洋々の未来をどう思う？

マキャン　どう思う、この前途洋々の未来を？

（スタンリーの身体がわななき、力が抜け、頭がうなだれる。かがみ込んだまま、再び動かなくなる。ピーティ、上手前面のドアより登場）

ゴールドバーグ　いやどうも、あい変わらずのスタン君だな。さ、私達も一緒に行こう。さ、行こう。

マキャン　おれ達とな。

ピーティ　どこに連れて行くんです？

（二人、振り向く。沈黙）

ゴールドバーグ　モンティーの所にな。

ピーティ　ここにいたっていいでしょう。

ゴールドバーグ　ご冗談を。

ピーティ　ここなら私達が面倒見ますよ。

ゴールドバーグ　なぜ面倒見たいんです？

ピーティ　私の客だもの。

ゴールドバーグ　特殊な治療を要するのでな、彼は。

ピーティ　誰か見つけて来ます。

ゴールドバーグ　いやいやモンティーに限る。モンティーの右に出るものなし。マキャン君、連れて来たまえ。

（二人、手を貸してスタンリーを椅子から助け起こす。三人揃って上手ドアへ）

ピーティ　よせ、かまうな！

（一同、足を止める。ゴールドバーグ、ピーティをしげしげと見る）

ゴールドバーグ　（陰険に）私らと一緒に行きませんかな、ボールズさん？

マキャン　そうだ、一緒に来ちゃどうだ？

ゴールドバーグ　モンティーの所にな。たっぷり乗れますからな、あの車。

（ピーティ、動こうとしない。一同はそのそばを通り過ぎ。ドアに達する。マキャン、ドアを開け、スーツケースを手にする）

ピーティ　（くじけ）スタン、いけない、やつらの言いなりになっちゃ！

（一同退場）

（沈黙。ピーティは立っている。玄関のドアがバタンと閉まる。自動車のスタートする音。走り去る音。沈黙。ピーティ、ゆっくりとテーブルへ。上手寄りの椅子に坐る。新聞を手に取り、広げる。マキャンがちぎった紙片が床に落ちる。ピーティ、これを見おろす。メグが窓辺を通り、裏口ドアから登場。ピーティ、新聞の第一面に目を注ぐ）

メグ　（舞台前面に進み出ながら）車がないわ。

ピーティ　ああ。

メグ　行ってしまったの、あの人達？

ピーティ　ああ。

メグ　お昼ごはんに帰って来ないの？

ピーティ　ああ。

メグ　まあ、惜しいこと。（テーブルに買物袋を置く）暑いわ、外。（コートを壁の鉤に掛け）何なさってるの、あなた？

ピーティ　新聞読んでる。

メグ　面白い？

ピーティ　まあな。

（メグ、テーブル横に坐る）

メグ　スタンは？

（間）

あの子、まだおりて来ないの？

ピーティ　ああ……スタン君はな……

メグ　まだ寝てるのかしら？

ピーティ　ああ……まだ寝てる。

メグ　まだ？　朝ごはんに間に合わなくなってしまう。

ピーティ　いいさ、あの子は……寝かせといてやれ。

（間）

メグ　すてきだったでしょ、昨夜のパーティ？

ピーティ　おれはいなかったから。

メグ　いなかった？

ピーティ　終わったあとで帰ったんだ。

メグ　まあ、そう。

（間）

すてきだったわ、とても。あんなに笑ったのは何年ぶりかしら。踊って、歌って。それにゲーム。あなたもいればよかった。

ピーティ　そう、面白かったか？

（間）

メグ　私が一座の花形になってね。

ピーティ　あんたが？

メグ　そうよ。皆そう言ってた。

ピーティ　もっともだ。

メグ　本当よ。花形だったの、私が。

（間）

花形だったの。

——幕——

〔*THE BIRTHDAY PARTY*〕

パーティの光景

i

ゴールドバーグは自分が知っている人
なのかも知れないという思いは、
その部屋でのその朝の
メグの言葉をよぎりはしなかった。

ゴールドバーグは誰かが知っている人
なのだという思いは、
喜んで彼を迎えた時の
彼女の目をよぎりはしなかった。

ゴールドバーグは恐るべき知合い
なのだという思いは、
じっと動かず彼の名を聞いた時、
スタンリーの血をかき立てた。

だがピーティは知った、その時ではなく、
もっと後に、光が彼等の場面を
くまなく照らし出すなかで、
部屋をのぞきこんだ時のことだ。

そして朝になるまでにピーティは見た、
光が薄れ始めるのを
(燦々と輝く昼の光だ)、
だがなすすべは何もなかった。

ii

ナット・ゴールドバーグはやって来た、
顔いっぱいに微笑を浮べ、
マキャンを従えて、
そして彼はその場所を変え始めた。

ゴールドバーグがいるという思いは、
部屋の中央に腰をすえた、
ゲームの成行きを見守る
劫を経た大物だ。

マキャンがいるという思いは、
この宴席に入りこんだ、

胸に緑のしみをつけた
やせこけた男だ。

一つの主題のもと、手を結んで、
彼等はこの部屋に押しつけたのだ、
混乱と運命とを、
だがメグには何の変化も見えなかった。

誕生日を祝うために
彼等が始めたパーティは、
盛大で楽しかった、
だがスタンリーはひとり腰を下していた。

乾杯が唱えられ歌が歌われ、
誰もが過ぎし日のことを語り、
ゴールドバーグの胸にもたれたルールーは
彼の目を見上げた。

iii

そしてスタンリーは——ひとり腰を下していた、
彼が知っているかも知れない男が、
彼の炉端でわがもの顔に振舞う、
決して彼のものにはならなかった炉端で。
だってスタンリーには家がなかったから。
ただゴールドバーグがいるところでだけ、
それから彼に従う血に飢えたマキャンがいるところでだけ、

彼は自分の名を思い出した。

彼等は目隠し遊びをやり、
目隠しのままでゲームは続き、
マキャンはスタンリーを追いつめた、
闇がやがて消えさると、

ゲームの勝負はつき、
メグはすべての記憶を失い、
ルールーの愛の一夜は終り、
ピーティは不能となり、

彼等の見も知らぬ男が
部屋の中央におり、
そしてスタンリーの最後の両眼は
マキャンに壊されていた。

〔*A VIEW OF THE PARTY*〕

料理昇降機

＊『料理昇降機』の初演は一九六〇年一月二十一日に、ハムステッド・シアター・クラブで行われた。
配役は次のとおり――
ベン――ニコラス・セルビー
ガス――ジョージ・トーヴィー
（演出　ジェイムズ・ルース＝エヴァンズ）

＊『料理昇降機』は続いて一九六〇年三月八日に、ロイアル・コート劇場で同じ配役と演出によって上演された。

〔登場人物〕

ベン

ガス

〔場面〕

地下室。奥の壁につけてベッド二つ。ベッドとベッドの間の壁に、料理を出し入れする口があり、蓋が閉じられている。上手に、調理場と便所に通ずるドア。下手に、廊下に通ずるドア。

（ベンが上手のベッドに横になり、新聞を読んでいる。ガスが下手のベッドに腰かけ、靴の紐を結ぼうとして手こずっている。二人とも、ワイシャツ、ズボン、ズボン吊りという服装である。

沈黙。

ガスが靴紐を結び終り、立ち上がり、あくびをして、上手のドアの方へゆっくりと歩き出す。彼は立ち止まり、下を見て、片足を振る。

ベンが新聞をおろして、彼を見つめる。ガスは膝まずき、靴紐をほどき、ゆっくりと靴を脱ぐ。彼はその中をのぞきこみ、つぶれたマッチ箱を取り出す。彼はそれを振り、調べてみる。二人の目が合う。ベンは新聞をがさがさいわせて、それを読む。ガスはマッチ箱をポケットにしまい、かがみこんで靴をはく。彼は苦心の末やっと紐を結ぶ。ベンは新聞をおろして、彼を見つめる。ガスは上手のドアの方へ歩いて行き、立ち止まり、もう一方の足を振る。彼は膝まずき、靴紐をほどき、ゆっくりと靴を脱ぐ。彼はその中をのぞきこみ、つぶれた煙草の箱を取り出す。彼はそれを振り、調べてみる。二人の目が合う。ベンは新聞をがさがさいわせて、それを読む。ガスは箱をポケットにしまい、かがみこみ、靴をはいて紐を結ぶ。

彼はふらふらと上手へ退場する。

ベンは新聞をベッドに叩きつけ、彼が出て行った後をにらみつける。彼は新聞を拾い上げ、上向けに寝ころんでそれを読む。

沈黙。

上手、舞台外で、水洗便所の鎖を引く音が二度するが、水は流れない。

沈黙。

ガスが上手から再登場し、ドアのところで立ち止まって、頭をかく。

ベンが新聞を叩きつける）

ベン　ふん！

（彼は新聞を拾い上げる）

どうだい、こりゃ。いいか！

（彼は新聞記事を説明する）

八十七の男が道を横切ろうとした。ところが車が混んでた、な。どうしたら通れるやら見当がつかなかった。そこで、トラックの下に這いずりこんだ。

ガス　どうしたって？

ベン　トラックの下に這いずりこんだ。止まってたトラックだ。

ガス　まさか。

ベン　トラックが動き出して男はひかれた。

ガス　おいおい！

ベン　そう書いてある。

ガス　よせやい。

ベン　胸糞が悪くなるよな、え？

ガス　誰がそんなことしろって言ったのかな。

ベン　八十七の男がトラックの下に這いずりこむ！

ガス　まさかね。

ベン　はっきりここに書いてあるぜ。

ガス　たまげたな。

（沈黙。

ガスは首を振って出て行く。ベンはまた上向きに寝て、新聞を読む。

上手、舞台外で、便所の鎖を引く音が一度するが、水は流れない。

ベンが新聞記事の一つを見て口笛を吹く。

ガス再登場）

ちょっと聞きたいんだがね。

ベン　向こうで何やってる？

ガス　それはその、ただ――

ベン　茶はどうした？

ガス　いれようと思ってるのさ。

ベン　ほう、じゃいれなよ。

ガス　いれるよ、うん。（彼は椅子に腰をおろす。思いをこめて）あいつ、今度は茶碗も皿も上等のやつを揃えておいてくれたな。縞が入ってるのさ。白い縞がね。

（ベンは新聞を読む）

あれはいいや。うん。

（ベンはページをめくる）

ね、茶碗のまわりにぐるりと入ってるんだ。へりのところに。あとはみんな黒だ。それから、受皿も黒だ、真ん中は違うけど、茶碗を置くところね、そこは白だ。

（ベンは新聞を読む）

それに、菓子皿も同じなんだよ。もっとも縞は黒だけどね――皿のほうは――真ん中を通って一直線に入ってるのさ。そう、今度のやつは気に入ったよ。

ベン　（やはり新聞を読みながら）皿をどうする気だ。何も食うものはないぜ。

ガス　ビスケットを少しもって来た。

ベン　ふん、じゃ早いとこ食っちまいな。

ガス　おれね、いつもビスケットをもってるのさ。でなけりゃ、パイね。だって、茶を飲むには、何か食うものがいるだろ。
ベン　ふん、じゃ茶をいれろよ。時間がたつばかりだ。
（ガスはつぶれた煙草の箱を取り出して、調べてみる）
ガス　煙草ないかね。おれのはきれちまった。
（彼は箱を高く投げ上げ、身を乗り出してそれをつかむ）
今度の仕事、早く片づいてほしいもんだな。
（彼は注意深く狙いを定め、箱を爪ではじいて自分のベッドの下に入れる）
そうだ、聞きたいことがあったんだ。
ベン　（新聞を叩きつけて）ふん！
ガス　どうした？
ベン　八つの子が猫を殺した！
ガス　よせやい。
ベン　嘘じゃない。どうだいこれは、え？　八つの子が猫を殺す！
ガス　どうやって殺した、その小僧？
ベン　そいつは女の子だ。
ガス　どうやったのさ、その女の子は？
ベン　その女の子は――
（彼は新聞を取り上げ、調べてみる）
書いてない。
ガス　なぜ？
ベン　待ってくれ。書いてあるのはこれだけだ――彼女の兄、十一歳は、事件を道具置場から見ていた。
ガス　まさか、そんな！
ベン　こいつは変だよな。
（間）
ガス　きっと、そいつがやったんだ。
ベン　誰が？
ガス　兄貴が。
ベン　ふん、そうだろうな。
（間）
（新聞を叩きつけて）どうだいこりゃ、え？　十一の小僧が猫を殺して、僅か八つの妹に罪をなすりつける！　こいつはいい加減――
（彼は気分を悪くして言葉を切り、新聞をつかむ。ガスが立ち上がる）

ガス あいつ、いつ連絡して来るんだろう？

（ベンは新聞を読む）

ベン どうしたんだい、お前。いつだかわかるもんか。いつだか。

ガス （ベンのベッドの足元のところまで寄って）実は、聞きたいことがあるんだけど。

ベン 何だい。

ガス あの水槽が一杯になるまでどれほど時間がかかるか、気がついたか。

ベン どこの水槽さ。

ガス 便所の。

ベン いや。一杯になるのか、あれ？

ガス ひどいもんだ。

ベン ふん、それがどうした。

ガス どこが悪いんだと思う？

ベン どこって、別に。

ガス 別に？

ベン 浮玉《たま》がいけない、それだけのことさ。

ガス 何がいけないって？

ベン 浮玉《たま》。

ガス へえ。ほんとかい？

ベン そう思うがね。

ガス ふうん！ そいつは思いつかなかったな。

（ガスはふらふらと自分のベッドに戻り、マットレスをおしてみる）

おれ、今日はよく眠れなかったんだがね、どうだいお前は？ ベッドって代物じゃないや、これは。せめてもう一枚毛布があればよかったのにな。（彼は壁の写真に目をとめる）おや、何だいこれは。（それを見つめて）「最初の十一人」。クリケットのティームだ。見たかい、ベン？

ベン （新聞を読みながら）何を？

ガス 最初の十一人。

ベン 何？

ガス ここに写真があるんだ、最初の十一人の。

ベン 何の最初の十一人だ？

ガス （写真を調べて）書いてない。

ベン 茶はどうした？

ガス みんな、ちょっと年をとってるように見えるな。

（ガスは舞台手前へふらふらとやって来て、前方を、ついで部屋中を、眺める）

こういうじめじめしたところには住みたくないね。窓でもあるといいんだがな、外の様子がわかるじゃないか。

ベン　窓があったらどうだってんだい？
ガス　つまりさ、景色を眺めたいんだよ、おれ。時間つぶしになるよな。

（彼は部屋を歩き回る）

ベン　だってね、まだ暗いうちにやって来る、見たこともない部屋に入る、一日中寝てる、仕事をする、それからまた夜中に出て行く、そうだろう。

（間）

ガス　おれ、景色を見たいんだよ。この仕事をしてたんじゃ、まるで無理だ。
ベン　休暇があるじゃないか。
ガス　ただの二週間だ。
ベン　（新聞を下げて）呆れた野郎だ。貴様の言草を聞いてると、まるで毎日働いてるみたいだぜ。一体、仕事がどれほどまわって来る？　週に一度か？　何を文句言ってるんだ。
ガス　うん、でもさ、おれたちいつだって出かけられるようにしてなきゃいけないだろ。家から出るわけにはいかないんだ、呼出しがあるかもしれないから。
ベン　お前な、自分のどこがいけないかわかってるか。
ガス　どこさ。
ベン　お前には趣味がない。
ガス　趣味はあるさ。
ベン　ほう。たとえば？

（間）

ガス　趣味はある。
ベン　いいか。おれの場合はどうだ。
ガス　さあ。どうなんだい。
ベン　おれは木工をやる。船の模型も手がける。おれが手持無沙汰でいたことがあったか。ないんだ、そういうことは。時間をどうやって有効に使うか、心得てるからな。そして呼出しが来れば、いつでも結構というわけだ。
ガス　ちょっと嫌気がさすことはないのかい？
ベン　嫌気がさす？　何に？

（沈黙。ベンは新聞を読む。ガスはベッドにひっかけてある上着のポケットを探る）

ガス　煙草ないかね。おれのはきれちまった。

（上手、舞台外で、水洗便所の水が流れる）

そうらいった。

（ガスはベッドに腰かける）

いやね、つまり、茶碗や皿はいいのさ。ほんとに。とても上等だ。でもそれくらいだよ、ここの取りえは。この前のところより悪いや。覚えてるか、この前のところは。この前さ、ほら、どこだったかな。とにかくあそこにはラジオがあった。いや、ほんとの話。あいつはこの頃おれたちが気持よくやれるかどうか、あまり考えちゃいないようだな。

ベン　お前いつまでぺちゃくちゃ言ってるんだ。

ガス　こんなところに長くいると、リューマチにかかっちまうよ。

ベン　長くはいないんだよ。さあ、茶をいれろ、え？　もうすぐ仕事だぜ。

（ガスは自分のベッドのそばにある小さな鞄を取り上げ、茶の包みを出す。彼はそれを調べ、それから顔を上げる）

ガス　その、聞きたいことがあるんだけど。

ベン　何だよ、今度は？

ガス　今朝なぜ車を止めたんだ、あの道の真ん中で？

ベン　（新聞をおろして）お前、眠ってたんじゃないのか。

ガス　眠ってたさ、でも車が止まったら目がさめたよ。車止めたんだろ、え？

（間）

あの道の真ん中でさ。まだ暗かった、覚えてないのかい。外を見たら、一面の霧だった。きっとお前は居眠りでもする気なんだと思ったのさ、でもお前はしゃんとしてた、まるで何かを待ってるみたいに。

ベン　おれは何も待ってなんかいなかった。

ガス　おれはそのまままた寝こんじまったらしい。一体あれは何の真似さ。なぜ止まったのさ。

ベン　（新聞を取り上げて）おれたちは早すぎた。

ガス　早すぎた？　（彼は立ち上がる）どういうことだい。おれたち、連絡を受けたんじゃなかったのかい、すぐに出発しろって。だから、出発した。すぐさま出かけた。だのに、早すぎたなんてことがあるか。

ベン　（静かに）連絡を聞いたのは誰だ、おれか、お前か。

ガス　お前だ。

ベン　早すぎたんだよ、おれたちは。

ガス　早すぎたって、何に？

（間）

誰かが出て行ったあとでないと、入れなかったっていうのかい。

（彼は寝具を調べてみる）

どうもこのシーツあまり綺麗じゃないと思ったんだ。変なにおいがすると思ったよ。今朝入って来た時は、疲れてたから気がつかなかったけど。なあ、こいつはちょっとひとをなめてると思わないか。シーツの使いまわしはごめんだぜ。言ったろ、扱いがひどくなる一方だって。だってさ、これまでは必ず綺麗なシーツが敷いてあったもんだ。おれ、ちゃんと気がついてるんだから。

ベン　そのシーツが綺麗じゃなかったって、どうしてわかる？

ガス　というと？

ベン　綺麗じゃなかったって、どうしてわかる？　お前が一日中使ってたんじゃないか。

ガス　何だと、すると変なにおいはおれのせいだっていうのかい。（彼はシーツをかぐ）うん。（彼はゆっくりとベッドに腰をおろす）おれのにおいかもしれないな。よくわからないや。自分がどんなにおいがするのか、わからないからな。

ベン　（新聞記事に言及して）ふん！

ガス　なあ、ベン。

ベン　ふん！

ガス　ベン。

ベン　何だ。

ガス　ここはどこの町だったかな。忘れちまった。

ベン　言ったろ。バーミンガムだ。

ガス　まさか！

（彼は興味深そうに部屋中を見まわす）

そいつはイングランド中部にある。イギリス第二の大都市だ。そうとは気がつかなかったな。

（彼は指を鳴らす）

なあ、今日は金曜だろ。明日は土曜日だ。

ベン　それがどうした。

ガス　（興奮して）ヴィラの試合が見られる。

ベン　遠征に出てるよ。

ガス　ほんとか。ちぇっ！　惜しいなあ。

ベン　どっちにしろ、時間がないぜ。まっすぐに戻らなきゃいけないんだ。

ガス　だって、前にもやったことがあるじゃないか。そのまま残って、試合を見たことが。ちょっと息抜きにさ。

ベン　近頃は融通がきかなくなってるんだ。融通がな。

（ガスは一人でくすくす笑う）

ガス　ヴィラが優勝戦で負けたことがあったな。相手はどこだったっけ。白シャツのティームだった。一対一でハーフタイムになったのさ。今でも覚えてるよ。相手がペナルティで勝ちやがった。芝居だとか何だとかいう話があったけど。そう、あのペナルティは問題になったのさ、ひどく。とにかく、そのペナルティのせいで、ヴィラは二対一で負けたんだ。お前も見てたな。

ベン おれは違う。

ガス いや、お前もいたよ。覚えてないのかい、あの問題になったペナルティを。

ベン 覚えてない。

ガス やつはペナルティ・エリアに入ったところで倒れた。するとみんなが、やつのは芝居だと言い出した。おれも実は、こっちの選手がやつにさわったとは思わなかったのさ。でもレフェリーはたちまちボールをおさえちまった。

ベン やつにさわらなかっただと！　馬鹿を言うな。やつは突き倒されたんだ！

ガス とんでもない。ヴィラはそういう汚いことはやらない。

ベン 寝言はよせ。

（間）

ガス なあ、あれはきっとここのことだったぜ、バーミンガムの。

ベン 何が？

ガス ヴィラだよ。ここで試合をしてたんだ。

ベン 遠征に出てた。

ガス だってさ、相手のティームは何だったと思う？　スパーズだ。トトナム・ホットスパーだ。

ベン だからどうした？

ガス おれたち、トトナムで仕事をしたことはないぜ。

ベン どうしてわかる？

ガス トトナムは、おれ、覚えてるはずだ。

（ベンはベッドの上で向きを変えて、彼を見る）

ベン 笑わせちゃいけないぜ。

（ベンは背を向けて新聞を読む。ガスはあくびをし、あくびをしながらしゃべる）

ガス あいつ、いつになったら連絡してくるんだろう。

（間）

そう、またフットボールの試合を見たいもんだな。おれは昔からフットボールが大好きなのさ。そうだ、明日スパーズを見に行くのはどうだろう。

ベン （平板に）遠征に出てる。

ベン　(平板に) でもヴィラは遠征に出てるんだ。
ガス　遠征に出てるんなら、ここで試合をするかもしれない。ヴィラとやるかもしれない。
ベン　馬鹿を言え。
ガス　じゃここで試合をするかもしれない。
ベン　スパーズ。
ガス　何が?

(間。下手のドアの下から封筒がさしこまれる。ガスはそれに気づく。彼はそれを見ながら立ち上がる)

ガス　ベン。
ベン　遠征だ。みんな遠征に出てる。
ガス　ベン、あれを見ろ。
ベン　え?
ガス　見ろ。

(ベンは振り向いて封筒に気づく。彼は立ち上がる)

ベン　あれは何だ。
ガス　知らない。
ベン　どこから来た。
ガス　ドアの下から。
ベン　何だい、あれは。
ガス　知らない。

(二人はそれを見つめる)

ベン　拾え。
ガス　何だって。
ベン　拾うんだ!

(ガスはゆっくりとそちらへ寄り、身をかがめてそれを拾い上げる)

何だ、それは。
ガス　封筒だ。
ベン　何か書いてあるか。
ガス　いや。
ベン　封がしてあるか。
ガス　ああ。
ベン　封を切れ。
ガス　え?
ベン　封を切れ!

(ガスは封を切り、中を見る)

何が入ってる?

(ガスは十二本のマッチを掌にあける)

ガス　マッチ。

ベン　マッチ？
ガス　そう。
ベン　そいつを見せろ。
（ガスは封筒を渡す。ベンはそれを調べてみる）
何も書いてない。一言も。
ガス　そいつは変じゃないか。
ベン　ドアの下から入って来たって？
ガス　そのはずだ。
ベン　じゃ、行ってみな。
ガス　行くって、どこへ？
ベン　ドアをあけて、外に誰かいるか見ろ。
ガス　おれがか。
ベン　行けったら！
（ガスは彼を見つめ、マッチをポケットにしまい、ベッドのところへ行って、枕の下からピストルを取り出す。彼はドアまで行き、それを開き、外を見て、ドアを閉める）
ガス　誰もいない。
（彼はピストルをもとへ戻す）
ベン　何が見えた。
ガス　何も見えない。
ベン　なかなかすばしっこいやつらだな。
（ガスはポケットからマッチを取り出し、それらを眺める）
ガス　なあ、こいつは便利だよ。
ベン　ああ。
ガス　そうだろ？
ベン　そう、お前はいつもきらしてるからな。
ガス　しょっちゅうだ。
ベン　ふん、じゃ便利だな。
ガス　ああ。
ベン　そうだろ？
ガス　そう、重宝するよ。重宝するよ、おれも。
ベン　お前もか？
ガス　ああ。
ベン　なぜ？
ガス　ここには一本もないから。
ベン　お前、もう何本だか持ってるじゃないか。
ガス　これでやかんに火がつけられるな。
ベン　そう、お前はいつもひとからマッチをせびってるな。
何本あるんだ。
ガス　十二、三本だ。
ベン　じゃ、なくさないようにしろ。黄燐マッチだ、しかも。箱なしで火がつくってわけだ。

（ガスはマッチ棒を一本使って耳をほじる）

（彼の手をぴしゃりと叩いて）無駄使いするな！　さあ、早く火をつけて来い。

ガス　え？

ベン　火をつけて来い。

ガス　何に火をつけるんだ。

ベン　やかんだ。

ガス　ガスだろ。

ベン　何だと。

ガス　ガスだろ。

ベン　（目を半ば閉じて）何のことだい、ガスだろうとは。

ガス　だって、そう言ってるんだろ。ガスに火をつけろって。

ベン　（力をこめて）おれが、やかんに火をつけて来いって言ったら、つまり、やかんに火をつけて来いってことだ。

ガス　やかんに火がつけられるわけないよ。

ベン　言葉のあやだよ！　やかんに火をつける。こいつは言葉のあやだ！

ガス　聞いたことがない。

ベン　やかんに火をつける！　誰だって言ってる！

ガス　お前の間違いじゃないかな。

ベン　（凄んで）というと？

ガス　やかんをかけるって言うよ。

ベン　（厳しく）誰が？

（二人は激しく呼吸しながらにらみ合う）

（念入りに）おれはな、生まれてこのかた、やかんをかけるなんて言ったやつには、お目にかかったことがないんだ。

ガス　うちのおふくろがよくそう言ってたよ。

ベン　おふくろ？　いつのことだ、この前におふくろに会ったのは。

ガス　さあ、あれは確か――

ベン　なあ、おふくろを何だって引合いに出すんだよ。

（二人はにらみ合う）

ガス、おれは無理を言う気はないんだ。おれはただお前にあることを教えてやりたいんだ。

ガス　ああ、でも――

ベン　一体どちらが兄貴分なんだ、おれとお前と。

ガス　お前だ。

ベン　おれはただお前のためを思って言ってるんだ。お前、まだまだ勉強が足りないぜ。

ガス　うん、でもおれ聞いたことがないんだ――

ベン　（激しく）ガスに火をつけるなんて言い方はないんだ。ガスで火がつくのは何だ。

ガス　ガスで火がつくのは――

ベン （両手で彼ののどをつかみ、ぐっと遠ざけて） やかんだよ、馬鹿野郎め！

（ガスはのどからベンの両手を放させる）

ガス わかったよ、わかったよ。

（間）

ベン さあ、何をぐずぐずしてるんだ。

ガス 火がつくかどうか試したいんだ。

ベン 何が？

ガス マッチ。

（彼は平たくなったマッチ箱を取り出し、マッチをすろうとする）

おっと。

（彼は箱をベッドの下に投げ入れる。ベンは彼を見つめる。ガスは片足を上げる）

ここでやってみようかな。

（ベンは見つめる。ガスは靴底でマッチをする。火がつく）

そうら。

ベン （ものうげに） じれったいな、いいかげんにやかんをかけろよ。

（ベンは自分のベッドのところへ戻るが、自分の言ったことに気づいて立ち止まり、なかば振り向く。二人は互いに見合う。ガスは上手へゆっくり退場する。ベンは新聞をベッドに叩きつけ、両手で頭をかかえてベッドに腰をおろす）

ガス （登場しながら） うまくいってる。

ベン 何が？

ガス こんろ。

（ガスは自分のベッドのところへ行き、腰をおろす）

今夜はどんなやつかな。

（沈黙）

その、ちょっと聞きたいことがあるんだけど。

ベン （両脚をベッドに上げて） ええい、いい加減にしろ。

ガス いや。ちょっと聞きたいことがあったんだ。

（彼は立ち上がり、ベンのベッドに腰をおろす）

ベン お前、何だっておれのベッドに腰かけてる？

（ガスは坐りこむ）

どうしたんだ、お前。しょっちゅうおれに何か訊ねてるじゃないか。どうしたんだ。

ガス どうもしない。

ベン 昔はこんなにやたらにものを訊ねたりはしなかったぜ。一体どうしたんだ。

ガス いや、ただちょっと考えてたのさ。

ベン 考えるのはよせ。仕事のある身だ。仕事だけやって、文句は言うなってことだ。

ガス そのことさ、おれが考えてたのは。

ベン 何だと。

ガス 仕事だよ。

ベン 何の仕事だ。

ガス (おずおずと)どうも、お前が何か知ってるんじゃないかって気がしたもんでね。

(ベンは彼を見る)

ガス ひょっとしたらお前は——つまりさ——お前わからないかね——今夜はどんなやつになるのか。

ベン どんなやつがどうなるってんだ。

(二人は見合う)

ガス (遂に)どんなやつになるかだよ。

(沈黙)

ベン お前、気分は大丈夫か。

ガス そりゃもう。

ベン 茶をいれて来い。

ガス ああ、いいとも。

(ガスは上手から退場し、ベンは彼のあとを見送る。それから彼は枕の下からピストルを出し、弾丸がこめてあるかどうか調べる。ガス再登場)

ガスがとまった。

ベン だからどうした?

ガス メーター式なんだ。

ベン おれ、金は持ってないぜ。

ガス おれもだ。

ベン 待つほかない。

ガス 何を?

ベン ウィルソンだよ。

ガス 来ないかもしれないぜ。ことづてをしてくるだけかもしれない。いつも本人が来るとは限らないんだから。

ベン じゃ、なしですますほかないな、え?

ガス 畜生。

ベン 茶はあとからだ。どうしたんだ、お前。

ガス　おれは仕事の前に一杯飲みたいんだよ。

（ベンはピストルをあかりのほうにかざし、それを磨く）

ベン　どっちにしろ、用意はしておけよ。

ガス　さあて、どうかね、そいつはちょっとひどすぎるよ、おれに言わせれば。

（彼はベッドから茶の包みを取り上げ、それを鞄の中にほうりこむ）

とにかくあいつが一シリングもってるといいんだがな、やって来るんだったら。もってて当然だよ。何てったって、ここはやつの家なんだから、茶を一杯わかすだけのガスぐらいは出るようにしておいたって、いいじゃないか。

ベン　ここがやつの家だって、そりゃどういうことだ？

ガス　だって、そうだろ？

ベン　借りてるだけかもしれない。何もやつの家とは限らないぜ。

ガス　やつのだったら。建物みんなそうだ。あいつめ、近頃はガスも出ないようにしやがる。

（ガスはベッドに腰をおろす）

確かにあいつの家だよ、ここは。他の家を見ろ。指定された住所へ出かける、すると鍵がある、ティーポットがある、人には一人も会わない——（彼は言葉を切る）なあ、物音一つしないってことを、お前、考えてみたことあるか。誰からも苦情なんて出ないだろう、騒音を立てるとか何とかさ。人には一人も会わないよな——やって来るやつのほかには。気がついてたか、こういうことに。壁が防音式になってるのかな。（彼はベッドの上の壁をさわってみる）わからないや。ただ待ってるだけさ、おれたちは、なあ。二度に一度は、あいつめ、顔も出さない、あのウィルソンってやつは。

ベン　それがなぜいけない？　あいつは忙しいんだ。

ガス　（思いをこめて）あいつにはどうも話がしにくいな。そうだろ、ベン。

ベン　いい加減にしろよ、え。

（間）

ガス　おれはあいつにいろいろ聞きたいことがあるんだ。だのに、いざ顔を合わせると、どうにも切り出せない。

（間）

おれはこの前のやつのことをずっと考えてるんだ。

ベン　この前のやつ？

ガス　あの娘さ。

(ベンは新聞をつかみ、それを読む)
(立ち上がり、ベンを見おろして)　お前その新聞を何度読む気だ?

(ベンは新聞を叩きつけ、立ち上がる)

ベン　(怒って)　何だい、そりゃ。

ガス　おれはただお前がその新聞を何度——

ベン　おい、おれのすることにケチをつけようってのか。

ガス　いや、おれはただ——

ベン　言葉に気をつけないと、耳をどやしつけて鼓膜をぶち抜くぞ。

ガス　ちょっと聞けよ、ベン——

ベン　おれは何も聞く気はない!(彼は部屋中に向ってしゃべる)おれが新聞を何度——!　大きなお世話だ!

ガス　おれ、そんな気じゃなかったんだ。

ベン　お前は黙ってりゃいいんだよ。余計な口をきくなってことだ。

(ベンはベッドに戻って横になる)

ガス　おれはただあの娘のことを考えてたんだよ。

(ガスは自分のベッドに腰をおろす)

あの子はそりゃ見ばえのするほうじゃなかったさ、でもね。それでもあれはひどいもんだったよな。何てざまだ。全く、あんなめちゃめちゃなのは、見たことがないよ。どうも男みたいにまとまらないものらしいな、女ってのは。身がしまってないんだ、きっと。一面にばらばらになったじゃないか。部屋一面だ。ふん!　でもさ、おれ聞きたいことがあるんだけど。

(ベンは身を起こして、両眼を堅く閉じる)

誰が掃除するんだろう、おれたちが行ったあと。おれ、どうも気になるんだ。誰かね、掃除するのは。それとも、掃除なんてしないのかな。そのままでほうっておくのかな。お前どう思う。おれたち、どれだけ仕事をやったかね。ふん、数えられない程だ。おれたちが行ったあとで、掃除をしないとすると、こいつはどうなるんだ。

ベン　(憐れむように)馬鹿。組織にはおれたちしかいないと思ってるのか。ちっとは常識を働かせろ。それぞれみんな、担当の係がいるんだよ。

ガス　へえ、掃除係だの何だの?

ベン　馬鹿野郎!

ガス　いや、あの娘のことでいろいろ気になったもんで——

（二つのベッドの間の壁のふくらんだところで、何かがおりて来るような、大きながらがらいう音がする。二人はピストルをつかみ、とび上がり、壁を向く。騒音はやむ。沈黙。二人は顔を見合わせる。ベンは壁に向かって激しく身ぶりをする。ガスはゆっくりと壁に近づく。彼はピストルでそれを叩く。うつろな音がする。ベンはピストルの撃鉄を起こして、自分のベッドの頭の方へ移る。ガスはピストルを自分のベッドの上に置き、中央の羽目板の下方を軽く叩きながら探ってみる。へりが見つかる。彼は羽目板を持ち上げる。内部に料理を出し入れする口――《料理昇降機《ダム・ウエイター》》があるのが見える。大きな箱が滑車で支えられている。ガスは箱の中をのぞきこむ。彼は一枚の紙片を取り出す）

ベン 何だ、それは。

ガス お前見ろよ。

ベン 読むんだ。

ガス （読んで）ステーキの煮込み、ポテトチップスつき、二つ。プディング二つ。砂糖ぬき紅茶、二つ。

ベン 見せてみな。（彼は紙片を取る）

ガス （独りごとで）砂糖ぬき紅茶二つ。

ベン ふん。

ガス どう思う、これ。

ベン そう――

（箱が上がっていく。ベンはピストルを構える）

ガス 待ってくれ！ 急いでるんだな、上では。

（ベンは紙片をもう一度読む。ガスは彼の肩ごしにのぞきこむ）

こいつはちょっと――こいつはちょっと妙だな、え？

ベン （速く）いや。妙じゃない。きっとここは昔、食堂だったのさ。上が。こういうところは持主がどんどん変るものなんだ。

ガス 食堂？

ベン そう。

ガス するとつまりここは調理場だったっていうのかい。

ベン そう、一晩のうちに持主が変るんだ、こういうところは。店仕舞いだ。経営者がだな、商売にならないと悟ってだな、よそへ移るのさ。

ガス すると、ここをやってたやつが、商売にならないと悟って、よそへ移ったっていうのかい。

ベン そうとも。

ガス じゃ、今の持主は誰だ。

（沈黙）

ベン どういうことだい、今の持主は誰だとは。

ガス　誰なんだよ、今の持主は。よそへ移ったやつがいるのなら、ここへ移って来たやつは誰なんだ。
ベン　それはだな、その時その時で――
（箱ががらがらとおりて来て、どしんと止まる。ベンはピストルを構える。ガスは箱のところへ行き、一枚の紙片を取り出す）
ガス　（読んで）本日の特製スープ。レヴァー、玉ねぎつき。ジャム入りパイ。
（間。ガスはベンを見る。ベンは紙片を取り、読む。彼は料理を出し入れする口のところへゆっくりと歩いて行く。ガスがついて行く。ベンは口をのぞきこむが、上を見はしない。ガスは片手をベンの肩にかける。ベンはそれを払いのける。ガスは指を口にあてる。彼は出し入れ口にもたれかかり、すばやく内部を見上げる。ベンはぎょっとして彼を突きのける。ベンは書付を見る。彼はピストルをベッドの上に投げ、決然として言う）
ベン　何か送ってやったほうがいい。
ガス　え？
ベン　何か送ってやったほうがいい。
ガス　そうか！　そうだ。そうだ。お前の言うとおりだ。
（二人ともこうして決まったことでほっとする）
ベン　（断固として）速くしろ！　鞄には何が入ってる？
ガス　大してないけど。
（ガスは出し入れ口のところへ行き、上に向って叫ぶ）
ちょっと待ってくれ！
ベン　おい、よせ！
（ガスは鞄の中身を調べ、それを一つずつ取り出す）
ガス　ビスケット。チョコレート一枚。牛乳半パイント。
ベン　それだけか。
ガス　紅茶一包。
ベン　よかろう。
ガス　紅茶はやれないよ。これだけしかないんだから。
ベン　でもガスが出ないんだ。もってたって仕方がないだろう？
ガス　上から一シリング送ってくれないかな。
ベン　ほかに何がある。
ガス　（鞄に手を入れて）エックルズのケーキ一つ。
ベン　エックルズのケーキ？
ガス　ああ。
ベン　ケーキがあるなんておれには言わなかったな。
ガス　そうだったかな。
ベン　なぜ一つしかない？　おれの分はもって来なかった

のか。

ガス　お前はほしくないだろうと思って。

ベン　とにかくケーキ一ちょうじゃ送ってやるわけにはいかない。

ガス　なぜ？

ベン　皿を一枚もって来い。

ガス　よしきた。

（ガスは上手のドアの方へ行き、立ち止まる）

じゃ、ケーキはここに置いといてもいいんだな。

ベン　置いとくだと？

ガス　だってさ、ケーキがあるなんて、上の連中は知らないだろ？

ベン　そんなことはどうだっていい。

ガス　置いといちゃいけないのかい。

ベン　そう、いけないんだ。皿をもって来い。

（ガスは上手から退場する。ベンは鞄の中を見る。彼はポテトチップスの包みを取り出す。ガスが皿をもって登場する）

（包みを差し上げて、とがめるように）こいつはどこから来た。

ガス　え？

ベン　このチップスはどこからもって来たんだよ。

ガス　お前、それどこで見つけた。

ベン　（彼の肩を打って）貴様、汚いことするじゃないか！

ガス　おれはただビールのつまみにするつもりなんだよ！

ベン　ほう、じゃどこでビールにありつくつもりだった？

ガス　ビールにありつくまで、とっておこうと思ったのさ。

ベン　こいつは覚えとくからな。何もかも、皿に盛るんだ。

（二人はあらゆるものを皿の上に積み上げる。皿をのせないうちに、箱は上がって行く）

ちょっと待って！

（二人は立っている）

ガス　上がっていった。

ベン　お前がへまをするからいけないんだ、もたもたしやがって！

ガス　どうしたらいいだろう。

ベン　おりて来るまで待つほかないや。

（ベンはベッドの上に皿を置き、肩からガンベルトをつけ、ネクタイを結び始める）

用意しといたほうがいいぞ。

（ガスは自分のベッドのところへ行き、ネクタイをつけ、ガンベルトをつけ始める）

ガス　なあ、ベン。
ベン　何だ。
ガス　一体どうなってるんだろう。

（間）

ベン　何の話だ。
ガス　ここが食堂だなんて変だぜ。
ベン　昔は食堂だったのさ。
ガス　お前ガスこんろを見たか。
ベン　それがどうした。
ガス　鍋が三つしかかけられないぜ。
ベン　だから？
ガス　だって一度に三つの鍋しかかけられないんじゃ、大して料理はできないよ、こんな忙しい場所でさ。
ベン　（いらいらして）だから料理の出るのが遅いんだよ！

（ベンはチョッキを着ける）

ガス　うん、でもおれたちがいない時はどうなるんだろう。連中、どうするのかな。料理の註文がおりて来るばかりで、何も上がっては行かない。もう何年もこんな調子でやってるのかもしれない。

（ベンは上着にブラシをかける）

どうなるんだろう、おれたちがいなくなったら。

（ベンは上着を着ける）

とても大した商売にはならないな。

（箱がおりて来る。二人は振り向く。ガスは出し入れ口のところへ行き、書付を取り出す）

（読んで）マカロニ・パスティツィオ。オルミタ・マカルナーダ。
ベン　何だい、それは。
ガス　マカロニ・パスティツィオ。オルミタ・マカルナーダ。
ベン　ギリシア料理だ。
ガス　違うよ。
ベン　いや、そうだ。
ガス　こいつはなかなか高級だな。
ベン　速くしろ、箱が上がらないうちに。

（ガスは皿を箱の中に置く）

ガス　（出し入れ口から上に向かって叫んで）マクヴィティ・アンド・プライスのビスケット三枚！　ライオンズ紅茶、赤ラベル、一包！　スミスのポテトチップス一包！　エックルズのケーキ一つ！　板チョコ一枚！

ベン　キャドベリー製。
ガス　（上に向かって）キャドベリー製！
ベン　（牛乳を渡して）牛乳一本。
ガス　（上に向かって）牛乳一本！　半パイント入り！（彼はラベルを見る）特急乳業製造！（彼は瓶を箱に入れる）

（箱が上がって行く）

間に合った。
ベン　そんなに大声を出すんじゃないったら。
ガス　どうして？
ベン　行儀が悪いよ。

（ベンは自分のベッドのところへ行く）

さあ、まあこれでいいな、しばらくは。
ガス　そうかね。
ベン　服を着ろよ、え。いつ呼び出しがあるかわからないぜ。

（ガスはチョッキを着る。ベンは横になり、天井を見上げる）

ガス　こいつはひどいぜ。茶もない、ビスケットもない。
ベン　ものを食うとお前はぐうたらになるんだ。わかってるか、ぐうたらだぞ。まさかお前、仕事の手を抜く気じゃないだろう。
ガス　おれがかい。
ベン　手を抜くなっていうんだよ。
ガス　おれが？　手を抜く？
ベン　ピストルを調べたかよ。ピストルも調べてないじゃないか。とにかくそいつは汚れっぱなしだぜ。なぜ時には磨かないんだよ。

（ガスはシーツでピストルをこする。ベンは懐中用の鏡を取り出し、ネクタイをまっすぐにする）

ガス　コックはどこにいやがるんだろう。あれだけの註文をさばくんじゃ、何人もいたに違いない。きっと、ほかにもガスこんろがあったんだな。そうだ！　廊下の向こうにきっともう一つ調理場があるんだ。
ベン　当り前だ！　お前わかってるのか、オルミタ・マカルナーダを作るのに、どれだけ手間がかかるか。
ガス　いや、どれだけさ。
ベン　オルミタ――！　頭を働かせろよ、え。
ガス　コックが何人もいる、そうなんだろ？

（ガスはピストルをガンベルトにしまう）

早いとこ、ここから出たほうがよさそうだな。

(彼は上着を着る)

あいつ、なぜ何も言ってこないんだろう。まるで何年もここにこもってるような気分だよ。(彼はピストルをガンベルトから取り出し、弾丸を調べる) でも、おれたち、あいつの当てを外れさせたことはないよな。一度もないんだ。ついこの間も考えてたんだよ、ベン。おれたちは頼りになる、そうだろう?

(彼はピストルをガンベルトに戻す)

でもさ、今夜の仕事が終ったらほっとするだろうな。

(彼は上着にブラシをかける)

今夜の野郎はあまり騒いだりしてほしくないな。おれちょっと気分が悪くてね。頭ががんがん痛みやがる。

(沈黙。
箱がおりて来る。ベンはとび上がる。
ガスは書付を取る)

(読んで) たけのことひしの実と鶏の煮込み一つ。焼豚、もやしつき、一つ。

ベン　もやし?

ガス　そう。

ベン　畜生。

ガス　こいつは手のつけようがない。

(彼は振り返って箱を見る。茶の包みが中に入っている。
彼はそれを取り上げる)

茶を返して来たぞ。

ベン　(心配して) どうしてそんなことしたんだろう。

ガス　多分、お茶の時間じゃないんだろう。

(箱が上がって行く。沈黙)

ベン　(茶をベッドに投げつけ、必死になって言う) なあ。言ってやったほうがいいぞ。

ガス　言ってやるって何を?

ベン　できないって、材料がないって。

ガス　じゃ、いいだろう。

ベン　鉛筆を貸せ。手紙を書こう。

(ガスは鉛筆を取ろうとして向きを変え、通話管があることに不意に気づく。それは、昇降機の口の下手側、彼のベッドに面している壁にかかっている)

ガス　何だ、こいつは。

ベン　え?

ガス　これ。

ベン　（それを調べて）これか。これは、通話管だ。
ガス　いつからここにあったんだろう。
ベン　こいつはいい。もっと早く使ってりゃよかったな、そこからどなったりせずに。
ガス　変だよ、今まで気がつかなかったなんて。
ベン　さあ、やれよ。
ガス　どうするのさ。
ベン　そいつ、な。それが笛だ。
ガス　え、これか。
ベン　そう、そいつを取り出せ。引っ張り出すんだ。

（ガスはそうする）

そうだ、そうだ。
ガス　それからどうするんだ。
ベン　吹くのさ、それを。
ガス　吹く？
ベン　吹くと上で鳴るんだよ。それで、こっちから話があるってことが、連中に通じる。吹くんだ。

（ガスは吹く。沈黙）

ガス　（通話管を口にあてて）何も聞こえない。
ベン　さあ、しゃべれ！　しゃべるんだ、それに向かって！

（ガスはベンを見て、それから管に向かって言う）

ガス　食糧は底をついた！
ベン　おれによこせ！

（彼は管をつかみ、それを口に当てる）

（ひどく丁重に言う）今晩は。まことに恐縮です——お騒がせして。その、お知らせしたほうがいいと考えましたんですが、実は、もう何も残っておりませんので。すっかりお届け致しました。ここには食べものはもう何もございません。

（彼は管をゆっくりと耳に当てる）

何ですか。

（口に当てる）

何ですか。

（耳に当てる。聞き入る。口に当てる）

いえ、あるものは一切差し上げました。

（耳に当てる。聞き入る。口に当てる）

それはどうも申し訳ありません。

（耳に当てる。聞き入る。ガスに言う）

エックルズのケーキが腐ってた。

（聞き入る。ガスに言う）

チョコレートは溶けてた。

（聞き入る。ガスに言う）

牛乳は酸っぱくなってた。

ガス　ポテトチップスはどうだった。

ベン　（聞きながら）ビスケットにはかびが生えてた。

（彼はガスをにらみつける。管を口に当てる）

どうも、全く申し訳ございません。

（管を耳に当てる）

は？

（口に当てる）

は？

（耳に当てる）

はい。はい。

（口に当てる）

はい、もちろん。もちろん。すぐに。

（耳に当てる。声はやんでいる。彼は管をかける）

（興奮して）聞いたか。

ガス　何を？

ベン　やつがどう言ったと思う。やかんに火をつけろだ！　やかんをかけろじゃない！　ガスに火をつけろでもない！　やかんに火をつけろだ！

ガス　やかんに火をつけられるわけがないよ。

ベン　どうして？

ガス　ガスが出ないもの。

ベン　（片手で頭を叩いて）さあ、どうしたもんだろう。

ガス　何のために、やかんに火をつけろなんて言ったんだろう。

ベン　茶だよ。茶が一杯ほしいんだって。

ガス　やつが茶がほしいだって！　おれはどうなる。おれは一晩中、茶がほしくてうずうずしてるんだ！

ベン　（絶望して）どうしたもんだろう。

ガス　おれたちは何を飲みゃいいんだ。

（ベンは前を見つめながら、ベッドに腰をおろす）

おれたちはどうなる。

（ベンは坐りこむ）

おれだってのどが乾いてるんだ。腹だって減ってる。だのにやつは茶が飲みたいだと。呆れてものも言えないや。

（ベンは胸に顔を埋める）

おれだって何か腹の足しになるものがほしいよ。お前はどうだい。お前だって何か腹に入れたそうだぜ。

（ガスは自分のベッドに腰をおろす）

おれたちはな、あるものをみんな送ったんだ、だのにやつは不足だって。ふん、こいつは全く大笑いだ。お前、なぜあるものみんなやっちまったのさ。（考えこんで）なぜおれは、みんなやっちまったんだろう。

（間）

上じゃ何食ってるかしれたもんじゃない。きっとサラダの鉢でもあるんじゃないか。何かあるに決まってる。下から行くものはたかが知れてるんだ。なあ、サラダの註文はなかったろう？　上じゃきっと鉢に山盛り、サラダがあるんだぜ。コールド・ミート、赤大根、きゅうり。おらんだがらし。にしんの酢漬け。

（間）

堅ゆで卵。

（間）

何から何まで。ビールだって一箱そっくりあるんだろう。きっと今頃はおれのチップスで一杯やってるぜ。チップスのことじゃ何も言わなかったろう？　大丈夫、やつらはよろしくやるさ。まさか、ぼんやり坐って、ここから上がって行くものを待ってるだけなんてことはないだろう、え？　それじゃどうにもならないものな。

（間）

よろしくやってるさ、やつらは。

（間）

だのに、やつは茶がほしいだと。

（間）

こいつはもう笑いごとじゃないぜ。

（彼はベンを見やり、立ち上がり、彼のところへ行く）

どうしたんだ、お前。冴えない顔してるぜ。おれだって頭痛がするんだ。

（ベンは身を起こす）

ベン （低い声で）時間がたって行く。

ガス わかってるよ。おれは空き腹で仕事するの、いやなんだ。

ベン （うんざりして）黙れよ、しばらく。仕事の手順を教えてやるから。

ガス どうして？　いつも同じようにやるじゃないか。

ベン 仕事の手順を教えてやるったら。

（ガスは溜息をつき、ベンと並んでベッドに腰をおろす。仕事の手順は、機械的に述べられ、復唱される）

呼び出しがあったら、お前は行ってドアのかげに立つ。

ガス ドアのかげに立つ。

ベン ドアがノックされてもお前は返事をしない。

ガス ドアがノックされてもおれは返事をしない。

ベン だがドアはノックされない。

ガス だからおれも返事はしない。

ベン 男が入って来たら——

ガス 男が入って来たら——

ベン やつのうしろでドアを閉める。

ガス やつのうしろでドアを閉める。

ベン お前がいることは感づかれないようにする。

ガス おれがいることは感づかれないようにする。

ベン やつはおれを見て、おれの方へ来る。

ガス やつはお前を見て、お前の方へ行く。

ベン やつにはお前は見えない。

ガス （ぼんやりして）え？

ベン やつにはお前は見えない。

ガス やつにはおれは見えない。

ベン だがおれは見える。

ガス お前は見える。

ベン やつにはお前がいることはわからない。

ガス やつにはお前がいることはわからない。

ベン やつにはお前がいることはわからない。

ガス やつにはおれがいることはわからない。

ベン おれはピストルをぬく。

ガス お前はピストルをぬく。

ベン やつは不意に立ち止まる。

ガス やつは不意に立ち止まる。

ベン やつが振り向いたら——

ガス やつが振り向いたら——

ベン お前がそこにいる。

ガス おれがここにいる。

（ベンは顔をしかめ、額をおす）

何かとばしたぞ。

ベン　そうなんだ。何だろう。

ガス　お前の言うとおりだと、おれはまだピストルをぬいてないんだ。

ベン　お前はピストルをぬく――

ガス　ドアを閉めたあとだ。

ベン　ドアを閉めたあとだ。

ガス　お前、それをとばしたのは今度が初めてだぜ。

ベン　男は、うしろにお前がいて――

ガス　うしろにおれがいて――

ベン　前にはおれがいるので――

ガス　前にはお前がいるので――

ベン　不安になる――

ガス　こわくなる。

ベン　男にはどうしていいかわからない。

ガス　そこで男はどうするか。

ベン　男はおれを見る、そしてお前を見る。

ガス　おれたちは一言も口をきかない。

ベン　おれたちは男を見る。

ガス　男は一言も口をきかない。

ベン　男はおれたちを見る。

ガス　そしておれたちは男を見る。

ベン　誰も一言も口をきかない。

（間）

ガス　どうやるんだ、もしも女だったら。

ベン　同じことだ。

ガス　何から何まで？

ベン　何から何まで。

（間）

ガス　何も違ったことはやらないのか。

ベン　何から何まで同じだ。

ガス　ふん。

（ガスは立ち上がり、身ぶるいする）

失礼。

（彼は上手のドアから退場する。ベンはベッドに腰かけたまま、じっとしている。

上手、舞台外で、水洗便所の鎖を引く音が一度するが、水は流れない。

沈黙。

ガスが再び登場し、ドアの内側のところですっかり考えこんで立ち止まる。彼はベンを見、それからゆっくり部屋を

横切って自分のベッドに戻る。彼は思い悩んでいる。彼は立ったまま考えこむ。振り向いてベンを見る。ベンの方へ数歩近づく）

ベン　（低い、緊張した声で、ゆっくりと）ガスが出ないことを知っていながら、なぜあいつはマッチをよこしたんだろう。

（沈黙。

ベンは前方を見つめる。ガスはベンの上手側、彼のベッドの足元の方へ行き、彼のもう一方の耳に向かって言う）

ベン。ガスが出ないことを知っていながら、なぜあいつはマッチをよこしたんだろう。

（ベンは目を上げる）

なぜあんなことをしたんだろう。

ベン　誰が？

ガス　誰なんだ、マッチをよこしたのは。

ベン　何の話だよ。

（ガスは彼をきっと見おろす）

ガス　（濁った声で）誰なんだ、上にいるのは。

ベン　（気が立った様子で）何だ、とりとめもないことばかり。

ガス　でも、誰なんだ。

ベン　何だよ、とりとめもないことばかり。

（ベンはベッドの上の新聞を手探りする）

ガス　おれは訊ねてるんだ。

ベン　もういい！

ガス　（次第に興奮して）前にも訊ねた。ここへ移って来たのは誰だって。訊ねたんだぞ。ここをやってた連中がよそへ移ったと言ったな。じゃ、誰なんだい、移って来たのは。

ベン　（背を丸めて）黙れ。

ガス　おれは言ったぞ、そうだろう？

ベン　（立ち上がって）黙れ！

ガス　（熱に浮かされたように）前に言ったろ、ここの持主が誰か。教えてやったろ？

（ベンは彼の肩を強くなぐる）

おれは言ったろ、ここを切り回してるのが誰か。

（ベンは彼の肩を強くなぐる）

（激しく）おい、やつは何だってこんなふざけた真似しやがるんだ。聞かせてもらおうじゃないか。何のためだよ、これは。

ベン　ふざけた真似？

ガス　（進み出ながら、熱をこめて）なぜこんなことするんだ。

おれたちは試験にも通った、そうだろう。堂々と通った、何年も前に、そうだろう。おれたちは一緒に受けたんだったな、覚えてるな？　これまでにも腕は証明ずみだ、そうだろう。仕事はいつもちゃんとやってきた。一体なんだってこんなことしやがるんだ。何のつもりだ。なんだってふざけた真似しやがるんだ、やつは。

（壁の空洞の中の箱が二人の背後におりて来る。今度は、箱がおりて来る音と一緒に、鋭い笛の音が聞こえる。ガスは口のところへとんで行き、書付をつかむ）

（読んで）えびフライ！

（彼は書付を丸め、管を取り上げ、笛を取ってそれを吹き、それからしゃべる）

いいいいいいい
ここには何も残ってない！　いいなんにも！　いいいわかったか！

（ベンは管をつかみ、ガスを突きとばす。彼はガスを追い、逆手で激しくガスの胸を打つ）

ベン　やめろ！　気違い！

ガス　でも、聞いてただろう！

ベン　（荒々しく）もういい！　いい加減にしろ！

（沈黙。

ベンは管をかける。彼は自分のベッドに戻り、横になる。新聞を取り上げ、読む。
沈黙。
箱が上がって行く。
二人はすばやく振り向く。二人の目が合う。ベンは新聞の方に戻る。
ゆっくりとガスが自分のベッドに戻り、腰をおろす。
沈黙。
壁の穴の蓋がずり落ちて、もとのように穴をふさぐ。
二人はすばやく振り向く。二人の目が合う。ベンは新聞の方に戻る。
沈黙。
ベンは新聞を投げつける）

ふん！

（彼は新聞を拾い上げて、それを見る）

いいか！

（間）

どうだい、こりゃ、え？

（間）

ふん！

（間）

ベン 聞いたことがあるか、こんな話。

ガス （無気力に）まさか！

ベン 本当なんだ。

ガス よせやい。

ベン はっきりここに書いてあるぜ。

ガス （非常に低く）本当かい。

ベン 思いもよらないだろ。

ガス 信じられない。

ベン 胸糞が悪くなるよな、え？

ガス （ほとんど聞えないほどの声で）たまげたな。

（ベンは頭を振る。彼は新聞を置いて立上る。彼はピストルをガンベルトにおさめる。ガスが立ち上がる。彼は上手のドアの方へ行く）

ベン どこへ行くんだ。

ガス 水を一杯飲んで来る。

（彼は退場する。ベンは洋服と靴にブラシをかけて、ほこりをとる。通話管の笛が鳴る。彼はそちらへ行き、笛を取り出し、管を耳に当てる。彼は聞き入る。管を口に当てる）

ベン はい。

（耳に当てる。聞き入る。口に当てる）

はい、すぐに。わかりました。

（耳に当てる。聞き入る。口に当てる）

ええ、二人とも用意はできています。

（耳に当てる。聞き入る。口に当てる）

諒解。繰り返します。男はここに着いた、すぐにやって来る。普通の方法を用いること。諒解。

（耳に当てる。聞き入る。口に当てる）

ええ、二人とも用意はできています。

（耳に当てる。聞き入る。口に当てる）

わかりました。

（彼は管をかける）

ガス！

（彼は櫛を取り出して髪を手入れし、上着をいじって、ピストルでふくらんでいるのが目立たないようにする。上手、舞台外で、水洗便所の水が流れる音がする。ベンは上手の

ドアのところへすばやく行く）

ガス！


（下手のドアがさっと開く。ベンはピストルをドアに向けて構えながら振り向く。

ガスがよろよろと部屋に入って来る。

彼は、上着、チョッキ、ネクタイ、ガンベルト、ピストルを、もう身に着けてはいない。

彼は、両腕を脇につけ、身体をかがめて、立ち止まる。

彼は頭を上げてベンを見る。

長い沈黙。

二人は互いに見つめ合う）

——幕——

〔*THE DUMB WAITER*〕

『部屋』と『料理昇降機』のプログラムのためのノート

一人の男が部屋の中にいる。やがて彼のところへは訪問者がやって来るであろう。部屋へ入って来る訪問者は何かの目的をもって来るのである。もしも部屋の中にいる人間が二人であれば、訪問者は、二人のそれぞれにとって同じ人間ではない。部屋の中にいて訪問を受ける男は、この訪問によって何かを悟るか何も分らなくて怯えるかするであろう。訪問者自身も同様に何かを悟るか怯えるかするかも知れない。男は訪問者と一緒に部屋を出るかも知れないし、一人で部屋を出るかも知れない。訪問者は一人で立去るかも知れないし、男が行ってしまった後一人で部屋に残るかも知れない。あるいは二人とも一緒に部屋に留まるかも知れない。人々の動きの結果がどうなるにせよ、男が一人きりで部屋の中にいたというもとの状態は、ある変化を蒙ったことになるだろう。男が部屋の中にいて誰も部屋へ入って来なければ、その男は訪問を期待しながら生きるであろう。彼は訪問者が現れないことによって何かを悟るか怯えるかするだろう。しかし、どれほど期待されたものであっても、訪問はいざとなると予想外でほとんど常に歓迎されぬものとなる。(もちろん彼自身がドアから出て行き、ドアをノックして入って来て、自らに対する訪問者となってもいい。こういうことはこれまでにも例がある)

我々は誰しも自己の機能をもっている。訪問者も彼なりの機能をもっている。しかし、彼が最近の住所、最近の職業、次の職業、扶養家族の数などについて、詳しい情報を記した名刺をもってやって来るという保証はない。同様に、誰もが安心するように身分証明書をもっていたり、胸にレッテルを貼りつけていたりするという保証もない。真実をつきとめたいという欲求は無理もないが、それは常にみたされるとは限らない。リアルなものとリアルでないもの、真なるものと偽なるものとの間には、厳密な区別はない。ある事柄が真か偽かどちらかであるとは、必ずしも言えない。それは真であってしかも偽だということもある。起ってしまったことや現に起っていることをつきとめるのは何でもないとする考え方は、私には正しくないと感じられる。舞台に登場する人物が、自分の過去の経験だの現在の行動や願望だのについて、何らもっともらしい議論や情報を提供できず、また、自らの動機を隅々まで分析することもできないとする。こういう人物といえども、驚くべきことにこうしたことをすべてなしうる人物と同じように、まっとうで注目に値するのだ。経験とは、痛切になればなるほど、明瞭なかたちで表現しにくくなるものなのである。

〔*A NOTE FOR THE PROGRAMME OF THE ROOM AND THE DUMB WAITER*〕

かすかな痛み

*『かすかな痛み』は一九五九年七月二十九日に、放送劇としてBBC第三放送より放送された。
配役は次のとおり――
エドワード――モリス・デナム
フローラ――ヴィヴィアン・マーチャント
(演出　ドナルド・マクウィニー)

*この作品はマイケル・コドロンの製作によって、一九六一年一月十八日にロンドンのアーツ・シアターで、続いてクライティリオン劇場で上演された。
配役は次のとおり――
エドワード――エムリン・ウィリアムズ
フローラ――アリソン・レガット
マッチ売り――リチャード・ブライアーズ
(演出　ドナルド・マクウィニー)

〔登場人物〕

エドワード

フローラ

マッチ売り

（田舎の邸宅。舞台中央に朝食を用意したテーブルが一つ、椅子が二つ。それはのちに取り去られ、劇の進行は下手の台所と上手の書斎に集中されることになる。台所も書斎も、最少の大道具・小道具で示される。舞台後方は、花壇やきちんと刈りこまれた垣根などで、大きな手入れの行きとどいた庭であることが暗示される。庭の門は下手奥にあって、観客には見えない。
幕があがると、フローラとエドワードが朝食のテーブルについている。エドワードは新聞を読んでいる）

フローラ　今朝、スイカズラをごらんになった？
エドワード　なにカズラ？
フローラ　スイカズラ。
エドワード　スイカズラ？　どこの？
フローラ　裏門のそばのよ、エドワード。
エドワード　あれ、スイカズラか？　おれはまた……ヒルガオかなんかかと思ってた。
フローラ　だってご存じのはずよ、スイカズラだってこと。
エドワード　おれはヒルガオだと思ってたんだよ。

（間）

フローラ　すばらしいわよ、あの花。
エドワード　そいつは見なくちゃ。
フローラ　今朝は庭いっぱいに花が咲いて。なにもかも。センニンソウでしょう。ヒルガオでしょう。なにもかも。七時ごろ庭に出てみたの。プールのところまで。
エドワード　なんだって――ヒルガオも咲いていたのか？
フローラ　そうよ。
エドワード　だっておまえ、さっきそんな花はないって言ったじゃないか。
フローラ　さっきはスイカズラの話をしてたのよ。
エドワード　なんの話だって？
フローラ　（落ちついて）エドワード――ご存じでしょう、物置小屋の外側にある茂み……
エドワード　ああ。
フローラ　あれがヒルガオよ。
エドワード　あれが？
フローラ　そうよ。
エドワード　そうか。

（間）

おれ、あれはツバキかと思ってた。
フローラ　とんでもない。
エドワード　ティーポット、取ってくれないか。

（間。フローラは彼にお茶をいれる）

だがおれに花をちゃんと見分けろったって無理だよ。おれの仕事じゃないからな。
フローラ　あなたはようくご存じのはずよ、ご自分の庭になにが植えてあるか。
エドワード　まったく逆だな。おれがご存じないってことは確かだよ。

（間）

フローラ　（立ち上がって）わたし、七時に起きたの。プールのそばに行ったわ。静かだった。花という花が咲いて。お日さまがのぼっていて。あなたも今朝は庭でお仕事なさるといいわ。天蓋を出せばいいでしょう。
エドワード　天蓋？　どうして？
フローラ　直射日光をさけるために。
エドワード　風が吹いてるだろう？
フローラ　そよ風が。
エドワード　変わりやすい天気だからなあ。

（間）

フローラ　今日はどういう日かご存じ？
エドワード　土曜日だろう。
フローラ　一年で一番昼の長い日。
エドワード　そうかね？
フローラ　夏至よ、今日。
エドワード　マーマレードに蓋をしろ。
フローラ　え？
エドワード　びんに蓋をするんだ。ハチがいる。（テーブルに新聞をかぶせる）動くんじゃない。じっとして。なにしてるんだ？
フローラ　びんに蓋をしようとしてるのよ。
エドワード　動くんじゃないったら。そのままでいい。じっとして。

（間）

『デーリー・テレグラフ』取ってくれ。
フローラ　たたいちゃだめよ。嚙むわ。
エドワード　嚙む？　なに言ってるんだ。じっとして。

（間）

止まりそうだ。

フローラ　びんに入るわ。
エドワード　おい、蓋。
フローラ　入った。
エドワード　蓋だ。
フローラ　わたしがやるわよ。
エドワード　おれによこせったら！　さあて……そうっと……
フローラ　どうするの？
エドワード　静かに。そうっと……気をつけて……びん……に……蓋！　ハッハッハ。これでよしと。

(彼はテーブルの下手側の椅子に坐る)

フローラ　これでマーマレードの中ね。
エドワード　そのとおりだ。

(間。彼女はテーブルの上手側の椅子に坐り、『デーリー・テレグラフ』を読む)

フローラ　あなた、聞こえる？
エドワード　聞こえる？
フローラ　ブーンってうなってるのが。
エドワード　ばかばかしい。聞こえるもんか。せとものの蓋だぜ。
フローラ　気違いみたいにうなってるわ。
エドワード　ばかな。テーブルからどけろよ。
フローラ　どけてどうするの？
エドワード　流しにでも置けばいいじゃないか、溺れさすんだ。
フローラ　飛び出して噛むかもしれないわ。
エドワード　噛むもんか！　ハチは噛んだりせんよ。とにかく飛び出すことはない。もうだめさ。そのまま溺れ死にするだろう、マーマレードの中で。
フローラ　まあ、恐ろしい死にかた。
エドワード　まったく逆だね。

(間)

フローラ　あなた、眼になにか入ったの？
エドワード　いいや。どうして？
フローラ　つぶったりパチパチしたりしてるから。
エドワード　かすかな痛みを感じてね。
フローラ　あら。
エドワード　なあに、ただのかすかな痛みさ。睡眠不足のときみたいな。
フローラ　よく眠れたの、エドワード？
エドワード　もちろんよく眠ったさ。ぐっすり。いつものとおり。
フローラ　それなのに疲れを感じるのね。

エドワード 疲れを感じるなんて、言ってやせんさ。ただ、眼にかすかな痛みがある、って言っただけだよ。
フローラ じゃあ、どうしてなの?
エドワード 知るもんか。

(間)

フローラ まあ!
エドワード なんだい?
フローラ 見えるわ、出ようとしているの。
エドワード そんなばかな。
フローラ 穴からよ。這い出そうとしているわ、スプーンの穴から。
エドワード んんん、なるほど。だが出るのは無理だろう。(沈黙)よし、殺してしまおう。
フローラ そうしましょう。でも、どうやって?
エドワード スプーンにのっけて皿に押しつぶせばいい。
フローラ 逃げるわよ。嚙むわ。
エドワード その嚙むって言葉を言いつづけるなら、おれ、あっちに行くぞ。
フローラ だってハチは嚙むわ。
エドワード ハチは嚙まないよ。刺すんだ。ヘビさ……嚙むのは。
フローラ アブは?
エドワード (ひとりごと)アブは血を吸う。

(間)

フローラ (ためしに言ってみる)もしも……もしもずうっと待っていたら、息がつまって死ぬんじゃないかしら。マーマレードの中で窒息して。
エドワード (威勢よく)おれには今朝仕事があることはわかってるね。朝から晩までハチを気にするわけにはいかんのだ。
フローラ じゃ、殺して。
エドワード 殺してほしいんだね?
フローラ ええ。
エドワード ようし。魔法びん取ってくれ。
フローラ なにするの?
エドワード 熱湯を浴びせるのさ。さ、取ってくれ。

(彼女は魔法びんを渡す。間)

フローラ さてと……
フローラ (ささやくように)わたしに蓋を取らせる気?
エドワード いやいや。スプーンの穴から注ぎかけてやるんだ。うまいだろう……スプーンの穴からっていうのは。

フローラ　ね！
エドワード　なんだい？
フローラ　ブーンって言ってるわ。
エドワード　けしからんやつだ。
（間）
おかしいな、おれ、夏の間ずうっと、いままで、ぜんぜんハチを見てなかったぞ。確かに不思議だ。だっていたはずだろう。
フローラ　ねえ。
エドワード　これが最初のハチだなんてことはありえないだろう。
フローラ　ねえ。
エドワード　この夏最初のハチだなんてことは。そうだよ。そんなことはありえない。
フローラ　エドワード。
エドワード　んんん？
フローラ　殺して。
エドワード　ああ、そうだ。びんを傾けてくれ。そう。ようし……ここから……注ぎこんで……目つぶしをくらわせて……これで……どうだ。
フローラ　大丈夫？
エドワード　蓋を取ってごらん。いや、おれがやる。ほうら！　死んだ。なんてばかでかいんだ。（皿に押しつぶす）
フローラ　なんて恐ろしいことでしょう。
エドワード　なんて美しい朝だろう。美しい。今朝は庭で仕事をするんだったな。天蓋はどこだ？
フローラ　小屋にあるわ。
エドワード　よし、出さなくちゃあ。どうだい、この空をごらんよ。雲一つない。今日が一年で一番昼の長い日だって？
フローラ　そうよ。
エドワード　ああ、すてきな日だ。骨身にしみるようだ。さあて、足をはこぶとするかな。プールのそばまで。ああ、ごらんよ、向こうの花咲く灌木。センニンソウ。なんてすばらしい……（突然口をつぐむ）
フローラ　どうしたの？
（間）
エドワード、どうしたのよ？
（間）
エドワード……
エドワード　（しわがれ声で）あいつだ。
フローラ　誰？
エドワード　（低く、呟くように）畜生、あいつだ、あいつが裏門にいるんだ。

フローラ　どおれ？

（彼女は彼のところにきて見る。間）

エドワード　（軽い口ぶりで）なあんだ、マッチ売りじゃない。

フローラ　あいつ、また戻ってきやがった。

エドワード　でも、いつだっているわよ、あそこに。

フローラ　どうして？　あそこでなにしてるんだ？

フローラ　でも、あの人、あなたの邪魔はしなかったでしょう。あの人、何週間もあそこに立ってるわ。あなたはなにもおっしゃらなかったけど。

エドワード　あいつ、あそこでなにしてるんだ？

フローラ　マッチを売ってるのよ、もちろん。

エドワード　おかしいじゃないか。何時だい、いま？

フローラ　九時半。

エドワード　いったいだね、朝の九時半にマッチをのっけた盆を持ってどうしようっていうんだい。

フローラ　あの人、七時に来たわ。

エドワード　七時？

フローラ　いつも七時には来てるわ。

エドワード　だけどおまえ……あいつが来たところを実際に見てはいないんだろう？

フローラ　そりゃあ、わたし……

エドワード　そんならおまえ、どうしてわかるんだい、あいつが……一晩中あそこに立ってたんじゃないってことが？

（間）

フローラ　あの人に興味があるの、エドワード？

エドワード　（なにげなく）興味？　いいや。いや、おれ……ぜんぜん興味はないね。

フローラ　なかなかいいおじいさんよ、ほんと。

エドワード　話しかけたのか？

フローラ　いいえ。いいえ、話しかけはしなかったわ。会釈しただけ。

エドワード　（歩きまわりながら）あいつ、二か月もあそこに立っている。わかってるな、それは？　二か月もだぜ。裏門から外に出られやせんかった。

フローラ　どうして？

エドワード　（ひとりごと）大きな楽しみ、大変な楽しみだったんだ、ずうっと長い草地を歩いて行って、あの裏門から外の路地に出るのは。その楽しみもいまは奪われた。ここはおれの家だというのに。あれはおれの門だというのに。

フローラ　あなたのおっしゃること、ほんとわからないわ。

エドワード　フン。だがね、あいつのマッチが一箱だって売れたの、見たことないぜ、おれは。一箱もだ。それも別に不思議じゃない。あの道じゃあ。いや、道なんてもんじゃない。正しく言えば、路地だよ、修道院に通ずる。誰一人通りやしない。どうしても……村に行きたいときは。村に行くには近道を通る、どうしても……村に行きたいときは。人っ子一人やってこないんだ。だからあいつ、マッチを売りたいっていうんなら、表門のほうの大きな道に立ちゃあいいんだ。要するになにもかもばかげてるよ。

フローラ （彼のほうに行って）わたしには、どうしてあなたがそんなに興奮なさるのかわからないのよ。あの人、おとなしい、害にならないお年寄りでしょう、ただ自分の商売をしているだけで。まったく害にならないじゃない。

エドワード あいつが害になるなんて言ってやせんさ。もちろん無害だ。無害以外のなにものでもない。

（ゆっくり暗くなる。沈黙。
家の中の遠くで、だんだん近づくフローラの声）

フローラ （奥で）エドワード、どこなの？　エドワード？
あなた、どこ？

（彼女が現われる）

エドワード？
エドワード、洗い場でなにしてるの？

エドワード （洗い場の窓からのぞいて）なにしてるかって？

フローラ ほうぼう捜したのよ。ずうっと前に天蓋を出しといたわ。戻ってきたら、あなた、どこにもいないんだもの。外に出ていらしたの？

エドワード いいや。

フローラ どこにいらしたの？

エドワード ここさ。

フローラ 書斎にも行ってみたし。屋根裏部屋までのぞいてみたわ。

エドワード （抑揚のない声で）屋根裏部屋でおれがなにしてると思ったんだい？

フローラ あなたがどうなったか、見当もつかなかったのよ。わかってるの、もう十二時よ。

エドワード そうかね。

フローラ 庭の一番奥まで行ったのよ、あなたが物置小屋にでもいるんじゃないかと思って。

エドワード （抑揚のない声で）物置小屋でおれがなにしてると思ったんだい？

フローラ わたしが庭にいるの、見えたはずよ。その窓から見えるでしょう。

エドワード 庭のほんの一部だけはね。

フローラ そう。

エドワード 庭のほんの片すみだけ。ごくわずかだよ。

フローラ　ここでなにしてるの？
エドワード　なんにも。ただちょっとノートをとっていただけさ。
フローラ　ノート？
エドワード　論文のための。
フローラ　どの論文？
エドワード　時間と空間に関する論文さ。
フローラ　でも……わたしぜんぜん……わたしその論文のこと知らないわよ。
エドワード　知らない？
フローラ　あなた、ベルギー領のコンゴのことを書いていらっしゃると思ってた。
エドワード　おれが書いているのは次元と連続性の問題だよ、空間……と時間の……何年も前から。
フローラ　それとベルギー領コンゴでしょう？
エドワード　（そっけなく）ベルギー領コンゴなんか知るもんか。

（間）

フローラ　でも、お台所の洗い場でノートをとることないでしょう。
エドワード　いまに驚くぞ。おまえ、驚いて飛びあがるぞ。
フローラ　まあ、なあに、あれ？　牛が迷いこんだのかしら？　いや、マッチ売りだわ！　驚いたわねえ、見えるでしょう……垣根ごしに。なんだか大きく見えるわ。あなた、ずうっと見てたのね？　あの人まるで……牛みたい。

（間）

エドワード？

（間）

（彼のほうに行って）あなた、外に出ていらっしゃいよ。天蓋を出しといたわよ。いまが一日で一番いいときなのに。お昼まで一時間ほどあるわ。
エドワード　今朝はなにも仕事がないんだ。
フローラ　論文はどうなの？　いちんちお台所にいるつもりじゃないでしょうね。
エドワード　うるさいな。あっちに行け。

（短い間）

フローラ　おやおや。あなた、いままでただの一度だって、わたしに向かってそういう口のききかたはなさらなかったわ。
エドワード　いいや、したぞ。
フローラ　まあ、ウェディったら。ねえ、ベディ＝ウェデイ……

エドワード　そんな呼びかたはよせ！
フローラ　あなたの眼、充血してるわよ。
エドワード　うるさい。
フローラ　ここは暗すぎて眼に悪いわよ。
エドワード　うるさい。
フローラ　外はとっても明るいわよ。
エドワード　うるさい。
フローラ　この中は暗いわよ。

（間）

エドワード　ええい、畜生！
フローラ　あの人がこわいんでしょ。
エドワード　こわくなんかない。
フローラ　あのお年寄りがこわいんでしょ。どうして？
エドワード　こわくなんかない！
フローラ　あの人、ただの害にならないお年寄りでしょう。
エドワード　ああ、眼が。
フローラ　眼を洗ってあげましょうか。
エドワード　さわるな。

（間）

（ゆっくり）おれはあの男と話がしたいんだ。ひとこと口をきいてみたいんだ。

（間）

まったく、ばかげた話さ。おれはがまんできないんだ、こんな……ばかげたことを、家のまん前で見せつけられるのは。がまんしないぞ。あいつ、午前中かかって一箱も売らなかった。誰一人通らなかった。いや。修道士が一人通った。タバコを吸わない男が。だぶだぶの衣をまとって。タバコを吸わない男だってことは確かだが、それにしてもあいつ、ぜんぜん売りつけるそぶりも見せなかった。

（間）

おれは時間を無駄にしていたわけじゃない。それどころか、真実をつかんだのだ。あいつはマッチ売りなんかじゃない。あの野郎はマッチ売りなんかじゃない。おかしな話だが、おれはいままでぜんぜん気がつかなかった。あいつはかたりだよ。おれはようく見たんだ。あいつは修道士に近づこうともしなかった。修道士のほうも、あいつに近づこうとしなかった。路地をまっすぐ歩いていっただけだ。立ち止まるとかためらうとか、とにかく歩度を変えることはしなかった。マッチ売りは——と呼んでちゃあおかしいな。お笑いだよ。いや、確かにあいつにはなにか嘘くさいところがある。それを突きとめてやりたいんだ。いまに追っぱらってやるさ。どこかほかに行って商売に精出すがいいんだ。まるで牛……牛みたいに、おれの家の裏門に立ったりしないで。

フローラ　でももしマッチ売りじゃないとしたら、なんなの？

エドワード　いまにわかる。

フローラ　出て行って話しかけるつもり？

エドワード　とんでもない！　あいつのところまで出かけるなんて。とんでも……ない。あいつをここに呼び入れるんだ。おれの書斎に。そして……突きとめてやる。

フローラ　どうしてお巡りさんを呼んでどかせないの？

（彼は笑う。間）

どうしてお巡りさんを呼ばないの、エドワード？　ひとの迷惑になるって言えばいいでしょう。もっともわたしは……わたしは別に迷惑だとも思わないけど。

エドワード　あいつを呼んでくれ。

フローラ　わたしが？

エドワード　呼びに行ってくれ。

フローラ　本気なの、あなた？

（間）

エドワード、わたしならお巡りさんを呼ぶわ。でなければ、牧師さんでも。

エドワード　連れてくるんだ。

（彼女は出て行く。沈黙。エドワードは待つ）

フローラ　（庭で）おはようございます。

（間）

はじめまして。わたし、この家のものですの。主人と二人でいます。

（間）

よろしかったら、そのう……お茶でもいかがですか？

（間）

でなかったら、レモン水でも。のどがかわくでしょう、ここに立っていらしたら。

（間）

ちょっとお入りになりませんか？　中のほうがまだ涼しいし。わたしたち、そのう……お話したいことがあるんです、あなたのためになるようなことを。ほんのわずかの時間、よろしいでしょう？　お手間はとらせませんから。

（間）

いかがでしょう、あなたのマッチ、全部買いたいのですが？　ちょうどすっかり切らしたところで。わたしたち、いつもたくさん買いためておくんです。それがちょうど切らしたところにおいでになるなんて、偶然ですわね？　さ、中でお話しましょう。どうぞ。こちらへ。さあ、どうぞ。どうぞ。家には珍しい骨董品がたくさんありますのよ。主人が収集家のはしくれだもんですから。お昼にガチョウを用意してありますの。ガチョウ、お好きですか？

（彼女は門に行く）

さ、ご一緒にお昼を。こちらへどうぞ。そう……ですわ。腕をとってさしあげましょうか？　門の中はイラクサがいっぱいで。（マッチ売りが現われる）さ。こちらへ。お気をつけて。美しいお天気ですわね。今日は一年で一番昼が長い日ですのよ。

（間）

あれがスイカズラです。あれがヒルガオ。向こうのがセンニンソウ。あの温室のそばの花、ごらんになれます？

あれがツバキ。

（沈黙。彼女は書斎に入る）

フローラ　お連れしたわ。
エドワード　わかってる。
フローラ　玄関にいるわ。
エドワード　わかってる。においでわかるんだ、あいつ。
フローラ　においで？
エドワード　あいつが窓の下に来たとき、においでわかったんだ。どうだい、いま、この家がにおわないか？
フローラ　あの人をどうしようっていうの、エドワード？　乱暴はなさらないでしょうね？　あの人、大変なお年寄りよ。ちゃんと耳が聞こえるのか、眼が見えるのかさえ、わからないぐらい。それに着ているものときたら、すっかり着ふるした……
エドワード　あいつが着ているものなど知りたくない。
フローラ　でもすぐにご自分でごらんになれるわ、お話する気なら。
エドワード　だろうな。

（短い間）

フローラ　あの人、お年寄りよ。まさかあなた……乱暴なさらないでしょうね。

エドワード　そんなに年とってるんなら、どうして身を隠す場所を求めないんだ……嵐から？
フローラ　でも嵐などないんですもの。いまは夏よ、一年で一番昼が……
エドワード　嵐があったじゃないか、先週。夏の嵐が。あいつは動こうともしないで立っていたぞ、嵐が荒れ狂う中を。
フローラ　いつのこと？
エドワード　あいつはじっと動かないでいたんだ、雷が鳴りひびく中を。

（間）

フローラ　エドワード……わざわざこんなことするなんてばかげていない、大丈夫？
エドワード　入るように言ってくれ。
フローラ　わたし……
エドワード　さあ。

（彼女はマッチ売りを呼びに行く）

フローラ　お待たせしました。どうぞお入りになって。わたしもすぐ行きます。この階段をどうぞ。

（間）

昼食の前にシェリーでもいかがでしょう？

（間）

そのマッチのお盆、お持ちしましょうか？　いえ、けっこうですのよ、どうぞお持ちになって。この階段をずうっと……おのぼりになれば。ドアがありますから……

（彼女は彼がのぼって行くのを見まもる）

ドアが……

（間）

ドアが、のぼりついたところに。わたしも行きます……すぐに。（彼女は出て行く）

（マッチ売りは書斎の敷居に立つ）

エドワード　（陽気に）やあ。ようこそ。

（間）

ご老人、そんなところに立ってないで、書斎にお入りなさい。（立ち上がる）どうか。

（マッチ売りは中に入る）

よろしい。足もとに気をつけて。そう……です。さあ、お楽に。なにか飲みものを、こんな日ですからな。お坐りなさい、ご老人。なにがいいかな。シェリーは？　それともスコッチをダブルで？　え？

（間）

じつはわたし、村の人たちを毎年おもてなしすることにしてましてな。別にこのあたりの地主ではないのだが、みなさん、敬意を示してくれるのです。ここにはもう地主はおりません。どうなったのかは知りませんがね、あの地主は。いい老人でしたよ。チェスの名人で。お嬢さんが三人いて。この地方の誇りでしたよ。燃えるような赤い髪をして。アリスが一番上のお姉さんでした。どうかお坐りなさい、ご老人。ユーニスが確か二番目で。一番下が中でも白眉でしたな。サリーです。いやいや、お待ちくださいよ。サリーじゃなかった、サリーじゃなくて……ファニーだ。ファニーです。この世の花でした。あなた、よその土地のかたでしょう。でなければ、昔ここに住んでいて、長い旅に出て、最近帰ってらした。ご存じですかな、この土地は？

（間）

さあ、いけませんよ……そのように立ってらしては。どうか椅子を。どの椅子がよろしいかな？　どうです、いろいろあるでしょう？　画一化は好みませんでな。腰をおろす部分も、背をもたせかける部分も、いろとりどりというわけです。よく仕事をするときに、ある椅子に坐って何行か書き、それをどけ、別のを引っぱり出し、腰をおろし、しばらく考え、それをどけ……（ぼんやりと）腰をおろし……それをどけ……

（間）

わたし、神学と哲学の論文を書いております……

（間）

時にはある熱帯地方の現象について少しばかり見聞したことを書くこともあります——もちろん、その場合立場は変えますがね。（沈黙）そう、いまはアフリカです。アフリカこそつねにわたしに糧を与えてくれる宝庫です。魅惑の地です。ご存じですか？　お見うけするところあなたも……あの辺にいらしたことがおありのようだ。もしかしたらあなた、メンブンザ山脈をご存じないかな？　カタンバルーの南の大山脈を？　記憶にまちがいがなければフランス領の赤道直下の地方だが。驚くべきほどのさまざまな動植物が群生していて。特に動物が。ゴビ砂漠ではじつに不思議な光景が見えるそうですな。わたしは行ったことがないのだが。地図を調べましてな。魅惑的なものです、地図は。

（間）

あなた、村にお住まいですか？　もちろんわたしはめったに村には行かないが。それとも通りすがりで？　どこか別の土地に行く途中で？　ま、わたしの意見を申しあげるならば、ここ以上にすばらしい土地にめぐりあえることはありますまい。この村はいつも表彰されましてな、この地方でもっともよく維持されている村として。お坐りなさい。

（間）

聞こえないんですか？

（間）

聞こえないんですか、と言ってるんですが？

（間）

あなたは驚くべきほどの落ちつきをお持ちだ、そのお年で。いや、落ちつき……というのは当たっていないかもしれない。ここ、涼しすぎはしないでしょうな？　外より涼しいとは思うが。わたし、今日はまだ外に出てないのです。午後は多分ずうっと庭で仕事をすることになるでしょうがね。プールのそばに、天蓋を出して、テーブルを置いて。

（間）

そうだ、確かわたしの家内にはお会いでしたな？　魅力的な女でしょう？　と言っても、小さな欠点はいくらでもありましてな。しょっちゅうわたしにつきまとって離れないんです、あの女。若いときも若さを失ってからも。美しい肢体をしてましてな、若いころは。ふるいつきたくなるような身のこなしで、燃えるような赤い髪をして。（突然口をつぐむ）

（間）

そう、わたしは……わたしも、いまのあなたと同じような境遇におかれたことがありました。なんとか生きぬくために四苦八苦して。わたしも商売をしましたよ。（くすくす笑う）そうなんです、だからよくわかってるんだ——雨の日、風の日、ニッチもサッチもいかず、アッチもコッチも追い立てられ……報酬はわずか……あばら屋の冬……そうしながら夜を徹しての論文書き……わたしはそうしてきたのです。そこであなたに忠告させていただきたいのだが。りっぱな伴侶を得ることです。世間がどう言おうと気にしないで。しっかり、がんばってください。きっといい報いがあるでしょう。

(間)

(笑って) いや、わたし一人しゃべりまくって、申しわけありませんな。この季節には訪ねてくれる人もほとんどないものだから。友だちはみんな夏になると外国に行ってしまって。わたしは出不精なたちなのです。そりゃあ、小アジアにちょっと旅行に行くっていうのならいいんです、あるいはコンゴの低地に行くっていうのなら。だがヨーロッパとなると、問題外だ。うるさすぎる。ご賛成してくださるでしょうな? ところでと、お飲みものはなんにします? エールか、キュラソー・フォキンク・オレンジか、ジンジャー・ビヤか、ティア・マリーアか、ワッヒェンハイマー・フックスマンテル・ライスリンク・ベーレン・アウスレーゼか、それにジンか、シャトーネフ・デュ・パープか、アスティ・スプマンテか、あるいはピエスポルター・ゴールドトロプフシェン・ファイネ・アウスレーゼ (ライヒスグラーフ・フォン・ケッセルシュタッフ) などいかがです? なにがお口にあいますかな?

(間)

少し暑そうですな。そのバラクラバ戦闘帽をおとりになれば。わたしだったら頭がむしむしするように思うでしょう。なにしろわたしは薄着を好む男でして。冬のさなかにもほとんどなにも着ないでいるのです。

(間)

ところで、個人的な質問をしてよろしいですか? 穿鑿《せんさく》好きなやつだと思われては困るのだが、あなたはマッチを売る場所をまちがえておいでじゃありませんか? 飛ぶように売れてはいないでしょう? もちろんあなたは、車の排気ガスや騒音がお嫌いかもしれない。それはよくわかってるんです。

(間)

こんなこと言ってはなんだが、あなたの眼はガラス製の義眼ですか?

(間)

そのバラクラバ戦闘帽、おとりなさい。マッチの盆も置いて。楽にしてくださいよ、遠慮なく。(マッチ売りに近づく) しかしなんですな、だいぶ大量に仕入れたようですな。ま、ここだけの話だが、その箱はみんないっぱいつまってますか、それとも半分しか入ってないのも少しは混じっている? いえね、わたしも昔は商売してたもんだから。ところでと、わが奥方がささやかなる昼餐開始のドラを打ち鳴らす前に、アペリティフをご一緒にいかがです？　わたしがおすすめしたいのはリンゴ酒ですな。では……ちょっと失礼……まだ確か残っていたはずだが――あぶない！　盆が！

（盆が落ちる、マッチ箱も）

どうしたのです、いったい……？

（間）

盆が落ちましたよ。

（間。彼はマッチ箱を拾い上げる）

（ぶつぶつ言う）なんです、しめってますね、この箱は。しめったマッチを売るなんて、商人道徳に反する行為ですよ。ウーン、カビでもはえていそうだ。自分の商品を大切にしないようじゃあ、商売あまり長つづきしないいんじゃないかな。（ぶつぶつ言って立ち上がりながら）さあ、これでよしと。

（間）

あなたの盆です。

（彼は盆をマッチ売りの手に押しつけ、坐る。間）

ねえ、あなた、率直に申しあげることにしますがね、わたしにはどうしてあなたが坐らないのかさっぱりわからないんですよ。よりどりみどりの椅子が四つあるし、なんなら座ぶとんをお使いになってもいい。腰を落ちつけてくださらないと、あなたに話をすることもできない。腰を落ちつけてくださってはじめて、あなたに話をすることができる。おわかりでしょう？　ところがあなたはあまりこっちの気持をくんでくれない。（短い間）汗かいてますね。汗がふき出してますね、あなた。そのバラクラバ戦闘帽、おとりなさい。

（間）

じゃ、その隅のほうにいらしたら。隅のほうに。さあ。隅のほうが陰になっているから。さがって。うしろにさがって。

（間）

さがれと言ったら！

（間）

ああ、やっとわかってくれましたね。どなったりして許してください。あなたが牛のようにものわかりが悪いんじゃないかと思いこんでしまったものだから。いや、誤解でした。あなたはわたしの言うことをよくわかってくれました。それでいいのです。もう少し。もう少し右。ああ、そこ。その陰に、陰になったところに。よろしい――。これで話の本題に入れるわけです。でしょう？

（間）

どうしてわたしがあなたをこの家にお招きしたか、不思議にお思いでしょう？　あなたのお顔が気になったから、とお考えかもしれない。とすれば誤解です。あなたのお顔が気になったのではないのです。あなたには気になるようなところがぜんぜんない。この部屋の外の世界のものはなに一つ、わたしには気になりません。真実を言うならばです、あなたにはいやになったのです、どうしようもなく。

（間）

なぜそんなにいやになったか？　これは適切な質問でしょう。結局のところあなたは、地主の娘ファニーと同じく、けっしていやになるようなかたではない。見かけにおいては対照的だが、しかし本質においては、同じような……

（間）

同じような……

（間）

（低い声で）一つ質問をしたいのです。どうしてあなたはうちの裏門に立つのです、朝から晩まで、どうしてマッチを売るふりをするのです、どうして……？　おや、あなた、ふるえてますね、倒れそうだ。ここへ、ここへいらっしゃい……盆に気をつけて！（立ち上がり、椅子のうしろに行く）さあ、早く、ここへ。そう。ここへお坐りなさい。坐って……ここへ坐っていれば。

（マッチ売りはよろめきながら椅子に行き、坐る。間）

さあ。あなたも坐りましたね。やっと。ほっとしましたよ。お疲れでしょう。（短い間）坐りごこちはいかがです、その椅子？　競売で買ったものですがね。この家の家具は全部、競売で買ったものです。全部一緒に。わたしがまだ若いときに。あなたも多分、お若かったでしょうな、そのときは。

（間）

あなたも多分、そのときは！

（間）

（呟くように）一息入れてこなくちゃ。外の空気を吸ってこなくちゃ。

（彼はドアに行く）

フローラ！

フローラ　なあに？

エドワード　（非常な疲労をもって）庭に連れて行ってくれ。

フローラ　天蓋の下がいいわ。

（沈黙。二人は書斎のドアから天蓋の下の椅子まで行く）

エドワード　ああ。（坐る）

（間）

静かだ。外は静かだ。

フローラ　ごらんなさい、わたしたちの樹を。

エドワード　うん。

フローラ　わたしたちの樹よ。小鳥の声、聞こえて？

エドワード　いいや、聞こえない。

フローラ　でも歌ってるわよ、あんな高いところで、羽ばたきながら。

エドワード　そうか。羽ばたかせておいてやろう。

フローラ　お昼、ここにお持ちしましょうか？　天蓋の下で、静かに召しあがれるわ。

（間）

どうでした、あのお年寄り？

エドワード　どうでしたとは？

フローラ　どういうことになったの？　仲よくお話できたの？

エドワード　そりゃあね。けっこう仲よく話しあったよ。あの男はいささか……無口だがな。ちょっと遠慮してるんだ。それもわかる。おれだってあの男の立場におかれたら、多分おんなじだろう。もちろん、おれがあの男の立場におかれることは絶対ありえないが。

フローラ　あの人のことでなにかわかったことあって？

エドワード　少しはね。いろんな商売の経験があることは確かだ。住居は不定だ。それから……それから酒は飲まない。だがまだここに来た理由がわからない。ま、いまにわかるだろう……夜までには。

フローラ　それが必要かしら？

エドワード　必要かしら？

フローラ　（すばやく椅子の右の腕に坐りながら）もう帰っていただくわ、あの人。いいでしょう。あなたもお会いしたし、あの人、害のない、不しあわせな……お年寄り、っていうだけ。エドワード――いいこと――あの人はなにか……たくらみをもってここに来たんじゃなくてよ、そうよ。だって、うちの裏門だろうがどこだろうが、いちゃあいけないってわけはないし、そのうちほかに行くでしょうし。わたしが……ほかに行かせます。お約束するわ。あなたみたいに興奮なさったって意味ないわよ。あの人はお年寄りで、頭のほうが弱い……っていうだけ。

（間）

エドワード　きみは騙されてるんだ。

フローラ　エドワード――

エドワード　（立ち上がって）きみは騙されている。それに、おれのことをエドワードと呼ぶのはよしてくれ。

フローラ　あなた、まだあの人がこわいの？

エドワード　こわい？　あいつが？　見たろう、あいつ？

（間）

まるでゼリーじゃないか、あいつ。牛みたいにでかいゼリーのかたまりだ。眼だってちゃんとは見えないんだ。じつはおれ、義眼をはめてるんじゃないかと思ってるんだ。耳だってほとんどツンボだぜ……ほとんど……すっかりってわけじゃないが。立ってるのだってやっとだ。そんなやつをどうしておれがこわがる？　きみは女だ、なにもわかっちゃいない。（短い間）だがあいつには別の才能がある。ぬけめのない。かたりさ、あいつは。そしておれがそれを見ぬいたことを、向こうもわかってるんだ。

フローラ　あなた、いいこと、わたしが話をするわ。わたしがあの人に話してみる。

エドワード　そして、おれが見ぬいたことを向こうもわかってるってことをおれは知っている。

フローラ　わたしがあの人のことはすっかり見ぬいてあげるわ、エドワード。お約束します。

エドワード　そして、おれが知ってるってことを向こうも知っている。

フローラ　エドワード！　聞いてちょうだい！　わたしがあの人のことはすっかり見ぬいてあげる、お約束するわ。いまからちょっと話してきます。わたし……ことの真相をつかんでくるわ。

エドワード　きみが？　こいつはお笑いだ。

フローラ　待ってらっしゃい――あの人はわたしが来るとは思っていない。不意を襲ってやれば、あの人……あの人、すっかり白状するでしょう。

エドワード　（静かに）すっかり白状するって？

フローラ　いまにわかるわ、あなたはただ――

エドワード　（声をひそめて）なにをたくらんでいる？
フローラ　わたしはちゃあんとやることぐらい――
エドワード　なにをたくらんでいる？

（彼は彼女の腕をつかむ）

フローラ　痛いわよ、エドワード！

（間）

（威厳をもって）済んだら窓から手を振るわ。そうしたらあなたもあがってらっしゃい。わたしが真実を突きとめるわ、大丈夫。あなたって、なにやらしても手ぎわよくやれないんだから。もっと自分の奥さんを信頼することね、エドワード。わたしの判断力を信頼し、わたしの能力を見ぬいてくれなくちゃ。女……女って成功する率が高いのよ、男が必ず失敗するようなことでは。

（沈黙。彼女は書斎に入る）

入ってよろしいかしら。

（ドアが閉まる）

いかが、ご気分は？

（間）

まあ、お陽さまがまともにあなたに。陰にお坐りになったら？

（彼女は坐る）

今日は一年で一番昼が長い日、ご存じでした？　ほんと、この一年はあっという間に過ぎてしまって。クリスマスにひどい霜がおりたのも、ついこないだのように思えるのに。それからあの洪水！　洪水のとき、あなた、ここにはいらっしゃらなかったでしょう？　わたしたちは、もちろんこの小高いところだから、危険は免れたのですが、川のそばの人たちはみんな流されてしまって。このあたりは湖になりましたの。なにもかも止まってしまって。わたしたちは貯蔵食品だけで生活し、ニワトコのワインを飲み、おかげで古い文明を味わえましたの。

（間）

どうしてかしら、わたし、以前にどこかであなたにお目にかかったことがあるような気がしますの。洪水のずっと前に。あなたがまだお若くて。そう、確かだわ。ここだけの話ですが、あなた、密猟をなさったことは？　わたし、密猟者に出会ったことがあるんです。まるでけだものでしたわ、その男。丘の中腹の家畜の通る道で。春もまだ浅いころ。わたしが小馬に乗っていくと、道ばたに男が倒れていて——見たところ傷でも負ったように、うつぶせに倒れていて、わたし、なにかに襲われて死にかけてるんじゃないかと思ったんです、ほかに考えようがなくて。わたしは小馬をおりて、その男に近づきました。するとその男は立ち上がり、わたしは倒れ、小馬は逃げて行きました、ふもとのほうへ。わたしは樹の枝の間から空を見ました、まっ青な。からだじゅう泥まみれになって。必死に争ったすえ。

（間）

わたしは負けました。

（間）

もちろん、その当時は危険なことが多かったのです。それがわたしの最初の孤独な体験でした。

（間）

何年かたって、わたしが州の治安判事をしていたとき、法廷でその男に会いました。密猟の容疑でつかまっていたのです。それでその男が密猟者であると知ったのです。でも、証拠不充分で。警告の上、無罪にしました。その男は赤いひげを生やしていました、いまでもおぼえています。それに、ちょっといやなにおいがする人で。

（間）

まあ、汗をかいてらっしゃるのね。お顔、ふいてさしあげましょうか？　わたしのモスリンで？　暑さのせいかしら？　息苦しさのせいかしら？　せまいお部屋のせいかしら？　それとも……？　（彼のほうに行く）もうそろそろ涼しくなってきますわ。まもなく夕方です。もう夕方です、多分。おふきしましょうね？　よろしいでしょう？

（間。彼女は彼の額をぬぐう）

さ、これでいいわ。今度は頬のほうも。これは女の仕事、そしていまここにいる女はわたしだけですもの。さ。

（間。彼女は椅子の腕によりかかる）

（親しげに）ね、あなた、好きな女の人がおあり？　女ってお好き？　あなた……女のことを考えたことおあり？

（間）

あなた……女の人と寝たことは？

（間）

あなたも昔はきっと魅力的だったんでしょうね。（坐る）

いまではもちろんそうは言えないけど。いまのあなたはいやなにおいがする。いやな。顔をそむけたくなるような。

（間）

セックスって、きっとあなたにはなんの意味もないでしょう。でもほかの人たちにとってセックスが貴重な体験であるということ、お考えになったことがおあり？　ほんと、もしあなたがそんなにいやらしくなければ、わたしもあなたに興味を持ったと思うわ。きっとあなたなりに興味をひくところがあったと思うわ。（誘惑するように）聞きたいわ、愛について。お話しして、愛のことを。

（間）

いまそんなことをうかがってもしようがないわね。いやになるだけで。わたしは少女のとき、愛したわ……愛したわ……ただもう夢中になって……なにを着てらっしゃるの、いったい？　ジャージーね？　どろどろになって。泥の中をころげまわったの？　（短い間）泥の中をころげまわったわけはないわね？　（立ち上がって彼のほうに行く）で、ジャージーの下にはなにを？　見せてごらんなさい。（短い間）くすぐったりしないから。おや。まあ……これ、肌着？　変わってるわねえ。ほんと独創的。（椅子の腕に腰をおろす）ウーン、あなたって、お年はめしても肉はしまってるわね。ゼリーみたいじゃなく。あなたに必要なのはおふろ。石鹼の泡をたてた気持のいいおふろ。そしてたっぷりこするの。せっけんの泡をたてて気持よくこするの。（間）いかが？　いい気持よ、きっと。（彼のからだに両腕をまわす）あなたをはなさないわ。わたし、あなたをはなさない。あなたのこと、バーナバスと呼ぶわ。だいぶ暗くなってきたんじゃない、バーナバス？　あなたの眼、あなたの眼、あなたの大きな眼。

（間）

主人にはあなたのお名前など見当もつかなかったでしょうよ。まるっきり。（彼の足もとにひざまずく。ささやくように）あなたが待っていらしたのは、このわたしね？　あなたがあそこに立っていらしたのは、わたしを待つためだった。あなたは林の中にいるわたしをごらんになった。わたしがヒナギクを摘みながら、エプロンを、かわいいヒナギクのエプロンをつけている姿をごらんになって、かわいそうに、門のところで待っていらした、死がわたしたちを引きはなすまで。かわいそうなバーナバス。あなたをベッドに寝かせてあげましょう。あなたをベッドに寝かせ、わたしがおもりしてあげましょう。でもその前に、ゆっくりおふろに入ってくださらなくちゃ。そうしたらあなたにふさわしいきれいなものを買ってあげるわ。かわいいおもちゃとか。臨終の床であなたが遊ぶためめの。あなたがしあわせに死んじゃいけないってことはないでしょう。

（玄関広間から呼ぶ声）

エドワード　どうだい？

（階段をあがってくる足音）

どうだい？

フローラ　入らないで。

エドワード　どうだい？

フローラ　死にそうよ。

エドワード　死にそう？　そんなばかな。

フローラ　ほんとよ、すっかり弱ってるわ。

エドワード　死にそうなもんか！　あべこべだよ。きみより長生きするんじゃないか。

フローラ　この人は瀕死の重病人よ！

エドワード　重病人？　嘘つくんじゃない。きみは台所に戻ってなさい。

フローラ　エドワード……

エドワード　（はげしく）台所に戻ってろ！

（彼女は出て行く。間）

（ひややかに）今晩は。どうしてこんな薄暗いところに？ああ、着物を脱ごうというのですか。暑すぎますか？じゃ、窓を開けましょう。

（彼は窓を開ける）

ブラインドをおろして。

（彼はブラインドをおろす）

そしてまた……カーテンを……閉める。

（彼はカーテンを閉める）

これで風が入るだろう、横の隙間から。ブラインドの。カーテンを通って。きっと。窒息するのはいやだからな。ねえ。

（間）

これでだいぶ気分もよくなったでしょう？　うん。あなたは暗がりで見ると違う人のようだ。服を全部お脱ぎなさい。よかったら。どうか気楽に。裸になってもけっこう。ご自分の家にいるように。

（間）

なにか言いましたか？

（間）

なにか言いましたか？

（間）

なにも？　じゃあ、子供のころの話を聞かせてください よ。ん？

（間）

なになさってました？　陸上？　水泳？　サッカー？ サッカーでしたか？　ポジションは？　レフト・バック？　ゴールキーパー？　補欠？

（間）

わたしも昔はやったものですよ。クリケット試合ですがね、たいていは。ウィケットを守って、七番を打ちました。

（間）

ウィケットを守って、七番を打ったんです。そのころいた男で——キャヴェンディッシュという名前だったが、あなたに似たところがありましてね。左投げで、いつも帽子をかぶっていて、トランプのひとり遊びが得意で、なににもまして勝負事が好きで。

（間）

雨でフィールドがぬかるんでいる日など。

（間）

多分あなたはクリケットをおやりじゃないでしょうな。

（間）

多分あなたはキャヴェンディッシュに会ったこともないし、クリケットもおやりじゃなかった。あなたを見ているとますますクリケットに縁のない人に思えてくる。どこにお住まいでした、そのころ？　わたしだってあなたのことを少しは知ってもいいでしょう！　あなたはわたしの土地の、わたしの家にいて、わたしのワインを飲み、わたしのガチョウを食べている！　そして腹いっぱい飲み食いしておいて、山のように、くずれそうな山のように坐りこんでいる。わたしの部屋に。わたしの書斎に。わたしはまだおぼえて……（急に口をつぐむ）

（間）

滑稽ですか？　笑ってますね？

（間）

（嫌悪をもって）まったく、それがあなたの笑顔とはな。（いっそうの嫌悪をもって）いびつだ。一方に――ゆがんでいる。笑ってるんだ。そんなにおもしろい、え？　わたしがまだこの部屋をよくおぼえているというのが？　この書斎をよくおぼえているというのが？（ぶつぶつと）フン。昨日のことになるが、すべてははっきりしていて、はっきりとけじめがついていた、非常にはっきりと。

（間）

庭もくっきりと明るかった、晴れても、降っても。

（間）

書斎もくっきりとととのっていた……満足がいくまでに。

（間）

家も磨かれていた、手すりという手すりも磨かれていた、階段の一段一段も、カーテンをつるす横棒も。

（間）

机も磨かれていた、用だんすも。

（間）

わたし自身も磨かれていた。（ノスタルジックに）丘の上に立ち、望遠鏡で海を見ることもできた。そして三本マストのスクーナー船の歩みを追い、健康な気分がみなぎり、筋肉とそのしなやかさを感知し、望遠鏡を持つ腕はたくましく、楽々と、ふるえもせず、目標をしっかりとらえ、わたしはびんのスプーンの穴にお湯をたらすこともできた、そう、楽々と、容易に、把握する力は堅実、統御する力は確実、わたしの人生はきれいに説明され、断崖への遠足の準備はできており、裏門を通り、長い草地を通り、イラクサに気をつける必要もなく、わたしの進む道はなだらかであり、あらゆる種類の簒奪者、名誉毀損者、わたしを引き倒し、わたしの名誉を引き倒そうとするもののリスト、名簿にあがった名前との長い闘争も終わり、統御する力は確実であり、夏の間ずっと朝食をとり、景色を眺め、望遠鏡をとり、垣根の伸びすぎを注意し、修道院の脇のせまい路地を通り、丘にのぼり、レンズを合わせ（望遠鏡をのぞくパントマイム）、三本マストのスクーナー船の進む道を見つめ、わたしの進む道は確かで、なだらかで……

（間。腕をさげる）

そう、そうだ、あなたの言うとおりだ、確かに滑稽だ。

（間）

笑いとばすがいい、気違いみたいに！　さあ。かまわないから。遠慮なく。

（間）

それでいい。

（間）

あなたの言うとおりだ、確かに滑稽だ。わたしも一緒に笑うとするか！

（彼は笑う）

ハッハッハ！　そう！　あなたはわたしと一緒に笑い、わたしはあなたと一緒に笑い、わたしたちは一緒に笑うんだ！

（彼は笑い、やめる）

（明るい声で）なぜわたしはあなたをこの部屋に招いたか？　それがあなたの次の質問でしょうな？　もっともだ。

（間）

そりゃあまあ、当然だ、と言われるかもしれない。わたしの一番古い知りあいだから。一番近しい。一番親愛なるものだから。親類だから。だが二人の間の音信は満足のいく……もっと満足のいくものにしえたはずじゃないだろうか？　ハガキの交換ぐらいできたはずじゃないだろうか？　え？　風景についてでもいい。海と陸の、町と村の、都会と田舎の、秋と冬の……時計塔の……美術館の……お城の……橋の……河の……

（間）

いくらあなたが、裏門の、手のとどく近さに立っているのを見ても、それとこれとは別だ。

（間）

なにをなさろうと？　バラクラバ戦闘帽をとるんですか……とるまいときめていたのに。いや、けっこう。ではあらゆる点を考えて、わたしがあなたをこの部屋に招き、バラクラバ戦闘帽をおとりになるよう懇願したのは、あなたが——誰かに似ていることを確かめる意図があったのか？　答はノーです、断じてノーだ。そんな意図はなかった。だいいち、はじめてあなたを見たとき、あなたはバラクラバ戦闘帽をかぶっていなかった。頭にはなにもかぶっていなかった。あなたは頭がないと——つまり帽子がないと——つまり頭にかぶるものがないと、まったく別人のように見えた。事実、あなたを見るたびに、あなたは前のときとはまったく別人に見えた。

（間）

いまもあなたは別人のように見える。まったく別人のように。

（間）

時には、そう、あなたをサングラスごしに見たことがあり、時にはふつうの眼鏡ごしに見たことがあり、またある時には肉眼で、別の時には台所の窓ごしに、あるいは屋根から、そう、屋根で雪をおろしながら、あるいは車まわしのむこうから、濃い霧につつまれながら、あるいはまた屋根から、まばゆい陽をあびながら、あまりにまばゆく、あまりに熱いので、屋根の上で飛んだり跳ねたりしなければならなかったが。うん、そのときのザマったら、こいつは大笑いだ。腹の皮がよじれるぐらいの。でしょうが？　さあ、笑った、笑った。思いきって、一、二の……（息をのむ）泣いてるんですね……

（間）

（感動して）笑ってるんじゃなかったのか。泣いてるんですね。

（間）

あなたは泣いている。悲しみに身をふるわせている。わたしのために。信じられないことだ。わたしの苦しい立場のために。わたしはまちがっていた。

（間）

（元気よく）さあ、もうおよしなさい。男らしく。はなをかんで。元気を出しなさい。

（彼はくしゃみする）

ああ。

（彼は立ち上がる。くしゃみ）

ああ。熱が出たかな。失礼。

（彼ははなをかむ）

かぜをひいたようだ。ヴィールスだ。眼に入った。今朝。わたしの眼に。わたしの眼。

（間。彼は床にくずれる）

あなたが見えなくなったのではない、そうじゃない、わたしの視力がというよりも、わたしの視力はすばらしくて——冬なども運動パンツ一枚だけで駆けまわるんだけど——いや、わたしの視力がダメだというよりも、わたしとわたしが見るものとの間の空気が——ま、泣かないで——空気の変化、わたしとわたしが見るものとの間の空間に起こる空気の流れ、それが生み出す影、それがとる形、ふるえるような、永遠にふるえるような——泣くのはおよしなさい——といっても熱病のおこりとは関係ないのだが。時には、もちろん、日よけを求めた、落ちつきを得るための日よけを。そう、樹を、灌木のしげみを求めたり、天蓋を立てたりして、そこに身を隠した。そして休んだ。（低いつぶやき声）そうするともはや風の音は聞こえず、太陽は見えなかった。わたしの隠れ場所にはなにものも入りこまず、そこからはなにものも出て行かなかった。わたしは運動パンツ姿で横向きに寝そべり、指は軽く草の葉にふれ、大地の花にふれ、その花びらの一片一片がわたしの手のひらに散り、頭上には木の葉の裏側がすべて黒ずみ、だが木の葉が黒ずんでいたとか花びらの一片一片が散ったとか言うのはあとになってからで、そのときはなにも言わず、なにも気がつかず、ものごとはふとわたしの上に起こるのみで、身を隠しているときは、影や、花びらが、ひとりでに、わたしの上にひとりでに落ちてきて、わたしの隠れ場所にはなにものも入りこまず、そこからはなにものも出て行かなかった。

（間）

だがやがて、時がきた。わたしは風を見た。風が、うずまくのを見た、裏門で砂ぼこりが、まき起こるのを見た、長い草が、たたきあうのを……（ゆっくり、恐怖をもって）あなたは笑っている。あなたは笑っている。あなたの顔は。あなたのからだは。（こみあげる吐き気と恐怖）揺れて……息をきらして……揺れて……震えて……揺れて……腹をゆすって……揺れて……あなたはわたしのことをあざ笑っている！　あああああー！

（マッチ売りは立ち上がる。沈黙）

あなたは前より若く見える。非常に……若々しく見える。

（間）

あなた、庭をじっくりごらんになりたいのでしょう？　きっと美しいでしょう、月の光を浴びて。（弱々しくなってきて）わたしもあとから行って……説明し……庭を……ご案内し……説明しましょう……植物や……わたしが……トレーニングのとき……走るトラックや……わたしはハウェルズの学生時代にはナンバー・ワンのスプリンターでした……がやがて若僧が……若僧にすぎないやつが……わたしより実力のある連中を……やっつけた……若僧が……あなたのように若い男が。

(間)

(平板に)プールはキラキラ光っているでしょう。月の光を浴びて。それに芝生も。よくおぼえています。断崖も。海も。三本マストのスクーナー船も。

(間)

(大きな、最後の努力をもって——ささやく)あなたは誰なのです?

フローラ (奥で)バーナバス?

(間。彼女が入ってくる)

ああ、バーナバス。すっかり支度はできたわ。

(間)

あなたにご案内したいわ、わたしの庭を、あなたの庭を。見てちょうだいね、わたしのツバキと、わたしのヒルガオと……わたしのスイカズラと、わたしのセンニンソウ。

(間)

夏がくるわ。あなたの天蓋を立ててあげるわね。お昼は庭でめしあがれば、プールのそばで。あなたのために家をすっかり磨いておいたのよ。

(間)

手をとって。

(間。マッチ売りは彼女のほうに行く)

そうだ、ちょっと待ってね。

(間)

エドワード、あなたのお盆よ。

(彼女はマッチの盆を持ってエドワードに近づき、それを彼の手に置く。それから彼女とマッチ売りが一緒に出て行きはじめたところで、ゆっくり幕がおりる)

〔*A SLIGHT ACHE*〕

管理人

＊『管理人』の初演は一九六〇年四月二十七日に、
ロンドンのアーツ・シアターで、
アーツ・シアター・クラブとマイケル・コドロン、デイヴィド・ホール
の共同製作によって行われた。
引き続き一九六〇年五月三十日にロンドンのダッチェス・シアターで、
マイケル・コドロンとデイヴィド・ホールの製作により上演された。
配役は次のとおり——
ミック——アラン・ベイツ
アストン——ピーター・ウッドソープ
デイヴィス——ドナルド・プレゼンス
（演出　ドナルド・マクウィニー）

〔登場人物〕

ミック　二十代後半の男

アストン　三十代前半の男

デイヴィス　老人

劇の事件は西部ロンドンのある家で起こる。

第一幕　冬のある夜

第二幕　その数秒後

第三幕　その二週間後

部屋。背景の壁に窓、その下半分は袋で覆われている。上手の壁に寄せて鉄のベッド。その上方に小さな戸棚、ペンキのバケツ、とめ金やねじなどの入った箱数個。ベッドのそばにさらにいくつかの箱、花瓶。下手奥にドア。窓の下手側に台所の流し、脚立、石炭のバケツ、芝刈機、買物用の手押車、箱数個、食器棚のひきだしなどが積んである。この山の下に鉄のベッド。その手前にガスこんろ。ガスこんろの上に仏像。下手手前に暖炉。そのまわりにスーツケース二つ、巻いたじゅうたん、衝風灯、横倒しになった木の椅子、箱数個、装飾品種々、洋服掛け、短い木の板数枚、小さな電熱器、非常に古いトースター。その手前に古新聞の山。上手壁ぎわのアストンのベッドの下に電気掃除機があるが、使われるまでは見えない。天井からバケツが一つぶら下っている。

第一幕

（ミックが一人で部屋にいて、ベッドに腰掛けている。皮のジャンパーを着ている。

沈黙。

彼はゆっくり部屋を見まわし、一つ一つの物に順番に目をとめてゆく。天井を見上げ、バケツを見つめる。それをやめて、前方を見ながら、無表情にじっと坐っている。

三十秒の沈黙。

どこかのドアが、ばたんと鳴る。はっきりしない声が聞える。

ミック、振り向く。立ち上がり、静かにドアの方へ行き、出てからドアをそっと閉める。

沈黙。

再び声が聞え、次第に近づき、やむ。ドアが開く。アストンとデイヴィス登場。最初にアストン。次いでデイヴィス、足を引きずり、はげしく息をしている。

アストンの服装は、古いツイードのオーヴァー、その下に薄いくたびれたダークブルーで竪縞模様のシングルの背広、セーター、色あせたワイシャツとネクタイ。デイヴィスのほうは、くたびれた茶色のオーヴァー、形の崩れたズボン、チョッキ、アンダーシャツ、ワイシャツはなく、足にサンダル。アストンは鍵をポケットにしまい、ドアを閉める。デイヴィスは部屋を見まわす）

アストン　坐れよ。
デイヴィス　や、どうも。（見まわして）ええと……
アストン　ちょっと待って。

（アストンは椅子を探してあたりを見まわし、暖炉のところの巻いたじゅうたんのそばに一つ横倒しになっているのを見て、それを取りに行く）

デイヴィス　坐れよ？　ねえ……何日ぶりかな、これで、ちゃんと坐るなんてのは……まともに腰をおろすなんてのは……まあ、何てったらいいか……
アストン　（椅子を置いて）さあ。
デイヴィス　夜の夜中に十分ばかり休んでお茶でも飲みたいと思うね、するとあそこじゃ席がないんだ、一つもない。ギリシア人で満員ときたよ、ポーランド人、ギリシア人、黒ん坊、いいかね、こういう外人連中ばかりがやって来て、席をとるんだ。その上、やつらがあたしをこき使いやがる、あそこじゃね……あたしをこき使って……

（アストンはベッドに腰掛け、刻み煙草の入ったかんと紙

を取り出して、煙草を巻き始める。デイヴィスは彼を見ている)

黒ん坊が坐ってるんだよ、黒ん坊、ギリシア人、ポーランド人、ああいう連中で、そう、あたしゃ坐ろうにも坐れない、まるでごみ扱いだ、これじゃ。今夜あいつが来たとき言ってやったんだ。

(間)

アストン 坐れよ。

デイヴィス ああ、だけどその前にさ、まず、ほら、その前にまず、身体をほぐさなきゃね、わかるだろ? あそこでくたばるところだったものな。

(デイヴィスは大声で叫び、こぶしで身体を上から下へたたいて行き、アストンに背を向けて壁を見つめる。間。アストンは煙草に火をつける)

アストン こういうのを一本巻くか?

デイヴィス (向き直って) え? いや、いや、巻いたのはやらないんだ。(間。前へ出て来る) だけどね、こうするよ。その刻みをパイプに少々もらうよ、よかったら。

アストン (かんを渡して) ああ、いいよ。取れよ。

デイヴィス こりゃどうも。パイプに詰めるだけだからね。(ポケットからパイプを出して煙草を詰める) あたしもね、かんをつい……ついさっきまではもってたのさ。だけどくすねられた。グレイト・ウェスト・ロードでくすねられたよ。(かんを差し出す) これどこに置こうか?

アストン こちらへもらうよ。

デイヴィス (かんを渡して) 今夜あいつが来たとき言ってやったよ。そうだろ? 聞いてたろ、あんた?

アストン あいつ、あんたに手を出したね。

デイヴィス 手を出した? ぶつぶつ言うほどのことじゃないさ。糞ったれめが、こんな年寄りをさ、これで一流の人と飯を食ったこともあるんだ。

(間)

アストン そう、あいつ、あんたに手を出したね。

デイヴィス あの乞食連中ときたらみんな豚みたいなもんだ。なるほどあたしゃ二、三年流れてた、しかし、身体はきれいなんだ。身ぎれいなんだ。だから女房と別れたんだよ。結婚して二週間、いやそんなにたってない、一週間もしないときに、ひょいと鍋の蓋をとってみたら、何があったと思う? 女房の下着の山、汚れたまんまで。野菜を煮る鍋だよ、それが。野菜鍋だ。それっきり別れて、一度も会ったことがないのさ。

（デイヴィスは向きを変え、足を引きずって部屋を横切り、ガスこんろの上の仏像と向かい合うところまで来て、それを見つめてから振り向く）

これで一流の飯を食ったことがあるんだ。しかしもう年だからな。昔は誰にも負けないくらい身軽だった。人に勝手な真似なんかさせはしなかったよ。ただどうもこのごろ具合がよくない。二、三度、発作を起こしたりしてね。

（間）

（近寄って）どうなったか見てたかね？

アストン　終りのところだけ。

デイヴィス　いきなりやって来てごみのバケツを押しつけて、裏へもって行けとぬかしやがる。ごみ捨ては、あたしの役目じゃないや！　ちゃんとそのために小僧がいるんだ。こっちはごみ捨てるために雇われてるんじゃありませんや。あたしの仕事は床を掃除したり、テーブルの上を片づけたり、皿を洗ったり――ごみ捨てはお門違いだ！

アストン　ああ。

（彼は下手手前へトースターを取りに行く）

デイヴィス　（彼に従って）そう、かりにだよ、かりにそうじゃないとしてもだ！　かりにあたしがごみ捨てをやることになっていたとしてもだ、何もよりによってあんなやつに命令されることはないじゃないか。向こうとこっちはあいたいだ。主人じゃあるまいし。何もあいつがあたしより上ってことはない。

アストン　どういう男だい、ギリシア人？

デイヴィス　いやいや、スコッチだ。スコットランド人だ。（アストンはトースターを持ってベッドに戻り、プラグのねじをゆるめ始める。デイヴィスは彼に従う）あいつには目をつけてたろ？

アストン　うん。

デイヴィス　バケツはどう始末するものか教えてやったよ。ね、聞いてたね。ねえお前さん、とこう言ってやった、あたしゃ年寄りだよ、とこうだ、あたしが育った土地ではね、年寄りにものを言うときにはちゃんとていねいにやったもんだ、決った礼儀ってものがあったね、これでもう少し若ければ、お前なんか……お前なんか二つにへし折ってやるよ。その前だよ、主人にくびだって言われたのは。お前は平安を乱すと言いやがる。平安を乱す、あたしがね！　だから言ったんだ、ねえ、あたしにも言い分がありますよ。方々流れてたからって、誰にも負けない、言い分がありますよ。一つちゃんと話をつけようじゃありませんか。とにかくくびにしやがったのさ。（椅子に坐る）ああいう場所なんだ、あそこは。

（間）

あんたが出てきてスコッチ野郎をとめてくれなかったら、今ごろは病院行きだよ。頭を道にぶつけて割ってたかもしれないな、あいつになぐられてたら。このままじゃすまさないよ。いつかあいつをつかまえてやるから。あっちの方へ行くことがあったらさ。

（アストンは、別のプラグを取るためにプラグの箱の方へ行く）

たいしたことじゃないんだがね、持物をすっかりあそこに置いてきたんだよ、あそこの裏の部屋にね。いろんなものをみんな鞄に入れてね。あたしのものと名のつくものは何から何まであそこに置いて来たんだ。急なことでね。きっと今ごろあいつがごそごそ中を引っかきまわしてるよ。

アストン　いつか行って取ってきてやるよ。

（アストンはベッドに戻り、トースターにプラグをつけ始める）

デイヴィス　とにかく恩に着てるよ、こうして……こうして休ませてくれてさ……しばらくの間。（見まわす）これ、あんたの部屋かね？

アストン　ああ。

デイヴィス　ずいぶんいろんなものがあるね。

アストン　ああ。

デイヴィス　ちょっとした金になるだろうな……みんなまとめれば。

（間）

まったく沢山ある。

アストン　いろんなものがあるよ、そう。

デイヴィス　ここで寝るんだね？

アストン　ああ。

デイヴィス　するとそっちで？

アストン　ああ。

デイヴィス　ふん、なるほど、そこじゃ風は入ってこないな。

アストン　風はたいして入らない。

デイヴィス　風は入ってこないわけだ。よそで寝るとそうはいかない。

アストン　多分ね。

デイヴィス　よそじゃ風ばかりだ。

（間）

アストン　そう、風が吹いたときには……

（間）

デイヴィス　そうだ……
アストン　ふむ……

（間）

デイヴィス　風が入り放題だ。
アストン　ああ。
デイヴィス　風には弱いんだ、あたしは。
アストン　そうかい？
デイヴィス　ずっと昔からね。

（間）

他にも部屋があるんだね、すると。
アストン　どこに？
デイヴィス　どこって、ここの踊り場のあたりや……向こうの踊り場の上や。
アストン　あるけど使えないんだ。
デイヴィス　まさか。
アストン　だいぶ修繕しなくちゃ。

（短い間）

デイヴィス　下はどうなんだい？
アストン　閉まってる。調べてみなきゃ……床や……

（間）

デイヴィス　運がよかったよ、あんたがあの食堂に来てくれて。スコッチ野郎に殺されてたかもしれないものな。これで、死んだと思ってほっておかれたことも、一度や二度じゃないんだ。

（間）

隣の家に誰か住んでたようだね。
アストン　え？
デイヴィス　（身振りで示しながら）隣さ……
アストン　そう。この通りにはずっと人が住んでる。
デイヴィス　そうさ、ここへ来る途中で、隣にカーテンのおりてるのが見えたものな。
アストン　あれは隣の家の人だ。

（間）

デイヴィス　するとあんたの家かい、これは？

（間）

アストン　おれが管理してるんだ。

デイヴィス あんたが家主なのかね。

(彼はパイプをくわえて、火をつけずに吸う)

そう、ここへ来る途中で、隣に厚いカーテンが垂れてるのが見えたね。大きな厚いカーテンが窓一面に垂れてるんだ。だから誰か住んでるに違いないって気がしたんだ。

アストン インド人の一家が住んでる。

デイヴィス 黒いやつかい?

アストン あまり見かけないんだ。

デイヴィス 黒いのかい、え? (デイヴィスは立って動きまわる) 確かにこの部屋にはちょいとしたものがつまってるねえ。何もない部屋ってのはよくないよ。(アストンは舞台奥中央のデイヴィスのところへ行く) ものは相談だがね、いらない靴が一足ないかしら。

アストン 靴?

(アストンは下手手前へ来る)

デイヴィス 修道院の糞坊主にまた肩すかしを食わされてね。

アストン (ベッドの方へ行きながら) どこの?

デイヴィス ルートンさ。ルートンの修道院だよ。……あたしにはね、シェパーズ・ブッシュに友達がいてね……

アストン (ベッドの下をのぞきこんで) 一足あったかもしれない。

デイヴィス この友達ってのがシェパーズ・ブッシュにいてね。便所にいるんだ。いや、つまり、公衆便所の番人をやってたのさ。あのあたりじゃいちばんいい便所だったな。(アストンを見つめる) いちばんいいのをやってたのさ。訪ねて行くといつも石鹸を分けてくれた。最上等のをね。ああいうところじゃ、いつもいい石鹸があることになってるんだ。シェパーズ・ブッシュあたりに足を入れて石鹸を切らしたことはなかったな。

アストン (ベッドの下から靴をもって現れて) 茶色のが一足ある。

デイヴィス この友達がもういないのさ。いなくなった。この男だよ、修道院へ行けって言ったのは。ルートンのすぐ向こうだ。そこで靴をくれるって話を聞いたというんだ。

アストン 靴はいいのをはかなきゃね。

デイヴィス 靴だろ? 生命にかかわることだよ、あたしには。仕方がないから今のをはいて、はるばるルートンまで行ったわけだ。

アストン それで、行ってみたらどうなった?

(間)

デイヴィス 昔、アクトンにいる靴屋を知ってた。いいやつだったが。

（間）

あんた、その糞坊主がどう言ったと思う？

（間）

このあたりには他に何人ぐらい黒いのがいるんだい、それで？

アストン　何だって？

デイヴィス　他にも黒いのがいるのかい、このへんには？

アストン　（靴を差し出して）はいてみないか。

デイヴィス　あんた、その糞坊主がどう言ったと思う？（靴を見て）ちょっと小さいようだな。

アストン　そうかな。

デイヴィス　うん、サイズが違うよ。

アストン　よさそうだがな。

デイヴィス　合わない靴ははけないよ。何がいけないってこれほどひどいことはない。この坊主に言ったんだ、ねえって、ねえあんた、こいつだよ、戸を開けたのは、大きな戸でね、そいつを開けたんだ、そこで、ねえあんた、とこうきた、あたしゃはるばるここまで来たんですよ、ねえ、この靴を見せてね、言ったんだ、靴を一足お持ちじゃありませんか、一足ですよ、あたしがまともに歩けるようなのを。ごらんなさい、大方すり切れてますぜ、こいつじゃ無理ですよ。ここには、靴がうんとあるって聞いたんですが。すると、失せやがれ、こうなんだな。それで言ったよ、ねえ、あたしゃ年寄りですよ。あんたがどなただか知らないが、そういう言い方てのはないでしょう。するとあいつが、失せやがらねえと、門までケツを蹴とばして行って追い出してやるぞ。それであたしが言ったんだよ、ねえちょっと待って下さいよ、あたしゃただ靴が一足欲しいって言ってるだけなんだ、何も大層な口利くことはないでしょう、ここまで来るのに三日かかってるんですぜ、飲まず食わずで三日間、何か一口くらい食わせてくれたっていいじゃありませんか。するとね、角を曲がって台所へ行きな、角を曲がるんだよ、飯を食ったらとっとと失せろだってさ。そこでその台所へ行ったよ、いいかい。ところがその飯たるやだ！　鳥でも、小鳥でも、吹けば飛ぶような小鳥でも、ものの二分もかからずに食えそうな代物だ。やつらが言ったよ、さあ食うものを食ったんだから出て行きな。食うものですって、とあたしが言った、人を犬だとでも思ってるんですか。まるで犬扱いじゃありませんか。けだものと間違えてるんじゃないでしょうな。靴はどうなったんです、ここでもらえるっていうからはるばる来たのに。よろしい、修道院長の婆さんに言いつけてやるから。すると一人が、アイルランド人のちんぴらだがね、向かってきたから、さっさと出たよ。近道をしてウォットフォードまで行ってそこで一足手に入れた。北の環状線に出てヘンドンを過ぎたところで、かかとがはがれた、歩いてる最中にだ。運よく古いのを包んでもってたからいいようなものの、危くどうにもならなくなるところさ。だから仕方なしにこいつをはいてるんだがね、駄目なんだよ、よくないんだ、もうすっかりよくないんだ。

アストン　これ、はいてみな。

（デイヴィスは靴を取り上げ、サンダルを脱いで、はいてみる）

デイヴィス　悪くないな。（部屋をせかせか歩きまわる）丈夫だよ、こいつは。そう。形も悪くない。革がしっかりしてるじゃないか、え？　まったくしっかりしてる。この間、スエード革のを売りつけようとしたやつがいたがね。スエードはいけないね。はく段になると本革にかなわないや。スエードってのはすり切れる、しわが寄る、五分もしないうちにしみがついてとれなくなる。何といっても本革だよ。うん。いい靴だ、これは。

アストン　いい靴だ。

（デイヴィスは両足を振る）

デイヴィス　合わないよ、だけど。

アストン　そうかい？

デイヴィス　駄目だ。あたしの足はとても幅が広いんだ。

アストン　ふむ。

デイヴィス　この靴は先がとがりすぎてるよな。

アストン　うん。

デイヴィス　これじゃ一週間もすればびっこを引きだすよ。今はいてる靴、こいつはよくないがね、だがとにかくはき具合はいいんだ。たいした品じゃないが足は痛まないってことさ。（靴を脱いで返す）ありがとうよ、とにかく。

アストン　あんたに合いそうなの、探してみるよ。

デイヴィス　頼むよ。このままじゃやっていけないものな。どこへも行けないってわけだ。ところがあたしは、あちこち出かけなくちゃいけない、身の振り方を決めなくちゃいけない。

アストン　行くってどこへ？

デイヴィス　ああ、一つ二つ心当りがあるんだ。天気が変るのを待ってるのさ。

（間）

アストン　（トースターをいじりながら）あの……あの、ここで寝るかい？

デイヴィス　ここで？

アストン　ここで寝てもいいよ、よかったら。

デイヴィス　ここでね？　さて、そいつはどうかな。

（間）

アストン　いつごろまでさ？

デイヴィス　それは……あんたの身の振り方が決るまで。

アストン　（腰をおろして）そうだな、それは……

デイヴィス　何とかかたちがつくまで……

アストン　いや、身の振り方なら決るよ……もうすぐに

デイヴィス　……

（間）

アストン　どこで寝ろってんだね？

デイヴィス　ここだ。他の部屋はその……あんたには向かないよ。

アストン　（立ち上がって見まわしながら）ここってどこでさ。

デイヴィス　（立ち上がり、下手奥を指して）あの奥にベッドがあるんだ。

アストン　ほうなるほど。そいつは便利だ。そいつは……ねえ、決めたよ、あんたの言うとおりにしてもいいよ……ほんの、かたちがつくまでね。道具も沢山あるし、ここには。

デイヴィス　集めたんだ。とりあえずここにおいてある。役に立つだろうと思ってさ。

アストン　このガスこんろ使えるのか、これ？

デイヴィス　いや。

アストン　どうするんだい、お茶が一杯飲みたいってときには？

デイヴィス　別にどうも。

アストン　そいつはひどいや。（デイヴィスは板に気づく）何か建ててるのかい？

デイヴィス　裏に納屋を作ろうと思うんだ。

アストン　大工仕事だね、え？　（芝刈機に目をつける）芝生があるのかい？

デイヴィス　見ろよ。

（アストンは窓を覆っている袋を揚げる。二人は外を見る）

アストン　ちょっとばかり茂ってるな。

デイヴィス　伸びすぎだ。

アストン　あれは何だい、池かい？

デイヴィス　そう。

アストン　何がいる、魚でも？

デイヴィス　いや。あの中にも何もいない。

（間）

アストン　どこに建てるんだい、その納屋？

アストン　（振り向いて）まず庭をきれいにしなきゃ。
デイヴィス　トラクターがいるよ。
アストン　何とかやるよ。
デイヴィス　大工仕事をかい、え？
アストン　（じっと立ったままで）好きなんだ……手を使うのが。

（デイヴィスは仏像を取り上げる）

デイヴィス　これは何だい？
アストン　（受け取って仔細に見ながら）仏像だ。
デイヴィス　へええ。
アストン　うん。気に入ってるんだ、これが。どこか……店で見つけた。なかなかよさそうに見えてね。なぜだか。どう思う、こういう仏像？
デイヴィス　さあそりゃ……なかなかいいじゃないか。
アストン　そうだよ、うれしかったね、これを買ったときは。とてもよくできてる。

（デイヴィスは向きを変えて、流しなどの下をのぞきこむ）

デイヴィス　これベッドかね、ここにあるの？
アストン　（ベッドの方へ歩きながら）これみんなどけなきゃ。梯子はベッドの下に入るよ。（二人は脚立をベッドの下に納める）
デイヴィス　（流しを指して）これはどうする？
アストン　それもこの下に入ると思うよ。
デイヴィス　手を貸すよ。（二人は流しを持ち上げる）重いねえ、こいつは。
アストン　この下だ。
デイヴィス　これ使うのかい、いったい？
アストン　いや。いずれどこかへ移そう。ここだ。

（二人は流しをベッドの下に置く）

階段の下に便所がある。あそこに流しがある。これはあそこに移せるな。

（二人は、石炭のバケツ、買物用の手押車、芝刈機、食器棚のひきだしを、下手の壁に移し始める）

デイヴィス　（移すのをやめて）あんた、一緒に使うんじゃないだろうね？
アストン　何を？
デイヴィス　つまりさ、手洗いを黒いのと一緒に使うんじゃないだろうね？
アストン　連中は隣に住んでる。
デイヴィス　こっちへ入っては来ないんだね？

（アストンは一つのひきだしを壁につけて置く）

だってさ……わかるだろ……白は白って……

(アストンはベッドのところへ行き、ほこりを吹き、毛布を振る)

アストン　青い鞄があるかい?

デイヴィス　青い鞄?　この下だよ。ほら。じゅうたんのそばに。

(アストンは鞄のところへ行き、それを開いてシーツと枕を取り出し、ベッドにつける)

いいシーツだ。

アストン　毛布はちょっとほこりっぽいよ。

デイヴィス　そんなことなら心配無用だ。

(アストンはまっすぐに立ち、刻み煙草を取り出して紙で巻き始める。自分のベッドのところへ行って腰をおろす)

アストン　あんた、ふところ具合は?

デイヴィス　え……いやそれなんだが、じつは……ちょっと心細いんだ。

(アストンはポケットから硬貨をいくつか取り出し、より分けて五シリングを差し出す)

アストン　五シリングばかりあるよ。

デイヴィス　(硬貨を受け取って)こいつはありがたいや、まったく。あいにくと今はふところが淋しいんだよ。だってね、先週いっぱいの仕事の分を一文ももらってないのさ。そういうわけなんだよ、実際の話が。

(間)

アストン　この間、パブへ行った。ギネスを註文した。厚手のジョッキに入って出てきたんだ。腰をおろしたけど飲めなかった。厚いジョッキに入ってるギネスは飲めないんだ。薄いコップに入ってるんでないと。口をつけたけど、どうしても全部飲めなかったよ。

(アストンはベッドの上からねじまわしとプラグを取り上げ、プラグをつつき始める)

デイヴィス　(大いに感情をこめて)天気が変ってさえくれりゃあなあ!　そうなればシッドカップへ出かけて行けるのになあ!

アストン　シッドカップ?

デイヴィス　この天気はまったくもってひどいじゃないか、これでシッドカップまで行けるものか、こんな靴をはいてさ。

アストン　なぜシッドカップへ行きたいんだ?

デイヴィス　あたしの書類が置いてあるんだよ!

（間）

アストン　あんたの何だって？

デイヴィス　あたしの書類が置いてあるんだよ！

（間）

アストン　どうしてシッドカップにあるのさ？

デイヴィス　知合いの男がいてね。預けてあるのさ。いいかい？　その書類があればあたしの身元が知れるのさ！　そいつがなくちゃどこへも行けないよ。そいつがあれば身分がはっきりするんだ。ね！　それがなくちゃどうにもならないのさ。

アストン　なぜ？

デイヴィス　だってさ、つまり、その、あたしゃ名前を変えたんだよ！　何年も前に。仮の名前で通してきたってわけだ！　本当の名じゃないんだ。

アストン　何という名前で通してきたんだい？

デイヴィス　ジェンキンズだ。バーナード・ジェンキンズだ。これがあたしの名さ。人に知られてる名さ、とにかく。しかしこの名を使って暮らすのはよくないんだ。そうするいわれがない。ここに保険のカードがあるがね。（ポケットから一枚のカードを出す）ジェンキンズとなってるだろ。ほら。バーナード・ジェンキンズだ。見ろよ。印紙が四枚貼ってある。四枚ね。ところがこいつじゃ駄目なんだ。本名じゃないからね、ばれてしまうよ、パクられちまうよ。印紙が四枚。これも小銭じゃない、ポンドで掛金を払ったんだ。ポンドだよ、小銭なんかじゃない。他にもいろんな印紙がごっそりあるんだがね、貼ってくれないんだよ、野郎め、あたしも忙しくて手がまわらなかったんだ。

アストン　印紙貼ってくれてもよかったじゃないか。

デイヴィス　無駄だよ！　どうせ何にもなりゃしなかったさ。本名じゃないもの。このカードをもって行ったんじゃ、パクられちまうんだ。

アストン　するとあんたの本当の名は何だい？

デイヴィス　デイヴィスだ。マック・デイヴィスだ。名を変える前のことだけど。

（間）

アストン　あんた、そのへんをはっきりさせたいんだね。

デイヴィス　シッドカップまで行けさえすりゃね！　天気が変るのをずっと待ってるんだよ。こいつが書類をもっててね、それを預けた男ってのがね、そこに何もかも書いてあるのさ、それがあれば万事はっきりするのさ。

アストン　預けてからどのくらいになる？

デイヴィス　え？

アストン　預けてからどのくらいになる？
デイヴィス　さあ、そうだな……戦時中だったから……そう……もうかれこれ十五年前かな。
（彼は突然バケツに気づき、見上げる）
アストン　いつでも……寝たくなったら、寝ていいよ。おれはいいから。
デイヴィス　（オーヴァーを脱ぎながら）そうだな、じゃそうするよ。ちょっとばかりその……参ってるから。（ズボンを脱ぎ、差し出す）ここにかけるのか？
アストン　うん。
（デイヴィスは上着とズボンを洋服掛けに掛ける）
デイヴィス　あそこにバケツがあるね。
アストン　雨漏りだ。
（デイヴィスは見上げる）
デイヴィス　さあそれじゃあんたのベッドに寝てみるかね。あんたも寝るかい？
アストン　このプラグを直してるんだ。
（デイヴィスは彼を、次いで、ガスこんろを見る）
デイヴィス　こいつ……動かせないのかねえ？

アストン　ちょっと重い。
デイヴィス　うん。
（デイヴィスはベッドに入る。自分の体重と身長がベッドに合う具合を試してみる）
悪くないよ、これは。いいベッドだ。ここで寝ることにするよ。
アストン　その電球にかさをつけなきゃいけないな。ちょっとまぶしいよ。
デイヴィス　いいよ、いいよ、それなら、心配はいらないよ。（向きを変え、顔に覆いをかける）
（アストンは腰をおろし、プラグをつついている。
照明消える。闇。
照明つく。朝。
アストンがベッドのそばに立ってズボンのボタンをとめている。自分のベッドをきちんとする。向きを変えて部屋の中央へ行き、デイヴィスを見る。向きを変え、上着をつけ、向きを変え、デイヴィスの方へ行き、彼を見おろす。アストンは咳をする。デイヴィスは不意に起き上がる）
デイヴィス　何だ何だ。どうしたんだ。
アストン　どうもしないよ。
デイヴィス　（見つめて）どうしたってんだ。
アストン　どうもしないよ。

(デイヴィスはあたりを見まわす)

デイヴィス　ああ、そうか。

(アストンは自分のベッドに戻り、プラグを取り上げて振る)

アストン　よく寝たかい？

デイヴィス　ああ。ぐっすりだ。ぐっすり寝てたに違いないよ。

(アストンは下手手前に来て、トースターを取り上げ、調べてみる)

アストン　あんたね……その……

デイヴィス　何だい？

アストン　あんた夢でも見てたのかい？

デイヴィス　夢だって？

アストン　そう。

デイヴィス　夢なんか見ないよ。そんなもの見たことがない。

アストン　そう、おれもだ。

デイヴィス　あたしもだよ。

(間)

じゃなぜ聞くんだ？

アストン　音を立ててたから。

デイヴィス　誰が？

アストン　あんたが。

(デイヴィスは、ベッドから出る。長いズボン下をはいている)

デイヴィス　ねえ、ちょっと待って下さいよ。どういうことだい、そりゃ？　音ってどんな？

アストン　うめいてたよ。何かぶつぶつ言ってたよ。

デイヴィス　ぶつぶつ言う？　あたしが？

アストン　ああ。

デイヴィス　ぶつぶつ言ったりなんかしないよ。そんなこと言われるのははじめてだ。

(間)

あたしが何をぶつぶつ言うことがあるんだ？

アストン　さあ。

デイヴィス　つまりさ、話が合わないってことだよ。

(間)

こんなこと言われるのははじめてだ。

（間）

あんたあたしを見そこなってるよ。

アストン　（トースターをもってベッドの方へ行きながら）いや。あんたの声で目がさめた。夢でも見てるのかと思ったんだ。

デイヴィス　夢なんか見てやしないよ。生まれてこのかた夢など見たことがないんだ。

（間）

アストン　たぶんベッドのせいかな。

デイヴィス　ベッドがどうしたってんだい。

アストン　ちょっと慣れてないからとか。

デイヴィス　はじめてのベッドだからどうってことはないんだよ、あたしは。これでもいろんなベッドを知ってるんだ。知らないベッドに寝ただけで音を立てるわけがない。いろいろベッドは知ってるんだから。

（間）

わかったよ、たぶんあの黒ん坊だ。

アストン　何が？

デイヴィス　音のことさ。

アストン　どこの黒ん坊だい？

デイヴィス　ここのさ。隣の。たぶん黒ん坊が音を立ててたのが、壁を抜けて聞えてきたんだな。

アストン　ふむ。

デイヴィス　あたしゃそう思うね。

（アストンはプラグを置き、ドアの方へ行く）

どこへ行くんだよ、出かけるのかい？

アストン　ああ。

デイヴィス　（サンダルをつかんで）ちょっと待ちなよ、それじゃ、ほんのちょっと。

アストン　どうしたんだい？

デイヴィス　（サンダルをはいて）一緒に行ったほうがいいよ、あたしも。

アストン　どうして？

デイヴィス　だって、あたしも一緒に行ったほうがいいよ、とにかく。

アストン　どうして？

デイヴィス　つまり……あたしが出かけるほうがいいだろ？

アストン　何のために？

デイヴィス　そりゃ……あんたがいないときにはさ。あたしもいないほうがいいだろ……留守にするときは？

アストン　出て行かなくていいよ。

デイヴィス　すると……いてもいいって？

アストン　好きなようにしろよ。おれが出て行くからって出て行くことはない。

デイヴィス　あたしがいてもかまわないのかい？

アストン　鍵が二つあるよ。（自分のベッドのそばの箱のところへ行き、鍵を見つける）このドアと玄関のドアだ。（デイヴィスに鍵を渡す）

デイヴィス　どうもこりゃ、すまないね。

（間。アストンは立っている）

アストン　歩いてこようと思うんだ。ちょっとした……店みたいな所でね。そこにこのあいだジグ鋸があってね。様子が気に入った。

デイヴィス　ジグ鋸だって？

アストン　そう。便利だよ、なかなか。

デイヴィス　そう。

（短い間）

いったいそりゃ何だい、つまり？

（アストンは奥の窓へ行き、外を見る）

アストン　ジグ鋸かい？　つまり、糸鋸と同じ種類なんだ。ただこれは部品でね。携帯用のドリルの先につけなきゃいけない。

デイヴィス　そうだそうだ。あれは便利だね。

アストン　そう、便利だ。

（間）

この間ね、喫茶店で坐ってたんだ。ちょうど同じテーブルにこの女がいた。何となくそれで……それで、まあ、話を始めてね。何だったか……その女の休暇のことだ、どこへ出かけたとか。南の海岸の方へ出かけたんだって。どこだったかは覚えてないけど。とにかくそこに坐ってちょっと雑談をしてたんだ……すると不意に女がおれの手にさわって……言ったんだ、あんたの身体を見てあげようかって。

デイヴィス　まさか。

（間）

アストン　そう。いきなりそんなふうに言うなんてね。この雑談の途中でね。ちょっと変な気がしたよ。

デイヴィス　あたしもそんなことを言われたことがあるよ。

アストン　そうかい？

デイヴィス　女だろ？　何度もね、女が寄って来て何だかそんなふうなことを言ったことがあるよ。

（間）

アストン　あんた、名は何だって言った？

デイヴィス　バーナード・ジェンキンズが仮の名だ。

アストン　いや、もう一つのやつさ。

デイヴィス　デイヴィスだ。マック・デイヴィスだ。

アストン　ウェイルズの出かい、あんた？

デイヴィス　え？

アストン　あんたウェイルズかい？

（間）

デイヴィス　そうだな、あたしゃあちこちに行ってるから……つまりさ……方々……

アストン　すると生まれはどこだい？

デイヴィス　（陰気に）というと？

アストン　生まれはどこだい？

デイヴィス　それは……その……ちょっと簡単にはいかないよね、昔のことを思い出すのは……分るだろ……ずうっとこう……古いことだから……もやもやとして来て……ほら……

アストン　（暖炉の下の方へ行って）ここにプラグがあるだろ。ここのこれを捻るんだよ、よかったら。こんなふうに小さな火が出る。

デイヴィス　わかったよ。

アストン　こいつを捻ればいいんだよ。

デイヴィス　よし来た。

（アストンはドアの方へ行く）

（不安げに）どうするんだって？

アストン　捻るだけさ。すると火が出て来る。

デイヴィス　あのね、こうするよ。これはさわらないことにするよ。

アストン　別に厄介でもないよ。

デイヴィス　いや、こういうものはどうも性に合わないんだ。

アストン　うまくいくはずだが。（向きを変えて）それじゃ。

デイヴィス　ええと、聞こうと思ってたんだが、このこんろはどうなんだい？　ほら、ここから何か漏れるとか……どう思うね？

アストン　それはつながってないよ。

デイヴィス　だってさ、あたしのベッドの真上にあるからね、そうだろう？　うっかりして、起き上がった拍子に肱でガスの栓でも小突いたりしないようにしなきゃ、わかるだろ？

（彼はこんろの裏側へまわって調べてみる）

アストン　何も心配することはないよ。

デイヴィス　ねえ、あんたは心配することないよ。こうするからさ、ときどき栓を見てみるからさ。ちゃんと締めてあるかどうか。あたしに任しときなよ。

アストン　別にそんなこと……

デイヴィス　(近寄って来て) あのねあんた、ものは相談だが……その……二シリングばかり恵んでくれないかね、お茶を一杯飲みたいからさ、え?

アストン　昨夜五、六シリングやったろ。

デイヴィス　そうそう、そうだったね。忘れてたよ。すっかり度忘れしてたよ。本当だ。ありがとうよ、どうも。それでね。あんた本当に、あたしがここにいてもかまわないのかい?　あたしは厚かましいことはしたくないんだよ。

アストン　いいんだ、そのことなら。

デイヴィス　もしかすると今日はあとでウェンブリーへ行くかも知れないよ。

アストン　ふうん。

デイヴィス　食堂があってね、そこで腰をすえられるかもしれないって思うのさ。前にいたんだよ。ちょっと人手が足りなくてね。人が要るかもしれないんだ。

アストン　いつごろのことだい、それは?

デイヴィス　え?　そう、あれは……かれこれ……そうだな……もうだいぶ前だな。ただ何といってもね、こういう店じゃちゃんとした人間が見つからないものさ。つまりさ、連中は外人とは手を切りたいと思ってる、食物の商売じゃね。茶をいれるのはイギリス人にやらせたいと思ってる、何としてでもそうしたいと思ってる。考えてみれば理の当然だ、そうだろう?　そういうことをこっちは心得ててね……それを……その……つまりさ……やってみるつもりなんだ。

(間)

もしあそこまで行けさえすればね。

アストン　ふむ。(ドアの方へ行く) さあ、それじゃまた。

デイヴィス　ああ、それじゃ。

(アストンは出て行き、ドアを閉める。デイヴィスはじっと立っている。数秒間待ち、それからドアのところまで行き、それを開き、外を見、閉め、ドアを背にして立ち、すばやく向きを変え、ドアを開き、外を見、戻って来、ドアを閉め、ポケットの中の鍵を見つけ、一つをはめてみ、もう一つをはめ、ドアの鍵をかける。部屋を見まわす。それから早足でアストンのベッドのところへ行き、かがみこんで靴を取り出し、それを調べてみる)

悪い靴じゃないな。ちょっと先がとがってる。

(それをベッドの下に戻す。アストンのベッドのまわりを

調べ、花瓶を取り上げて中をのぞき、それから箱を一つ取り上げて振ってみる）

ねじか！

（ベッドの頭のところにあるペンキのバケツに気づいてそちらへ行き、調べてみる）

ペンキか。何に塗るんだろう？

（バケツを置き、部屋の中央へ来て、吊るしてあるバケツを見上げ、顔をしかめる）

あれを調べてみなきゃな。（下手へ行き、衝風灯を取り上げる）いろんなものがあるねえ。（仏像を取り上げて眺める）何から何まで。どうだい、こりゃまったく。（新聞の山に目をとめる）何のためにこんなに新聞があるんだろう？　どっさり積み上げやがって。

（一つの山のところへ行き、さわる。山はぐらつく。デイヴィスはそれをおさえる）

倒れるんじゃねえや！

（山をおさえ、新聞をもとの位置に収める。ドアが開く。ミック登場、鍵をポケットに入れ、静かにドアを閉める。彼はドアのところに立ってデイヴィスを見つめる）

何のためにこんなに新聞があるんだろう？　（デイヴィスは巻いたじゅうたんの上を越えて青い鞄に達する）この中にシーツと枕が納まってたんだな。（鞄を開く）何もない。（鞄を閉める）だけどおれはちゃんと寝たんだ。音なんか立てるものか。（窓を見る）何だい、こりゃ？

（別の鞄を取り上げ、開こうとする。ミックは静かに舞台奥へ移動する）

鍵がかかってる。（鞄を置き、舞台手前へ出て来る）きっと何か入ってるんだ。（食器棚のひきだしを取り上げ、中をかきまわし、下に置く）

（ミックがそっと部屋を横切る。デイヴィスは半ば振り向く。ミックは彼の片腕をつかみ、後にねじ上げる。デイヴィスは叫ぶ）

うわあ！　うわあ！　何だい！　何だい！　何だい！　うわあ！

（ミックはすばやく彼を床にねじ伏せる。デイヴィスは暴れ、顔をしかめ、鼻声を出し、見つめる。ミックは彼の腕をつかみ、自分のもう一方の手を自分の唇にあて、それから自分の手をデイヴィスの唇にあてる。デイヴィスは静かになる。ミック彼を放す。デイヴィス、身もだえする。ミック、おどすように指を出す。それからしゃがんでデイヴィスを見つめる。見つめてから立ち上がって彼を見下ろす。デイヴィスはミックを見ながら腕をこする。ミックはゆっくり向きを変えて部屋を見る。彼はデイヴィスのベッドのところへ行き、覆いをとる。向きを変え、洋服掛けのところへ行き、デイヴィスのズボンを取り上げる。デイヴィスは立ち上がりかける。ミックは足で彼をおさえ、彼の上に足をかけて立つ。やがて足を放す。ズボンを調べ、もとの場所に投げる。デイヴィスは床の上にうずくまっている。ミックはゆっくりと椅子の方へ行き、腰をおろし、無表情にデイヴィスを見つめる。

沈黙)

ミック 何の真似だい?

——幕——

第二幕

(数秒後。

ミックが椅子に坐っている。デイヴィスは半ば腰をおろした状態で床にうずくまっている。

沈黙)

ミック ええ?

デイヴィス 何でもないよ、何でも。何でもないよ。

(頭上のバケツにしずくが落ちる。二人は見上げる。ミックはデイヴィスに視線を戻す)

ミック お前、名は何だ?

デイヴィス あんた誰だい。あんたなんか知らないよ。

(間)

ミック ええ?

デイヴィス ジェンキンズだ。

ミック ジェンキンズ?

デイヴィス　ああ。
ミック　ジェーン……キーンズ。

（間）

昨夜ここで寝たのか？
デイヴィス　ああ。
ミック　よく寝たか？
デイヴィス　ああ。
ミック　そいつは結構。どうかよろしくな。

（間）

お前、名は何だって？
デイヴィス　ジェンキンズ。
ミック　何だって？
デイヴィス　ジェンキンズだ！

（間）

ミック　ジェーン……キーンズ。

（バケツにしずくの音がする。デイヴィスは見上げる）

お前を見てると、叔父貴の弟を思い出すよ。いつも旅行してたがな。旅券を離したことがなかった。女には目が利いたな。ちょうどお前みたいな身体つきだ。ちょっとしたスポーツマンさ。幅跳び専門だ。いろんな助走のしかたを客間でやってみせたもんだ、クリスマス時分には。木の実には目がなかった。そうよ、まったく目がないとしか言いようがない。これでもう充分ってことがないんだ。ピーナッツ、くるみ、ブラジルナッツ、モンキーナッツ、ね、果物のケーキなどには目もくれない。素敵なストップウォッチを持ってたな。香港で見つけたって。救世軍から追い出された翌日のことだよ。ベックナムのクリケット・ティームの二軍じゃ四番を打ってたもんだ。そのあとだ、金メダルをもらったのは。妙な癖でいつもヴァイオリンを背中に負ってたよ。まるでインディアンの赤ん坊だ。きっとインディアンの血が混じってたんだと思うな。実をいうと、どうしておれの叔父貴の弟ってことになったのか見当がつかないんだ。もしかするとその逆じゃないかな。つまり叔父貴のほうが弟で弟がおれの叔父貴ってわけだ。だが叔父さん呼ばわりしたことはなかった。実をいうとシッドと呼んだのさ。おれのおふくろもシッドと呼んでた。妙な話だ。お前にまったく生写しだったよ。中国の女と結婚してジャマイカへ行ってしまった。

（間）

昨夜はよく寝たんだろうな。

デイヴィス ちょっと！ 誰なんだよあんた！
ミック どのベッドだい、寝たのは？
デイヴィス ねえあんた――
ミック ええ？
デイヴィス あれだ。
ミック もう一つのじゃない？
デイヴィス ああ。
ミック ぜいたくだ。

（間）

どうだい、おれの部屋？
デイヴィス あんたの部屋？
ミック そう。
デイヴィス あんたの部屋じゃないよ。誰なんだいあんた。
あんたなんか会ったこともないよ。
ミック なあ、こう言っても本気にはしないだろうが、お前はおれが前にショアディッチで知ってたやつに妙に似てるんだ。実際はそいつはオールドゲイトに住んでた。おれは従弟と一緒にキャムデン・タウンにいた。で、この男はフィンズベリー・パークに縄張りがあった、バスの駅のすぐそばだ。だんだん聞いてみるとこいつの育った場所はパットニーだってことがわかった。もっとも、だからどうってことはない。パットニーで生まれた人間ならこっちは何人も知ってる。よしやそいつらがパットニー生まれでないとしても、そのときはフラム生まれだ。ただ問題は、こいつはパットニーで生まれたわけじゃない、ただパットニーで育っただけだってことだ。つまり生まれはカレドニアン・ロード、ナッグズ・ヘッドのすぐ手前だな。こいつの母親はまだその時分エンジェルに住んでた。どのバスもどのバスも家のすぐ前を通る。だからバスなら、三十八番、五百八十一番、三十番、三十八番のA、どれに乗ってもエセックス・ロードを通って、あっという間にドールストンの乗換駅に着くって寸法だ。いやもちろん、三十番に乗ったとすれば、アッパー・ストリートを通り、ハイベリー・コーナーをまわって聖ポール教会へ行く、しかし結局はやはりドールストン乗換駅に着くことに変りはない。おれはよく自転車をばあさんの家の庭において仕事に出たもんだ。そうよ、妙な話だったな。お前にそっくりだったよ、この男は。鼻のあたりがもう少し大きかったが、だからどうってことはない。

（間）

お前、昨夜ここで寝たのか。
デイヴィス ああ。
ミック よく寝たか？
デイヴィス ああ！

ミック　夜中に目が覚めたか？
デイヴィス　いいや！

（間）

ミック　お前、名は何だ？
デイヴィス　（身体を動かし、起き上がろうとして）ちょっと、あんた！
ミック　何だよ？
デイヴィス　ジェンキンズだ。
ミック　ジェーン……キーンズ。

（デイヴィスは突然起き上がろうとする。ミックがはげしくうなるのでもとどおりになる）

（叫ぶ）昨夜ここで寝たのか？
デイヴィス　ああ……
ミック　（早い調子で続ける）眠れたか？
デイヴィス　おれは――
ミック　よく寝たのか？
デイヴィス　ねえ、あんたったら――
ミック　どのベッドだ？
デイヴィス　あの――
ミック　もう一つのじゃない？
デイヴィス　ああ！
ミック　ぜいたくだ。

（間）

（静かに）ぜいたくだ。

（間）

（もう一度おだやかに）あのベッドで、どんなふうに眠れたんだね？
デイヴィス　（床をたたいて）もういいよ！
ミック　具合が悪くはなかった？
デイヴィス　（うなって）もういいよ！

（ミックは立ち上がってデイヴィスに近寄る）

ミック　お前、外人か？
デイヴィス　違うよ。
ミック　生まれも育ちもこのイギリスだな？
デイヴィス　そうさ！
ミック　お前、何て聞かされたんだ？

（間）

どうだった、おれのベッド？

（間）

あれはおれのベッドだ。お前、風に当たらないように気をつけるんだな。

デイヴィス　ベッドからかい？

ミック　よせやい、ケツの穴からだ。

（デイヴィスは警戒するようにミックを見る。ミック向きを変える。デイヴィスは洋服掛けの方へ這って行き、彼のズボンをつかむ。ミックはすばやく向きを変え、ズボンをつかむ。デイヴィスはズボンに飛びつこうとする。ミックは戒しめるように手を差し出す）

ここに住みつく気なのか？

デイヴィス　ズボンをよこしなよ。

ミック　ずうっといつく気なのかよ？

デイヴィス　ズボンをよこせったら、畜生！

ミック　何だい、どこかへ行くのか？

デイヴィス　よこしたら、おれは出かける、おれはシッドカップへ行くんだ！

（ミックはズボンを何度かデイヴィスの顔の前に突き出す。デイヴィスはひるむ。

間）

ミック　なあ、お前を見てると、昔ひょっこり出会ったやつを思い出すよ、ギルフォードのバイパスの向こう側のところで——

デイヴィス　あたしゃここへ連れて来られたんだ！

（間）

ミック　何だって？

デイヴィス　連れて来られたんだ、ここへは！　連れて来られたんだ！

ミック　連れて来られた？　誰が連れて来たんだ、お前を？

デイヴィス　ここに住んでるやつだよ……その男が……

（間）

ミック　出たらめ言うな。

デイヴィス　連れて来られたんだよ、昨夜……食堂でそいつに会ったんだ……おれの働いてる……おれはくびになってさ……そこで働いてたけど……のされるところをそいつが助けてくれて、おれをここへ連れて来た、こうしてここへ連れて来たのさ。

（間）

ミック　お前、どうやら生まれながらの嘘つきらしいな、え？　何を言ってるんだい、現在の持主に向かって。これはおれの部屋だ。この家はおれの家だ。

デイヴィス　あの男のだよ……あいつは、ちゃんとあたしの面倒をみて……それで……

ミック （デイヴィスのベッドを指して）それはおれのベッドだ。

デイヴィス それじゃあれは？

ミック あれはおふくろのだ。

デイヴィス だってそんな女は昨夜寝てなかったよ！

ミック （近寄って）おい、調子に乗るんじゃねえや、いいか。おれのおふくろのことをとやかく言うのはよせ。

デイヴィス あたしゃ……何も……

ミック 身の程をわきまえろってんだ、おれのおふくろに勝手な真似をするな、ちっとは親を敬おうじゃないか。

デイヴィス 敬うってね、人を敬うことならあたしゃひけを取らないんだから。

ミック やいやい、たいていにしろよ、出たらめは。

デイヴィス ちょっと聞いてくれよ、あんたなんかには会ったことがないんだよ、これまで。

ミック おれのおふくろにも会ったことがないと言うんだろう。

（間）

どうやらお前の正体は老いぼれのごろつきってところだな。要するにお前は爺のわるだよ。

デイヴィス おい待ちなよ――

ミック 黙るんだよ、こん畜生。この糞ったれ。

デイヴィス 何もそんなこと言う――

ミック お前みたいな糞ったれがいると、この家の穢れだ。泥棒爺め、文句は言えないだろう。糞ったれ。こういう堅気の場所に入り込んで申し訳ないと思え。野蛮人だ、お前は、まったく。まともな、家具なしのアパートでうろうろするなんて太いやつだ。その気になればこの部屋で週七ポンドは取れるんだぞ。明日にも借手がつくさ。もろもろの費用ぬきで年三百五十ポンド。文句なしだ。もしそういう金が払えるのなら遠慮なくそう言えってことだ。この通りだぜ。家具に調度、これでできれば四百ポンドは頂こうじゃないか。課税対象価格が年に九十ポンド。水道ならびに光熱費としてざっと五十ポンド。つまりどうしても借りたいとなると八百九十ポンドかかるということだ。一言声をかけてくれたら弁護士に契約書を作らせるぜ。それがいやなら外にトラックがあるから、五分もあれば警察に乗りつけてお前を突き出すまでだ、理由は不法侵入、計画的徘徊、白昼強盗、かっぱらい、窃盗ならびに部屋を穢したること。さあどうなんだい？もっとも、どうしてもすぐに買い取りたいというんなら、話は別だ。もちろん、まず兄貴にこの部屋の飾りつけをやらせるよ。おれの兄貴ってのは第一級の室内装飾家だ。その兄貴が、お前のために飾りつけをやってくれるんだ。もしここだけでは狭いというんなら、踊り場のまわりに四部屋あっていつでも使えるぜ。浴室、居間、寝室、それに子供部屋。この部屋は書斎にすればいい。さてこの兄貴だが、ちょうど他の部屋にかかるところなんだ。そう、ちょうどかかるところだ。さあ、それでどうだい返事は?　この部屋で八百ポンドなにがし、あるいは二階全部で三千ポンドどまり。それとも長期契約でいくほうがいいのなら、ウェスト・ハムに知合いの保険会社があるから、喜んで契約を扱ってくれるよ。付帯条件なく、公明正大、履歴に汚れなきこと。二割の利息、五割の保証金。即金払い、後払い、家族手当、特別配当制度、素行良好による期間の短縮、六か月契約、関連記録の毎年の検査、湯茶の接待、出資金の処分、給付の延長、解約に対する補償、暴動・私的暴行・労務上の混乱・嵐・風害・雷・盗難・家畜に対する包括的弁償、すべて毎日検査し再検査する。もちろん、お前が責任をひっかぶるだけの肉体的能力をそなえているという証明を、お前の主治医から署名入りでもらわなくちゃならない、そうだろう?　取引銀行はどこだい?

(間)

取引銀行はどこだい?

(ドアが開く。アストンが入って来る。ミックは振り向き、ズボンを落とす。デイヴィスはズボンを拾い上げてはく。アストンは二人をちらりと見て自分のベッドのところへ行き、もっていた鞄をその上に置き、腰をおろしてトースターの修繕をまたやり出す。デイヴィスは自分の場所に引き下がる。ミックは椅子に坐る。
沈黙。
バケツにしずくの音がする。一同見上げる。
沈黙)

まだ漏ってるんだな。

アストン　ああ。

(間)

屋根からなんだ。

ミック　屋根から?

アストン　ああ。

(間)

塗らなきゃ。

ミック　塗るんだって?

アストン　ああ。

ミック　何を?

アストン　割れ目を。

（間）

ミック　屋根の割れ目を塗ろうというんだな。

アストン　そう。

（間）

ミック　それでいいかな？

アストン　いいだろう、しばらくは。

ミック　う。

（間）

デイヴィス　（だしぬけに）どうするんだね――？

二人とも彼を見る。

どうするんだね、その……バケツがいっぱいになったら？

（間）

アストン　空けるんだ。

（間）

ミック　おれの友達に言ってたんだ、兄貴が他の部屋の飾りつけにかかるところだって。

アストン　うん。

（間）

デイヴィス　（デイヴィスに）鞄取って来たよ。

デイヴィス　ああ。（部屋を横切ってアストンのところへ行き、受け取る）やあ、こりゃどうも、こりゃ。あんたに渡したんだね。

（デイヴィスは鞄をもってもとの場所へ行く。ミックは立ち上がって鞄を奪う）

ミック　これは何だ？

デイヴィス　渡せよ、あたしの鞄だ！

ミック　（彼を寄せつけないで）この鞄は前に見たことがあるぞ。

デイヴィス　おれの鞄だよ！

ミック　（彼を避けて）この鞄には確かに見覚えがある。

デイヴィス　何だって？

ミック　どこで手に入れた？

アストン　（立ち上がって、二人に）よせよ。

デイヴィス　それはおれのだ。

ミック　誰のだ？

デイヴィス　おれのだったら！　言っておくれよ、あたしのだって！

ミック この鞄がお前のだって？

デイヴィス 渡せよ！

アストン 渡してやれよ。

ミック 何を？ 何を渡すんだ？

デイヴィス 鞄だよ、畜生！

ミック （鞄をガスこんろの後ろに隠して）どの鞄だい？（デイヴィスに）どの鞄だい？

デイヴィス （動いて）ねえ、あんた！

ミック （デイヴィスの前に立ちふさがって）何だ何だ、どうするんだ？

デイヴィス あたしゃね……自分の……

ミック うるせえや、気をつけろよ！ お前さんは文句言うやつがいないと思ってちょっとやりすぎてやしないかい。調子に乗るな。よその家へ上がりこんで来て、手当たり次第に手を出してるんだ。つけ上がるんじゃないぜ、いいか。

（アストンは鞄を拾い上げる）

デイヴィス 何だい、この泥棒野郎……盗っ人……あたしのものをちゃんと――

アストン さあ。（アストンはデイヴィスに鞄を差し出す）

（ミック鞄をつかむ。アストンそれを取る。
ミックつかむ。デイヴィス手を出す。
アストン取る。ミック手を出す。
アストン、デイヴィスに鞄を渡す。ミックつかみ取る。
間。
アストン取る。デイヴィス取る。ミック取る。デイヴィス手を出す。アストン取る。
間。
アストン、ミックに渡す。ミック、デイヴィスに渡す。デイヴィスしっかりとつかむ。
間。
ミック、アストンを見る。デイヴィス鞄を持って端の方へ行く。鞄を落とす。
間。
二人、デイヴィスを見る。デイヴィス鞄を拾い上げる。自分のベッドに戻り、坐る。アストン、自分のベッドに戻って坐り、煙草を巻き始める。ミックじっと立っている。
間。
バケツにしずくの音がする。一同見上げる。
間）

どうだった、ウェンブリーでは？

デイヴィス それが、ウェンブリーへは行かなかったのさ。

（間）

行けなかったんだ。

（ミックはドアの方へ行き、退場する）

アストン　あのジグ鋸のことじゃついてなかったよ。行ってみたらもうなかった。

（間）

デイヴィス　誰だい、今のは？
アストン　おれの弟だ。
デイヴィス　へえ。ちょっと面白いじゃないか。
アストン　う。
デイヴィス　そうだよ……まったく面白い。
アストン　ユーモアの感覚があるんだ。
デイヴィス　そうとも、あたしもそう思ったよ。

（間）

本当に面白いじゃないか、確かにそうだよな。

（間）

アストン　そう、ものの……ものの滑稽な面を見るんだな。
デイヴィス　つまりユーモアの感覚があるってわけだな。
アストン　そう。
デイヴィス　そうさ、違いないよ。

（間）

一目見たとき、この男には自分だけのものの見方があるんだって気がしたね。

（アストンは立ち上がり、下手のひきだしのところへ行き、仏像を取り上げてガスこんろの上に置く）

アストン　おれはね、この家の二階を手入れすることになってるんだ、弟のために。
デイヴィス　何だって……すると……するとこれはあの男の家なのかい？
アストン　そうだ。この踊り場を装飾してやるはずなんだ。アパートにする。
デイヴィス　それであんたの弟の仕事は？
アストン　建築の仕事なんだ。自分のトラックをもってる。
デイヴィス　ここに住んでるんじゃないんだね？
アストン　おれも、あの納屋を外に建ててしまえば……アパートのこと、もう少し考える気になれるんだよ。一つか二つ、何か作ってみせられると思うんだ。（歩いて窓のところに行く）手先が器用なんだ、おれは。これは確かなんだ。そんなことやれるとは思わなかったけどね。いろんなもの、手で作れるんだ。手製のものだね。納屋をあそこに建てたら……仕事場を作ろうと思うんだよ。ちょっと……何か木の細工をやる。簡単な木の細工だ、手初めに。いい木を使って。

（間）

そりゃあ、この部屋にもやることがある。けど今思うのはさ、仕切りの壁を……どこか踊り場のそばの部屋につけようと思うんだ。きっといいよ。ほら……あの障子だね……ほら……東洋の家にある。あれで部屋を仕切るんだ。二つの部屋になる。あれでもいいし、それとも仕切りの壁だ。そんなもの作れると思うんだよ、仕事場があれば。

（間）

とにかく、仕切りの壁のことは決めたんだ。

（間）

デイヴィス　あのね、考えてたんだがね。これはあたしの鞄じゃないよ。

アストン　へえ、違うって。

デイヴィス　そう、違うのさ。あたしのはね、まるっきり違うんだ。きっとこうさ。店のやつがね、あたしのを隠してまるで別なのをあんたに渡したんだ。

アストン　いや……実はこうさ、誰かがあんたの鞄をもって行ってしまってた。

デイヴィス　（立ち上がって）そのことさ、あたしが言ったのは！

アストン　とにかく、おれ、よそでその鞄を買ったんだよ。なかに、ちょっと……洋服もあるしさ。安く売ってくれたよ。

デイヴィス　（鞄を開いて）靴はあるかい？

（デイヴィスは派手な赤と派手な緑のチェックのシャツを二枚、鞄から取り出す。目の前に広げて見る）

チェックだ。

アストン　うん。

デイヴィス　そう……なにね、あたしゃこういうシャツのことは心得てるんだよ。こういうシャツはね、これは冬には役に立たないよね。そのくらいは知ってるんだよ。あたしの要るのはストライプのシャツだ、丈夫なシャツでストライプがずっとはいってるやつだ。そういうのが要るんだよ。（鞄から濃い赤のビロードのスモーキング・ジャケットを取り出す）これは何だい？

アストン　スモーキング・ジャケットだ。

デイヴィス　スモーキング・ジャケット？　（さわってみる）こいつは悪くないな。うまく合うかな。

(袖に手を通してみる)

鏡、ないかね？

アストン　ないねえ。

デイヴィス　うん、なかなかよく合うよ。似合うかね？

アストン　似合うさ。

デイヴィス　それじゃこれは頂戴することにしよう。

(アストンはプラグを取り上げて調べる)

そう、こいつはいただくよ。

(間)

アストン　あんた……ここの管理人になってもいいよ、よかったら。

デイヴィス　何だって？

アストン　ここの……面倒を見るのさ、よかったら……階段とか踊り場、玄関の石段ね、気を配ってるのさ。ベルを磨くとか。

デイヴィス　ベル？

アストン　玄関の戸のところに取りつけるつもりなんだ。真鍮のやつだ。

デイヴィス　管理人だって、え？

アストン　そう。

デイヴィス　あたしゃね……その、管理人なんてやったことがないんだ……つまりその……これまで一度も……つまりさ……管理人なんて経験がないのさ。

(間)

アストン　それじゃこれからやってみたら？

デイヴィス　そうだな……その前にまず……ほら、いろいろと……

アストン　どういうことなのか……

デイヴィス　そうそう、どういうことなのか……ほら……

(間)

アストン　いや、つまり……

デイヴィス　つまり、その前に……まず……

アストン　それは、おれが教えてやって……

デイヴィス　そう……そのことだよ……ね……わかるね？

アストン　そのときになれば……

デイヴィス　つまりそのことさ、あたしが言ってるのは……

アストン　だいたいはあんたの言う……

デイヴィス　ね、つまりさ……あたしが言うのは……つまりどういう仕事を……

(間)

アストン　そりゃあ、階段だとか……それから……ベルだとか……

デイヴィス　けどそうすると……ほら……箒がいるんじゃないかね……え？

アストン　そうさ、それにもちろん、ブラシが二、三本いるね。

デイヴィス　道具がいるってわけだ……つまりさ……いろんな道具がいるよ……

(アストンは自分のベッドの上方の釘にかかっている白い上張りを取り、デイヴィスに見せる)

アストン　これを着たらいいよ、よかったら。

デイヴィス　ふうん……いいじゃないか。

アストン　洋服が汚れずにすむ。

デイヴィス　(着て) うん、洋服が汚れずにすむ。確かにそうだよ。どうもこれは、どうも。

アストン　ねえ、こうしたらどうかな、ベルを……ベルを下につけるんだ、玄関の戸の外に、《管理人》と書いたのを。それが鳴ったらあんたが出るんだ。

デイヴィス　さあ、そいつはどうかな。

アストン　どうして？

デイヴィス　だってね、誰が玄関から入って来るかわかったもんじゃない、そうだろう？　ちょっと気をつけなきゃ。

アストン　すると、あんた誰かに追われてる？

デイヴィス　あたしが？　そりゃね、あのスコッチ野郎が追って来ないもんでもないじゃないか。こうだよつまり、ベルが鳴る、あたしが下へ行く、ドアを開ける、するとそこに誰がいる、どんな野郎がいないとも限らない。あたしゃこんな風に手もなくやられちまうってこともあるわけだ。あたしのカードを調べに来るってこともある、だってさ、このとおり、四枚しか印紙が貼ってないんだ、このカードには、ね、ほら四枚だ、ただの四枚きり、そこで連中は《管理人》のベルを鳴らす、あたしをくわえこむ、そういうことだよ、あたしゃまるで勝目がないね、これじゃ。そりゃもちろん他にも何枚もカードはあるがね、連中は知らない、また教えるわけにもいかない、そうだろう、だってあたしが別の名を名乗ってるのがばれちまうからね。今名乗ってるのは、本名じゃないんだ。本当の名は今使ってるのじゃないんだよ。違うんだよ。今の名は本名じゃない。仮の名なのさ。

(沈黙。
照明消え、闇となる。
やがて窓から淡い光が入る。
どこかのドアがばたんと鳴る。
部屋のドアに鍵の音がする。
デイヴィス登場、ドアを閉め、電灯のスイッチを何度か入

れてみる）

デイヴィス　（ぶつぶつ言う）どうしたんだ。（スイッチを入れてみる）どうしてつかないんだろう、畜生め。（またスイッチを入れる）ええい。まさか電球が切れたんじゃないだろうな。

（間）

どうしよう？　電球が切れたよ。何にも見えない。

（間）

どうすりゃいいんだ？（動いてつまずく）ああ、何だい。あかり、あかり。待てよ。

（ポケットのマッチを探し、箱を取り出して一本する。マッチ消える。マッチ箱は下に落ちる）

ええい！　どこへ行ったんだい。（かがんで）どこなんだよ、箱は。

（箱が蹴とばされる）

何だ何だ。誰だ。どうしたんだ。

（間。彼は動く）

どこだよ、箱は。ここにあったのに。誰だい。誰が動かしてるんだ。

（沈黙）

出て来い。誰だ。誰が箱を取りやがった。

（間）

誰だ、そこにいるのは！

（間）

ナイフがあるんだぞ、こっちには。さあ。来るなら来い、誰だ。

（動き、つまずき、倒れて叫ぶ。
沈黙。
デイヴィスがかすかに鼻声を出す。立ち上がる）

さあ来い！

（立つ。荒い息づかい。
突然、電気掃除機が鳴り始める。それを使いながら人影が動く。掃除機の先がデイヴィスを追って床を動く。デイヴィスはとんでそれから逃れ、息もたえだえに倒れる）

ああ、ああ、ああ、ああ、ああ、ああ！　やめてくれえええええ！

（電気掃除機が止まる。人影はアストンのベッドにとび乗る）

かかって来るなら来い！　おれは……おれは逃げやしないぞ！

（人影は電灯のソケットから電気掃除機のプラグを抜き、電球をはめる。あかりがつく。デイヴィスは、ナイフを手にもち、下手の壁にぴったり身体をつける。ミックがプラグをもってベッドの上に立っている）

ミック　ちょっと春の大掃除をやってたんだ。（ベッドからおりる）電気掃除機用のプラグが壁にあったんだがな。こわれてるんだ。電球のソケットにはめなきゃならなかったのさ。（電気掃除機をアストンのベッドの下に入れる）きれいになったろ、この部屋？　念入りにやったんだ。

（間）

兄貴とおれは交替でやるのさ、二週間に一度ね、部屋を念入りに掃除する。今夜は遅くまで仕事があってさっき来たばかりなのさ。だけどおれの番だからやったほうがいいと思ってね。

（間）

おれは実際にここで暮らしてるわけじゃない。はっきり言えば、住んでるのは別の場所だ。しかし、この家をきれいにする責任はあるってもんだ。自分の家っていうとどうしても気になるな。

（デイヴィスに近寄り、ナイフを指す）

それ、何のために振りまわしてるんだい？

デイヴィス　こっちへ来てみろ……

ミック　驚かせてすまなかったな。だけど、あんたのことも考えてたのさ。だって、兄貴のお客様だものな。具合よくしてもらわなくちゃいけない。ほこりだらけじゃ申し訳ない。ところで、いつ頃までここにいる気なんだい？　実をいうと、家賃を下げて、ほんの名目だけのものにしようかって言ってたんだ、あんたの身の振り方が決るまでね。ほんの名目だけのことにね。

（間）

しかしあんまり話のわからないことを言うんなら、何もかも考え直さなきゃな。

（間）

お前、おれに暴力をふるう気じゃないだろうな？　お前は手荒なほうじゃないよな？
デイヴィス　（激しく）おれは人のことはかまわねえんだ。けど誰かに勝手な真似をされちゃ黙っていられねえや。
ミック　それはそうだろう。
デイヴィス　そうとも。これで方々渡り歩いてるんだ、な。わかるか？　ときどきふざけるだけならかまわない、しかし本気で……何かされちゃ、黙ってはいないよ。
ミック　わかるね、言ってること。
デイヴィス　ここまでならかまわない……しかし……
ミック　それ以上はいけない。
デイヴィス　そうだよ。

（ミックは下手手前のがらくたの上に腰をおろす）

何してるんだい？
ミック　いや、ただ……今のを聞いて感心したのさ。
デイヴィス　へえ。
ミック　あんたの言いぐさには実に感心したよ。

（間）

そう、なかなかいい文句だ。

（間）

感心したよ、とにかく。
デイヴィス　あたしの言うことがわかるんだね、すると？
ミック　わかるね。あんたとおれは話が通じるらしいじゃないか。
デイヴィス　え？　そう……そりゃ……そりゃね……そうだろうと思うよ。あんたずっとあたしをからかってるがね。どういうわけだい。あたしが何か悪いことをしたのかい。
ミック　いや、なぜだかわかるかい？　ただ出だしが悪かった。それだけのことさ。
デイヴィス　そうだな。

（デイヴィスはミックと並んでがらくたに腰をおろす）

ミック　サンドイッチ、どうだい？
デイヴィス　何だって？
ミック　（ポケットからサンドイッチを一つ出して）一つつまめよ。
デイヴィス　変な真似するな。
ミック　いや、まだおれのことがわかってないんだな。おれはね、兄貴の友達っていうとほっておけないんだ。だってさ、あんた兄貴の友達だろう？
デイヴィス　さあそれは……そこまで言っていいかどうか。
ミック　すると兄貴は友達甲斐がないってのかい？

デイヴィス　いや、あたしたちはそれほどの友達じゃないってことさ。あたしは何も悪いことをされてはいない、しかしとりたてて友達らしくされたわけでもない。それで何のサンドイッチだい、それ？
ミック　チーズだ。
デイヴィス　それはいい。
ミック　一つ取れよ。
デイヴィス　どうも。
ミック　よくないな、兄貴は友達甲斐がないとすると。
デイヴィス　友達甲斐はあるんだよ、あたしは何も……
ミック　（ポケットから塩の瓶を出して）塩は？
デイヴィス　いやいいよ。（サンドイッチを噛む）ただね、あの男のことが……よくわからないんだ。
ミック　（ポケットを探って）胡椒を忘れた。
デイヴィス　どうもうまく人間がつかめないんだ。
ミック　ビートの根がどこかにあったがな。置き忘れたらしい。

（間。
デイヴィスはサンドイッチを噛む。ミックはそれを見ている。それから立ち上がり、舞台手前を歩きまわる）

その……実は……ものは相談だがね。あんたは世間を知ってるよね。ちょっと相談したいことがあるんだが。

デイヴィス　言ってみなよ。
ミック　こうなのさ、つまり……おれはちょっとばかり心配なんだ、兄貴のことが。
デイヴィス　兄貴のこと？
ミック　そうさ……困ったことっていうのは……
デイヴィス　何だい？
ミック　うん、少々言いにくいことでね……
デイヴィス　（立ち上がって舞台手前へ来て）いいからさ、言ってみな。

（ミックは彼を見る）

ミック　仕事が嫌いなんだ。

（間）

デイヴィス　まさか！
ミック　いや、どうにも仕事が嫌いなんだ、困ったことさ。
デイヴィス　本当かい？
ミック　こんなひどいこと肉親の兄について言えないよな。
デイヴィス　そうだ。
ミック　どうにも仕事を思い切ってやれないんだ。まったく駄目なんだ。
デイヴィス　わかる、わかる。

ミック　わかるかい、そういう人間？
デイヴィス　沢山知ってるよ。
ミック　おれはね、兄貴にちゃんと世間並みのことをさせたいのさ。
デイヴィス　もっともだよ、まったく。
ミック　人間誰しも兄貴がいたら、尻押ししたいと思う、ちゃんと暮らしてほしいと思う、そうだよな。ぶらぶらさせるわけには行かない、本人のためによくない。そうだろう。
デイヴィス　そうだ。
ミック　だのに本人は仕事に身を入れない。
デイヴィス　仕事が嫌いだ。
ミック　思い切ってやれない。
デイヴィス　よくわかるねえ。
ミック　そういう人間は知ってる？
デイヴィス　知ってるともさ。
ミック　そうだろう。
デイヴィス　知ってるねえ。何人も会ったことがある。
ミック　おれは心配でたまらない。こう言うおれは仕事をしてる、商売がある。自分のトラックがある。
デイヴィス　そうなのかい？
ミック　兄貴はおれのためにちょっとした仕事をしてくれるはずなんだ……そのためにここに住んでもらってるんだが……しかしどうなのか……どうやらよほど仕事がのろいようだよ。

（間）

どうしたらいいと思う？
デイヴィス　そうだね……あんたの兄さんてのは面白い人だねえ。
ミック　何だと？
デイヴィス　いやなに、あんたの……あんたの兄さんはちょっと面白いと言ったのさ。

（ミックは彼をにらみつける）

ミック　面白い？　なぜ？
デイヴィス　だって……面白いよ……
ミック　どこが面白いんだ？

（間）

デイヴィス　仕事が嫌いだから。
ミック　それのどこが面白いんだ？
デイヴィス　どこも別に。

（間）

ミック　それを面白いとは言わねえや。

デイヴィス　そうとも。
ミック　あんまり人のことをとやかく言うもんじゃねえや。
デイヴィス　いや何も、あたしゃ……あたしはただ……
ミック　つべこべ言うな。
デイヴィス　ちょっと、あたしはただ——
ミック　うるさい！（簡潔に）なあ！　お前に話があるんだ。おれはこの場所の責任を引きつごうかと思ってるんだ、いいか？　もう少し能率的にやれると思うんだ。それについてはいろんな考えがある、いろんな計画がある。（デイヴィスを見る）どうだい、ここにずっといて管理人をやらないか？
デイヴィス　何だって？
ミック　打ち明けて言うよ。あんたみたいな人がここにいて気を配っててくれると安心なのさ。
デイヴィス　そうだな……待ちなよ……あたしゃ……あたしゃこれまでに管理人なんてやったことがないから……
ミック　かまわないよ、そんなこと。ただあんたならやれそうに見えるってことだ。
デイヴィス　あたしはやれるよ。これでもね、やってみないかって話はこれまでに山ほどあったのさ、本当だよ。
ミック　そうだろう、さっきナイフを取り出したときに、この男は人に変な真似されて黙ってる人間じゃないって思ったのさ。
デイヴィス　黙ってなんかいるものかね。
ミック　あんた、軍隊にいたことがあるんだね？
デイヴィス　何にだって？
ミック　軍隊だよ。立ってるかっこうでわかるよ。
デイヴィス　ああ……そうなんだよ。一生の半分いたようなもんだ。外国だ……軍隊だよ……そうさ。
ミック　植民地だね？
デイヴィス　そこにいたよ。そこへ行った草分けだよ。
ミック　それそれ。あんたみたいな人を探してたんだ。
デイヴィス　何のために？
ミック　管理人に。
デイヴィス　そうだな……すると……その……ここの家主は誰なんだい、兄さんかい、あんたかい？
ミック　おれさ。おれだよ。ちゃんと証書もある。
デイヴィス　ほう……（心を決めて）いいよ、それじゃ、管理人やってもいいよ、ここの面倒見てもいいよ、あんたのためなら。
ミック　もちろん、金のことじゃちょっと話を決める必要がある、お互いに得なように。
デイヴィス　そのことなら任せるよ。
ミック　それはありがたい。一つだけ条件があるんだ。
デイヴィス　何だね？

ミック　何か身元の保証はあるかい？
デイヴィス　え？
ミック　おれの弁護士の得心がいけばいいんだ。
デイヴィス　身元保証ならいろいろあるよ。明日シッドカップまで行けば片づくんだ。身元保証が入用なら全部そこにある。
ミック　どこだって？
デイヴィス　シッドカップだ。身元保証だけじゃない、書類も全部そこにある。あそこのことなら隅々までよく知ってるよ。どうせ行くことになってるんだ、行かなきゃならないんだ、どうしても。
ミック　すると身元保証が入用ならいつでも間に合うってわけだ。
デイヴィス　いつでも取りに行くよ。今日も行くところだったのさ、ただ……ただ天気が変るのを待ってるんでね。
ミック　なるほど。
デイヴィス　ねえ。あんた、いい靴を一足見つけてくれないかしら？　いい靴がどうしてもいるんだよ。いい靴がなけりゃどこへも行けないだろう？　一足見つかることでもあると思うかい？

（照明消えて闇となる。

照明入る。朝。
アストンが長いズボン下の上にズボンをはいている。かすかに顔をしかめる。自分のベッドの頭のところを見まわし、手すりにかかっているタオルをとって振りまわす。それを置き、デイヴィスのところへ行って彼を起こす。デイヴィスは不意に起き上がる）

アストン　起こしてくれって言ったよ。
デイヴィス　何のために？
アストン　シッドカップへ行こうと思うって言ってたよ。
デイヴィス　そうだ、行ければ、そりゃいいことだ。
アストン　天気がどうもよくない。
デイヴィス　そうよ、それで万事休すじゃないか。
アストン　また……また昨夜もよく眠れなかった。
デイヴィス　おれもひどかった。

（間）

アストン　あんた、音を……
デイヴィス　まったくひどかった。夜中に少し雨が降ったんじゃないか？
アストン　ほんの少しね。

（彼は自分のベッドのところへ行き、小さな板を取り上げてサンドペーパーをかけ始める）

デイヴィス そうだと思った。頭の上に入って来やがった。

(間)

風がまともに頭に当たるんだ、どっちにしても。

(間)

あの袋のうしろの窓、閉めちゃいけないのかい?

アストン いいよ。

デイヴィス それじゃ、なぜ閉めないんだい、え? 雨がまともに頭に当たるじゃないか。

アストン 少しは空気を入れないと。

(デイヴィスはベッドから出る。ズボン、アンダーシャツ、チョッキをつけている)

デイヴィス (サンダルをはいて) ねえ。あたしゃこれまでずうっと外で暮らしてたから空気は存分に吸ってきたんだ。何もあんたに言われることはないよ。あたしが言ってるのは、眠ってる間にあの窓から空気が入りすぎるってことなんだ。

アストン あの窓開けとかないと、息が詰まるよ。

(アストンは舞台を横切って椅子のところへ行き、その上に板を置いてサンド・ペーパーをかけ続ける)

デイヴィス そう、しかしね、あんた、あたしの言うことがわかってないよ。あの雨が、まともに頭に当たる。あたしは眠れない。あたしゃ風邪で死ぬかもしれない、あんな風が入るんじゃね。わかるだろ。だから窓さえ閉めてくれれば、誰も風邪をひかずにすむ、それだけのことなんだ。

(間)

アストン あの窓開けとかないと、おれ、ここでは眠れないよ。

デイヴィス よかろう、しかしあたしはどうなるね? あたしの……あたしの立場はどうしてくれるんだい?

アストン なぜ向きを変えて眠らないんだ?

デイヴィス というと?

アストン 足を窓に向けて眠るのさ。

デイヴィス それが何になるんだね。

アストン 雨が頭に当たらないよ。

デイヴィス いやそりゃできない。そんなことはできない。

(間)

だってね、あたしゃこういうふうに寝つけてるんだ。あたしが譲ることはない、あの窓のせいなんだから。いいかい、今、雨が降ってるね。見なよ。降って来てるね。

（間）

アストン　ゴールドホーク・ロードへ行って来るよ。あそこの男と話をしたんだ。台つきの丸鋸を持ってた。なかなかいい品のようだった。あの男には、いらないと思うんだが。

（間）

出かけて来ようと思うよ。

デイヴィス　どうだい、あの雨。おかげでシッドカップへは行けないよ。ね、今、窓を閉めちゃどうかね？　雨がここへ入ってくるよ。

アストン　ひとまず閉めろよ。

（デイヴィスは窓を閉めて外を見る）

デイヴィス　あそこの防水布の下にあるの何だい？

アストン　材木だ。

デイヴィス　何にするんだ？

アストン　納屋を建てる。

（デイヴィスは自分のベッドに坐る）

デイヴィス　あの靴、見つかったかい、あんたが探してやると言ってたやつ？

アストン　あれか。いや。今日探してみるよ。

デイヴィス　この天気にこれじゃ出かけられないよね。出かけてお茶一杯飲めないよ。

アストン　通りのちょっと行ったところに喫茶店があるよ。

デイヴィス　そうだろうとも。

（アストンの台詞の間に、部屋は次第に暗くなる。台詞の終りごろには、アストンだけがはっきり見える。デイヴィスおよび他のさまざまのものは、影の中に入る。照明が暗くなるのは、できるだけ徐々に、長時間かかって、目立たぬように行われなければならない）

アストン　あそこへはよく行ったもんだ。そう、もう何年も前さ。しかし、よしたよ。前はあの店が気に入ってたんだ。ずいぶん時間をつぶしたもんだよ。その後だ、遠くへ行ったのは。すぐ後だ。きっとあの……店が関係があったんだな。あそこじゃみんな……ずっと年上だった。けど、話を聞いてくれた。だからわかって……くれてると思ったんだ。皆に話をしたんだよ。話しすぎた。あれがいけなかったんだな。工場でもそうだ。働いてるとき、休憩のとき、よく……話したんだ、いろんなことを。それに連中はみんな、話を……するといつも聞いてくれたよ。問題はなかったんだ。ただ、困ったのは、よく幻が見えて、いや、幻じゃない、それは……何かいろんなものが見えるって気がして……とてもはっきり……何もかも……とてもはっきりして……何もかも……何もかもとでも静かになって……何もかも静かで……こうして……何もかもが……静かで……それに……はっきり見えて……だけど違ってたのかもしれない。とにかく、誰かが何か言ったに違いないんだ。そのことは何も知らなかったけど。それで……何か出たらめな噂が広がったに違いない。それで、出たらめが広がったんだ。みんな、どうも変だなって気がし始めた。その喫茶店へ行くと。それから工場で。それがわからなかった。するとある日、病院へ連れて行かれた、ロンドンのすぐはずれの。そこへ……連れて行かれたんだ。行きたくはなかった。とにかく……出ようとしたんだ、何度も何度も。だけど……簡単じゃなかった。いろんなこと、聞かれたんだ。そこで。人を入れておいていろんなこと聞くんだ。だから言ってやったよ……みんなが知りたがると……自分が思ってることを。ふむ。するとある日……この男が……医者、だったのかな……主任の男が……ずいぶんその……偉そうな男で……本当は、よくはわからなかったけど。おれを呼んだんだ。それから言ったよ……おれに何とかがあるって。検査の結論が出たって。そう言ったんだ。それから山のような書類を見せて、言ったんだ。おれは何とかが悪いって。医者が言った……言ったのはただそれだけさ。あんたには……これがある。ここが悪いんだ。だから決めた、そう言ったよ、あんたのためになる方法は一つしかないんだ。そう言って……しかしどうも……よく覚えてないよ……どう言ったのか……言ったのは、あんたの脳に何とかをするって。それから……それをしないとあんたは一生ここにいることになる、しかしそれをやれば、助かるかもしれない。ここを出て、普通に暮らせるようになる、って。だから言ったんだ、私の脳をどうするつもりなんだ。だけどただ同じことしか言わないんだ。ふん、おれだって馬鹿じゃない。おれは未成年者だった。だから承諾がなくちゃ何もできないってことがわかってたんだ。母親の承諾がいるってことを知ってた。そこで母親に手紙を書いて、これからどんなことされるのか知らせたんだ。だのに母は書類に署名して、承知してしまったのさ。それは確かなんだ、そのことを言い出したら、署名を見せられたから。それで、その晩逃げようとした、その晩。五時間かかって、この病室の窓の鉄格子を一本、鋸で挽いたんだ。真っ暗な中で。そこじゃ半時間毎にベッドを懐中電灯で照らすことになってた。だから時間をちゃんと計ってね。それでほとんど終わったときに、誰かが……この男が発作を起こした、隣のベッドで。それで捕まったよ、どっちにしろ。一週間ほどしてから、みんながやって来て、この何とかを脳にやり始めた。この病室じゃ、みんなそれをやられることになってたんだ。それでやって来て一度に一人ずつやった。一晩に一人だ。おれは最後のほうに残った。だから他の連中がされることはよく見てた。この……何だか知らないけど……大きなペンチみたいだったな、針金がついて、針金が小さな機械についてるんだ、これをもってやって来た。電気の何かだな。やられる男をおさえつけて、それでこの主任が……主任の医者が、ペンチをはめるんだ、ちょっとイヤホーンみたいに、それを頭の両側にはめ込むんだ。機械をもってる男がいて、その男が……機械をもってる男がいて、その男がそれを動かすと、すると主任がこのペンチを頭の両側におしつけてそのままにしてるんだ。それからそれをはずす。やられた男は布をかぶせられて……ずっとあとまで誰もさわらないんだ。手向かったやつもいたけど、たいていはしなかった。ただじっと寝てたのさ。それで、おれの番になって、皆がやって来た晩、おれは立ち上がって壁にもたれてた。ベッドに寝るように言われたけど、そりゃ、ベッドに寝てなきゃいけなかったんだ、立ってるときにそれをやると背骨を痛めるかもしれないから。だからそのまま立ってると、一人か二人、向かって来て、ところがその時分は若かったし、今よりずっと強かった、ずいぶん強かったんだ、一人をのして、もう一人の首をしめると、すると不意に、この主任がペンチをおれの頭にとりつけたけど、人が立ってるときに、そんなことしちゃいけないってことは知ってたんだ、だからきっとおれは……とにかく、それをされた。それで外へ出た。病院を出た……けど、どうもうまく歩けなかった。背骨が痛められたんじゃないよ。背骨はどうもなかった。ただどうも……ものを考えるのが……とても遅くなって……まるで何も考えられない……どうしても……考えが……まとまら……なくて……ああ……どうしても……うまく……まとまらないんだ。困ったのは、人の言ってることが聞こえないんだ。右も左も見られない、真直ぐ前を見てなきゃならない、だってもし頭をまわしたら……しゃんと……立ってられないから。それに、この頭痛だ。おれはよく自分の部屋に坐ってたよ。母と一緒のころだ。それから弟。おれより年下だ。それで自分の部屋のいろんなものを、自分のものをきちんと整理した、だけど死なかったよ。はっきりしてるのは、死んだらよかったということだ。死んだほうがよかった。とにかく、今はもうずっといいよ。だけど人に話しかけたりはしない。あの喫茶店などとはさっぱり縁を切ったんだ。もうああいうところへは行かない。誰にも話しかけたりしないよ……昔みたいに。ときどき思うんだ、戻って行っておれにあれをやったやつを見つけ出そうかって。だけどその前にやりたいことがある。庭にあの納屋を建てようと思うんだ。

――幕――

第三幕

（二週間後。
ミックが上手手前の床に横になり、巻いたじゅうたんに頭をのせて、天井を見上げている。
デイヴィスはパイプをもって椅子に坐っている。彼はスモーキング・ジャケットを着ている。午後。
沈黙）

デイヴィス　どうもあいつ、あの割れ目をどうかしたらしいな。

（間）

ねえ、先週はあんなに雨が降ってた、だのに、バケツにしずくが落ちてなかったじゃないか。

（間）

きっとあそこを塗ったんだな。

（間）

誰だったか、この間の晩、屋根の上を歩いてたよ。きっとあいつだな。

（間）

だけどどうも屋根の上を塗ったみたいだな。あたしにはそのことを少しも言わないけど。あたしには一言もしゃべらない。

（間）

人がものを言っても返事もしない。

（彼はマッチをすり、パイプに点火してから吹き消す）

ナイフもよこしてくれない！

（間）

パンを切るのにナイフもよこさない。

（間）

ナイフがないのにどうやってパンが切れるかってことだ。

（間）

こいつは無理だ。

（間）

ミック　ナイフならあるじゃないか。

デイヴィス　え？

ミック　ナイフならあるじゃないか。

デイヴィス　ナイフならある、そう、確かにナイフならある、だけどあれでちゃんとしたパンの塊を切るわけにはいかないやね。こいつはパン切りナイフじゃない。パンを切るなんてこととは関係がない。どこかで拾ったんだ、これは。いったいどこから出て来たのか、わかったもんじゃない。いいかい、あたしが要るのは——

ミック　わかってるよ、あんたが要るのは。

（間。デイヴィスは立ち上がって、ガスこんろのところへ行く）

デイヴィス　たとえばこのガスこんろだ。ガス管がつながってないって言うけど、どうしてわかるんだ、そんなことが？　あたしゃこの部屋で、こいつのすぐそばで寝てる、そして夜中に目をさます、すると目の前に天火がある！　いいかい、こいつが鼻の先にあるんだ、ねえ、あたしがベッドに寝てる間にこいつが爆発するかもしれない、あたしゃひどい目にあうかもしれない！

（間）

だのにあいつときたら、あたしが、何を言っても聞いちゃくれない。この間も言ったんだ、ね、あの黒ん坊のことでね、黒ん坊が隣からやって来て便所を使ってる。だから言ったんだ、何もかも汚くてしようがない、手すりがすっかり汚れてる、真っ黒だ、便所中が真っ黒だ。だのに、あいつがどうしたと思う？　ここの責任を持ってるはずだのに、何も言わない、一言も言わないんだ。

（間）

二週間ほど前だ……あいつはそこに坐って長い話をした……二週間ほど前さ。長い話でね。それからあと、ほとんど一言も口を利かない。長い話をしておいて……いったいどういうのかな……こっちを見てもいなかった、こっちに向かって話すというんじゃない、どうでもいいんだ、あたしのことなど。ただ独りごとを言ってた！　そうだ、自分のことしか頭にないんだ。いいかい、あんたならあたしのところへ来て、考えを聞く、あいつはそんなことはやってもみない。つまりさ、お互いに話をするってことがないんだ。ねえ、同じ部屋で暮らしてるのに、お互いに話もしないなんて……無茶だよ、こりゃ。

（間）

とにかくわからないんだ、あの男のことが。

（間）

あんたとあたしで、ここをうまくやっていけるよ。

ミック　（思いにふけるように）そうだな、そのとおりだ。なあ、ここをこんなふうに変えてみようと思うんだ。

（間）

ここはペントハウスになるよな。たとえば……この部屋だ。この部屋は台所になる。大きさは手頃、窓はよし、採光は充分だ。床のタイルは……そうだな、濃青に銅色に羊皮紙まがいのリノリウムだ。こういう色を今度は壁で繰り返す。台所の調度はチャーコールグレイの板張りで引き立てよう。皿小鉢を入れる戸棚の置場所ならたっぷりある。小さな戸棚、大きな戸棚、回転棚つきの隅の戸棚。これだけ戸棚があれば不足はない。食堂は踊り場の向こうにすればいいだろう？　なあ。ブラインドを窓につけ、コルクの床、コルクのタイル。灰白色のけばつきリンネルのじゅうたんなんてのもいい、テーブルは……そう、アフロモシアのチーク材のベニヤ張り、食器棚はつや消しの黒のひきだしつき、クッションのある安楽椅子、オートミール・ツイードの肱掛椅子、ぶな枠に海草模様の布を張った長椅子、まわりは白タイル、上は白で耐熱性の珈琲テーブル。そうそれでよし。さてそれから寝室だ。寝室とは何だ。ひそかなる場所だ。休息と平安の場所だ。するとおとなしい装飾でなくちゃならない。照明は機能的にやる。家具は……マホガニーに紫檀だ。濃い空色のじゅうたん、つや消しの青と白のカーテン、白地に小さな青い薔薇を散らしたベッドカヴァー、蓋を持ち上げるとプラスティックの仕切り箱が入ってる化粧台、白いラフィアのテーブルランプ……（ミックは身を起こす）こりゃあアパートなんてもんじゃない、宮殿だ。

デイヴィス　まったくだ。

ミック　宮殿だ。

デイヴィス　誰がそこに住むんだい？

ミック　おれだ。兄貴とおれだ。

（間）

デイヴィス　あたしはどうなるんだい？

ミック　（静かに）見ろよこのがらくたを、しようがないやこれは。要するに屑鉄の山だ。がらくただ。こんなものをどう並べたってまともな家になんかなりっこない。がらくたはがらくただ。だからといって売るわけにもいかない、二ペンスにもならないだろうな。がらくただ。

（間）

（間）

だがどうも兄貴はおれの考えてることなんかどうでもいいらしい、だから困るんだ。お前さん、ちょっと聞き出してみちゃくれないかね、いったいどんな気でいるのか。

デイヴィス　あたしが？

ミック　そうさ。兄貴の友達だろ。

デイヴィス　あの男はあたしの友達じゃない。

ミック　あんたは兄貴と同じ部屋で暮らしてる、そうじゃないか？

デイヴィス　あの男はあたしの友達じゃない。一緒にいても、さっぱり話がわからない。つまりさ、あんたみたいな男とつき合ってると話の筋道ってものがわかるよな。

（ミックは彼を見る）

いやそりゃ、あんたにはあんたのやり方がある、何もあんたなりのやり方がないなんてんじゃない、わかり切ったことだ。ただ、あんたに少々おかしなところがあるとしてもだ、そんなことは人間誰にだってある、ところがあいつは違うね。つまりさ、とにかくあんたって人は、要するにあんたはその……

ミック 歯に衣を着せない。

デイヴィス それそれ、歯に衣を着せないんだ。

ミック そう。

デイヴィス だがね、あの男ときた日には、何を考えてるのかさっぱりわからない！

ミック ふん。

デイヴィス 人情がないんだ！

（間）

ねえ、あたしは時計がほしいんだ！ 時間を知るのに時計がほしいんだ！ 時計がなくてどうして時間がわかる？ わからないね、これは！ だから言ったのさ、ねえ、時計を一ちょうもって来ようじゃないか、でないと時間がわからないから。だってさ、時間がわからなけりゃ、何がどうなってるのか知りようがない、わかるだろ、あたしの言ってること？ 今のままだとね、外を歩いてるときに一つ時計に目をつける、そしてここへ入って来るときのために頭の中で時間を計る。ところが駄目なんだ。ここへ戻って来てものの五分もたたないうちに、時間なんか忘れてしまうんだ。何時だったか忘れてしまうんだよ！

（デイヴィスは部屋の中を行ったり来たりする）

これはこうも言えるよ。たとえばあたしが気分が悪くなってちょいと横になって、さてそれから目をさますと、何時だかわからない、お茶を飲みに行ったものか行かないものかわからない！ ね、ここへ戻って来るときにはまだいいんだ。角の時計を見ておくから、ここへ足を踏み入れたときには時間はちゃんとわかってる、だがね、いったん入ってしまうとだ！ いいかい、いったん入ってしまうと……昼だか夜だかてんでわからない！

（間）

だからさ、どうしても時計がいるんだ、ここに、この部屋にね、そうなりゃ、ちっとは何とかなろうってもんだ。だが、あいつは時計なんてよこさない。

（デイヴィスは椅子に腰をおろす）

あいつはあたしを起こすんだ！ 真夜中にあたしを起こすんだ！ あたしが音を立ててるんだって！ よほど、そのうちに一度思い切り言ってやろうかと思うんだ。

ミック あんたを眠らせないって？

デイヴィス 眠らせるどころか！ 夜中に起こすんだ！

ミック そいつはひどいや。

デイヴィス これでいろんなところに泊ったことがあるがね。どこでも安眠させてくれるよ。世界中どこへ行っても。ところが、ここじゃね。

ミック　眠りは肝腎だ。おれはいつもそう言うのさ。

デイヴィス　そうとも、肝腎だよ。あたしが朝目をさますとね、ぐったりしてるんだ！　これでも仕事がある。足を動かしてあちこち行って、片づける用事がある、身の振り方を決める必要がある。ところが朝目をさますと、元気が抜け切ってる。しかもその上、時計がないとくる。

ミック　そうだ。

デイヴィス　（立ち上がって動きながら）あいつは出て行くんだがね、行先がわからない、どこへ行くのか言ってくれたためしがない。前は少しは話をすることもあったけど、もう駄目だね。顔も見ないよ第一、あいつが出て行って夜遅く帰って来る、と思うとこちらは真夜中にゆり起こされてるってわけだ。

（間）

ねえ！　あたしが朝目をさますね……朝目をさますと、あいつがあたしを見てにやにや笑ってるんだ！　そこに立って、こっちを見て、にやにや笑ってる！　わかるんだよ、それが、毛布を透してわかるんだ。あいつが服を着る、こっちを向く、あたしのベッドを見る、すると顔がにやにや笑ってるんだ！　何をいったい笑うことがあるんだい？　向こうは知るまいがね、こっちはあの毛布を透して見てるんだ。ただ向こうはご存じない！　ご存じなくても見えるものは見えるんだ、こっちが眠ってるという気だろうけどさ、目をあけて毛布を透してずっと見てるんだよ。ただ向こうにはわからない！　あたしを見てにやにやするけど、こっちが百も承知だってことには気づいてないのさ！

（間）

（身をかがめてミックに近づいて）いいかい、あんたは、あんたはあの男に話をした方がいいよ、ね。そのことじゃ……そのことじゃ手を打っといたよ。あんた、言ってやった方がいいよ……あんたとあたしでここを切りまわして行くつもりだって、ここをうまく手入れして、かっこうをつけるんだって。ねえ、あたしが手入れをやってあげてもいいね、あたしが手を貸してね、やるのさ……あんたとあたしで。

（間）

あんたそれで今はどこに住んでるんだい？

ミック　おれ？　ああ、ちょっとした場所があるのさ。悪くないんだ。万端整ってて。いつか一杯やりに来いよ。チャイコフスキーを聞いたりさ。

デイヴィス　ねえあんた、あんたからあの男に話をした方がいいよ。だってあんたは実の弟だもの。

（間）

ミック　そう……そうしてもいい。

（どこかのドアがばたんと鳴る。ミックは立ち上がり、ドアの方へ行って退場する）

デイヴィス　どこへ行くんだい？　あいつだよ！

（沈黙。デイヴィスは立っている。それから、窓際へ行って外を見る。アストン登場。紙の袋を持っている。彼はオーヴァーを脱ぎ、袋を開いて靴を一足取り出す）

アストン　靴だ。

デイヴィス　（振り向いて）何だって？

アストン　見つけたよ。はいてみたら。

デイヴィス　靴だって？　どんなのさ？

アストン　うまく合うかもしれない。

（デイヴィスは舞台手前へ来て、サンダルを脱ぎ、靴をはいてみる。足を振りながら歩きまわり、かがんで革をおしてみる）

デイヴィス　いや、駄目だよ。

アストン　そうかい？

デイヴィス　ああ、合わないね。

アストン　ふむ。

（間）

デイヴィス　いや、でもないかな、これでもいいよ……別のが見つかるまでは。

（間）

靴紐はどうした？

アストン　紐はない。

デイヴィス　紐がなくちゃはけないじゃないか。

アストン　靴だけ手に入ったんだ。

デイヴィス　ふうん、ねえ、それじゃ身も蓋もないじゃないか。いいかい、紐がなくっていったいどうやってちゃんと靴をはいてられるんだい。紐がないのに、靴をちゃんとはいてようと思えばだね、足をしゃちこばらせてるほかないじゃないか。足をしゃちこばらせて歩きまわるんだ。さあ、こいつは足によくないやね。足に妙な負担がかかるよね。もしもちゃんと紐を結んでおけば、そういう負担がかからずにすむってもんだ。

（アストンは彼のベッドの頭の方へ行く）

アストン　どこかに紐があったかもしれない。

デイヴィス　あんた、あたしの言ってることわかってるのかい？

（間）

アストン　あったよ、紐。（それをデイヴィスに渡す）

デイヴィス　茶色じゃないか。

アストン　それしかないんだ。

デイヴィス　この靴は黒だよ。

（アストンは答えない）

ふん、まあいいやこれでも、別のが見つかるまでは。

（デイヴィスは椅子に坐って靴に紐を通し始める）

これで明日にはシッドカップへ行けるんじゃないかな。あそこまで行けば身の振り方も決るのさ。

（間）

うまい仕事の話があるんだ。ある男が言ってくれてるんだがね、こいつが……こいつがいろいろ頭の働くやつでね。前途有望ってやつだ。ただ、あたしの書類がいるんだね、身元証明だとか。だからまずシッドカップへ行かなくちゃならないんだ。一切そこに置いてあるから。ところが、そこへどうやって行くか、これで困るんだ。この天気じゃどうにもならないものな。

（アストンは気づかれずに静かに出て行く）

この靴でいったい行けるかな。何しろひどい道でね、前に通ったことがあるけど。いやつまり、向こうからこっちへ来たのさ。この前にあそこを出たときさ……そうこの前……ちょっと前だな……道は悪い、雨は降る、よくまあ途中でくたばらなかったもんだ、でもここへたどり着いてさ、こうして何とか……そう……何とかやってるよな。だがそれにしてもこのままじゃやっていけないよ、だからさ、あそこへ帰って、この男を探して——

（彼は振り向いて部屋を見まわす）

何でえ！　あん畜生、聞いてもいやがらねえ！

（闇。
窓から淡い光。
夜である。アストンとデイヴィスは、ベッドに入っている。デイヴィスはうなっている。アストンは身を起こし、ベッドから出て、灯をつけ、デイヴィスの方へ行って彼をゆり起こす）

アストン　おい、やめてくれよ。眠れないよ。
デイヴィス　何だ何だ？　どうしたんだ？
アストン　あんた音を立ててる。
デイヴィス　あたしゃ年寄りだ、どうしろってんだい、息をしてもいけないのか？
アストン　あんた音を立ててる。
デイヴィス　どうしろってんだ、息もしちゃいけないのか？

（アストンは自分のベッドに戻り、ズボンをはく）

アストン　ちょっと空気を入れよう。
デイヴィス　本当にどうしろってんだ？　なあ、あんたがどこやらへぶちこまれたのも無理ないよ。夜中に年寄りを起こしたりしてさ、頭がどうかしてるよ！　あたしが妙な夢を見るようにしてさ、本当に誰のせいだよ、あたしが妙な夢を見るのは？　あんたに年がら年中こづきまわされたりしなけりゃ、誰が音なんか立てるもんか！　こうしていつもいつもつつかれて、ぐっすり眠れると思うのかい？　いったいどうしろってんだ、息もするなってのか？

（彼はベッドの覆いをはねのけ、ベッドから出る。アンダーシャツ、チョッキ、ズボンをつけている）

見ろよ、あんまりこごえるようだから、寝る時にもズボンをはいてなきゃならないじゃないか。これまで一度もないんだ、こんなことは。だのにここじゃこうしかしようがない。お前さんがヒーター一つ入れないばっかりにね！　もういい加減しびれが切れたよ、年中こづきまわされてさ。これでもあんたよりはいい暮らしをしたことがあるんだぜ。とにかく誰かさんみたいにどこやらにほうりこまれたことはないんだからね。あたしゃ正気の人間だ！　だからあたしをこづきまわすのはやめてもらおうじゃないか。あんたがおとなしくしてりゃ何も言うことはないんだ。おとなしくしてろってことだよ。こんなことを言うのはね、あんたの弟がちゃんと目をつけてるからさ。あの男はね、何もかも知ってるんだよ、あんたのことは。あの男は話がわかるよな。あたしとはすっかりうまが合うんだ。何だい、人をごみ扱いしやがって！　だいたいどうしてこんな所へ連れ込んだのさ、こんな扱いする気なら！　あんた、あたしより偉い気でいるんならね、まあ一度考え直したほうがいいよ。あたしゃわかるんだ。一度どこやらへ入れられたことがあるんなら、またってことがあるよ。あんたの弟が目をつけてるからね！　もう一度頭にペンチをとりつけられる羽目になるんだぜ！　そうさ、もう一度ね！　いつだって。一言声をかけりゃそれでいいんだ。あんたはたちまち連れて行かれる。みんながここへ来てあんたをつかまえて連れて行く！　そうなりゃおしまいだよ！　頭にペンチをはめられてさ、じたばたしてもしょうがないんだ！　あたしがこんながらくたの中で寝てるのを一目見れば、誰にだってあんたがいかれてることはわかるよ。本当に何だってあんな馬鹿なことをしたんだろう、お前さんをあそこから出すなんて。お前さんが何を考えてるのかわかったためしがあるかい、ここから出て行く、帰って来る、どういうつもりかまるでわからないじゃないか！　いいね、あたしゃいつまでも勝手な真似をされて黙っちゃいないよ。人を下男だとでも思ってるのかい？　ふん！　頭を冷やせってんだ！　あたしがおめおめと、階段を上ったりおりたり、はいずりまわって掃除をして、それでこの汚い穴蔵に毎晩寝させてもらって、ありがたがるとでも思うのかい？　冗談じゃないぜ。誰が貴様なんかのために。自分が何をやってるかろくにわかってもいないやつのために。貴様はいかれてるんだよ！　左巻きだよ！　見ればわかるさ。いったいこれまであたしに小銭でも恵んでくれたことがあるかい？　何だい、人をけだものみたいに扱いやがって！　あたしゃこれでも気違い病院に入ったことはないんだよ！

（アストンは彼に向かって少し動く。デイヴィスは後ろのポケットからナイフを取り出す）

大きな顔するんじゃねえや。これが見えないのかい。飾りじゃないよ、これは。おとなしくしてろったら。

（間。二人は見つめあう）

気をつけろよ。

（間）

勝手な真似するなよ。

（間）

アストン　どうも……どうもあんた、そろそろどこか他へ移ったほうがいいな。お互いにうまくいかないよ。

デイヴィス　他へ移るだって？

アストン　ああ。

デイヴィス　あたしが？　あんたがあたしにそんなことを？　いやだよ！　移るのはあんただ！

アストン　何だって？

デイヴィス　あんただよ！　あんたが他へ移りゃいいんだ！

アストン　おれ、ここに住んでるんだ。あんたは違う。

デイヴィス　違うだと？　ふん、あたしはここに住んでるよ。ここで仕事の口がかかってるんだ。

アストン　そう……だけどあんたどうも向いてないよ。

デイヴィス　向いてないって？　それなら申しますがね、あたしが向いてると思う人もいらっしゃるんだ。いいかい。あたしゃここにずっといて管理人をやるんだ！　いいね！　あんたの弟が言ったんだ、あたしにここで仕事をしろってね。あたしにだよ！　わかったろ。あたしゃあの人の管理人になるのさ。

アストン　弟の？

デイヴィス　あの人はずっとここにいて、ここをうまくやっていくのさ、あたしは一緒にいるんだ。

アストン　ねえ。今あんたに……五、六シリングあげたら、シッドカップまで行けるよ。

デイヴィス　そんなこと言うひまに納屋でも建てろよ！　五、六シリングか！　ここでまともに給料をもらおうって男にね！　まず納屋を建てろ、あの糞納屋を！　わかったか！

（アストンは彼を見つめる）

アストン　あの納屋は糞納屋じゃない。

（沈黙。
アストンは彼に近づく）

あれはきれいだ。いい材木だけを使うんだ。ちゃんと建てるよ。心配しなくても。

デイヴィス　あんまりこっちへ来るな！

アストン　何もあの納屋を糞納屋なんて言わなくてもいいじゃないか。

（デイヴィスはナイフをつきつける）

お前だ、糞ったれは。

デイヴィス　何だと！

アストン　糞ったれだ、お前は、この部屋の穢れだ。

デイヴィス　この野郎、よくもそんなことを！

アストン　もとから、ずっとだ。だからおれ、眠れないんだ。

デイヴィス　よくも言ったな！　おれが糞ったれだと！

アストン　もう行ったほうがいいよ。

デイヴィス　糞ったれ、失せやがれ！

（彼は腕を突き出す。腕はふるえ、ナイフはアストンの胃を狙っている。アストンは動かない。沈黙。デイヴィスの腕はそれ以上動かない。二人は立っている）

失せやがれ……

（間）

アストン　荷物をまとめろよ。

（デイヴィスは、はげしく呼吸しながら、ナイフを胸にし

まう。アストンはデイヴィスのベッドのところへ行き、彼の鞄を取り上げてデイヴィスの持物をいくつかその中に入れる）

デイヴィス　あんた何も……何もそんなことしなくても……ほっとけよ、人のもの！

（デイヴィスは鞄を取り、中身をおしつける）

いいよ……あたしはここで仕事があるんだから……今に見ろ……（彼はスモーキング・ジャケットを着る）……今に見ろ……弟に……片をつけられちまうよ……よくもあんなこと言いやがって……よくも……あんなこと言われたのははじめてだ……（オーヴァーを着る）後悔するよ、人にあんなこと言って……これですむと思ったら間違いだよ……（彼は鞄を取り上げてドアの方へ行く）今に後悔するよ、あんなこと言って……

（彼はドアを開く。アストンは彼を見ている）

これでわかったよ、誰が本当に頼りになるか。

（デイヴィスは出て行く。アストンは立っている。

闇。

照明入る。夕方。

階段に人の声がする。

ミックとデイヴィスが登場する）

デイヴィス　糞ったれだって！　よくもまあ！　あたしがだよ！　どうだいこりゃ？　糞ったれ！　ねえ。何てことだい、言うにことかいて！

ミック　ちっ、ちっ、ちっ、ちっ。（舌を鳴らす）

デイヴィス　よくもあんなこと言えたもんだ。

ミック　あんたは糞ったれじゃない。

デイヴィス　そうとも！

ミック　もしそうならおれが真っ先にそう言ってる。

デイヴィス　だから、あいつに言ってやったのさ、あの人が……そう、あんたの弟がこれではすまさないってね！弟のことを忘れるなって言ってやったよ。そう、あんたが来て片をつけるだろうって言ってやったよ。そう、あんたが来て片をつけるだろうって言ってやったよ。あんなことしてどういう羽目になるかわかっちゃいないんだ。あたしにあんなことして。あたしゃ言ったんだ、今にあの人が来る、あんたの弟が来る、あの人なら気も確かだ、あんたとは違う——

ミック　そりゃどういうことだい？

デイヴィス　え？

ミック　すると何かい、おれの兄貴は気が確かじゃないのか？

デイヴィス　ええ？　いや何ね、あんたはここを切りまわして行くのに考えをもってるってことさ、ほらあの……あの飾りつけだとかさ。つまり、あの男があたしにかれこれ命令するいわれはない。あたしゃあんたの命令を聞いて、あんたのために管理人をやる、つまりさ、あんたはあたしを見てさ……ごみ扱いはしないよね……あんたとあたしで……二人してあいつの片をつけられるよね。

（間）

ミック　で兄貴何と言った、おれがあんたに管理人の話をもちかけてるって聞いて？

デイヴィス　あいつは……そう……あいつ何とか言ったな……ここに住んでるとか。

ミック　そう、そいつは筋が通ってるじゃないか。

デイヴィス　筋だって！　ここはあんたの家じゃないか。あんたがあの男に住ませてるんじゃないか！

ミック　出て行けとは言えるがね。

デイヴィス　そのことさ、あたしが言うのは。

ミック　そう。出て行けとは言えるよ。おれが家主だものな。それはそれとして、兄貴が現在の入居者だ。すると予告するとかさ、つまり決った手続きがあるよな。問題はこの部屋をどう判断するかだ。この部屋を家具つきと見るか家具なしと見るか、そこだよ。わかるかい？

デイヴィス　いや、わからんね。

ミック　なあ、この家具だよ、ここの、これはみな兄貴のものだ、もちろんベッドは別だけど。だからつまり、これは微妙な法律問題ってわけだ。

（間）

デイヴィス　あいつはもといたところへ戻ればいいんだ！

ミック　（向きを変えて彼を見て）もといたところ？

デイヴィス　ああ。

ミック　どこだい、それは？

デイヴィス　そりゃ……その……つまり……

ミック　お前、ときどき口が過ぎやしないか？

（間）

（立ち上がって、簡潔に）まあいいや、とにかくこの際、ここを模様がえしてみてもいい……

デイヴィス　そうこなくちゃ！

ミック　そう、模様がえ、悪くない。

（彼は向きを変えてデイヴィスと向かい合う）

しかし、お前には言うだけのことを実行してもらわなくちゃ。

デイヴィス　どういうことだい？

ミック　なに、お前、室内装飾家だって言ったな、腕がよくなきゃいけないってことだ。

デイヴィス　何家だって？

ミック　何家だってとは、何だいそりゃ？　装飾家。室内装飾家だ。

デイヴィス　あたしが？　どういうことだい？　そんなものやったことないよ。なったことないよ。

ミック　何したことないって？

デイヴィス　いや、あたしゃ駄目だよ。あたしゃ室内装飾家じゃない。あたしゃこれまで忙しすぎてね。他にすることがありすぎた。しかしまあ……まあたいていのことはこなせるんだよ、あたしは……だからちょっと……ちょっと時間をくれれば、コツをおぼえるさ。

ミック　コツをおぼえろなどと誰が言った。おれが入用なのはな、一流の、熟練した室内装飾家だ。お前がそうだと思ったんだ。

デイヴィス　あたしが？　おいおい――ちょっと待ってくれよ――何か勘違いをしてやしないかね。

ミック　おれが勘違いなどするものか。この話はお前にしかしてないんだ。お前だけだぜ、おれの夢、おれの心からなる望みを聞かせてやったのは、お前だけなんだ、それもいったいなぜだと思う、お前が熟練した、一流の、プロの、室内室外装飾家だと思えばこそだ。

デイヴィス　おい、まあ聞けよ――

ミック　するとお前は、濃青に銅色に羊皮紙まがいのリノリウム・タイルをはめる、こいつができないっていうのか、そういう色を壁で繰り返す、これができないっていうのか？

デイヴィス　おい待ってくれ、いったい何を――

ミック　アフロモシアのチーク材のベニヤ張りのテーブル、オートミール・ツイードの肱掛椅子、ぶな枠に海草模様の布を張った長椅子、こういうものの飾りつけができないっていうのか？

デイヴィス　そんなこと何も言ってやしない！

ミック　畜生め！　おれは間違ってたらしい！

デイヴィス　そんなこと言ってやしないったら！

ミック　貴様、とんだインチキ野郎じゃないか！

デイヴィス　ねえ、何もあたしにそんなこと言うことはないだろ。あんたはあたしを管理人に雇ったんだ。あたしの仕事はちょっと手を貸すだけさ、それも……それも安い給料でね、あたしゃ何も言ってないのに……あんたときたら、人にさんざん変なこと言って――

ミック　お前、名は何だ？

デイヴィス　もういいから――

ミック　よくはない、本名は何だ？

デイヴィス　本名はデイヴィスだ。

ミック　通称は何だい？

デイヴィス　ジェンキンズだよ！

ミック　名前が二つか。一事が万事だな、え？　さあそれで、いったいなぜ、お前は室内装飾家だとか何だとか嘘八百を並べたんだい？

デイヴィス　あたしゃ何も言ってやしないよ！　ちっとは人の言うことを聞かないのかい？

（間）

あいつだよ、言ったのは。あんたの兄貴が言ったに決ってるよ。キ印だからね！　いやがらせにどんなこと言うかしれたもんじゃない、キ印だもの、頭にきてるもの、あいつだよ、言ったのは。

（ミックはゆっくり彼に歩み寄る）

ミック　お前、兄貴のことを何て言った？

デイヴィス　いつ？

ミック　兄貴がどうだって？

デイヴィス　そりゃ……おい待ってくれよ……

ミック　キ印だと？　誰がキ印だ？

（間）

兄貴がキ印だって言ったのか？　おれの兄貴が。そいつは少々……そいつは少々、見当違いなことじゃないか？

デイヴィス　だけどあいつは自分でそう言ってるんだ！

（ミックはデイヴィスを見つめながら彼の身体のまわりをゆっくりと一度歩く。彼はデイヴィスのまわりをまた一周する）

ミック　何て妙なやつなんだ、お前は。そうじゃないか。まったく妙だ。お前がこの家へ来てから、起こったのはもめごとだけだ。本当に。お前のしゃべることは何一つ額面どおりに受け取れない。一つ一つがどうにでも解釈できる。お前の言うことは大方は嘘だ。お前は乱暴で、あやふやで、皆目見当がつかない。つまるところ、野獣同然じゃないか。野蛮人だ。なおその上に言ってしまえば、お前は糞ったれだ、ケツの穴から飯食う穴までにおいっ放しだ。見ろ。貴様はここへ来て室内装飾家でございますと言う、おれが貴様を採用する、でどうなった？　貴様はシッドカップにある身元証明がどうとかで長々とごたくを並べる、でどうなった？　シッドカップへそいつを取りに行く気配はいっこうにないじゃないか。こんなこと言いたくはないけど、どうやら管理人の仕事はもうこれきりにしてもらうことになりそうだな。この半クラウン、取っときな。

（彼はポケットの中を探り、半クラウン硬貨を取り出してデイヴィスの足元に投げやる。デイヴィスは、じっと立っ

ている。ミックはガスこんろのところへ歩いて行き、仏像を取り上げる)

デイヴィス　(ゆっくりと) いいよ、それじゃ……それでいいよ……それでいいよ……もしあんたがその気なら……

ミック　おれはその気だ！

(彼は仏像をガスこんろにたたきつける。仏像はこわれる)

(はげしく) みんな思うんだろう、おれはこの家のことだけ考えてりゃいいって。おれは他にも山ほど考えることがある。他にいくらも。他にもしたいことがあるんだ。自分の事業をやっていかなくちゃならないじゃないか。それに拡張を考えなきゃな……いろんな方面に。じっとしちゃいられない。いつも動きまわってる。動きまわってるんだ……いつも。おれは先のことを考えなきゃいけない。この家のことなんかかまってられない。どうでもいいんだ。兄貴が考えりゃいいんだ。兄貴が手を入れて飾りつけて好きなようにすればいい。おれはどうだっていいんだ。おれは兄貴に親切を施すつもりでここに住ませた。兄貴には兄貴の考えがある。結構じゃないか、それで。これ以上、おれの知ったことか。

(間)

デイヴィス　あたしはどうなるんだ？

(沈黙。ミックは彼を見ない。
どこかのドアがばたんと鳴る。
沈黙。二人は動かない。
アストンが入って来る。彼はドアを閉め、部屋に入って来てミックと向き合う。二人は見つめ合う。どちらもかすかに微笑んでいる)

ミック　(アストンに向かって話し始めて) なあ……その……

(彼はやめて、ドアの方へ行って退場する。アストンはドアを開いたままにしておき、デイヴィスのうしろを通り、こわれた仏像に気づいて、破片をしばらく見る。それから彼は自分のベッドのところへ行き、オーヴァーを脱ぎ、腰をおろし、ねじまわしとプラグを取り、プラグをつつく)

デイヴィス　パイプを取りに戻って来たのさ。

アストン　そうかい。

デイヴィス　出て行ってね……途中まで行って……不意にほら……気がついたら……パイプがないのさ。だから取りに来たんだ……

（間。彼はアストンに近づく）

そいつはこの前のと同じプラグなのかい、ほら……？

（間）

まだ要領を得ないのかね？

（間）

そうだね、まあ……気長にやってれば、きっとそのうち……

（間）

ねえ……

（間）

あんた本気じゃなかったんだろ？　あたしが糞ったれだとか何だとか？

（間）

ええ？　あんたって、友達甲斐があったよな。ここへ入れてくれて。ここへ入れて、何も聞かずにさ、寝かせてくれて、いいとこあったよ。それでね。あたしゃ考えたんだけど、どうもあたしがあの音を立ててたってのは、あれは風のせいじゃないかな、風が眠ってる間じゅう吹きつける、だから音が出るんだ、あたしが知らないのに、だからさ、どうかな、その、あんたのベッドにあたしが寝て、あたしのベッドにあんたが寝る、同じようなもんだろ、どのベッドだって、よく似てるよ、もしあたしがあんたのベッドに寝れば、あんたはどうせどこのベッドだって眠れるんだから、あんたはあたしのベッドに寝る、あたしがあんたのベッドに寝る、それで文句なしだ、あたしゃ風の当たらないところに寝られる、だってさ、あんたは少々の風ぐらいいいだろ、あんたは空気が要る、そのくらいわかるよ、あんな所にあんなときにいたんだもの、医者がいてあんなことやってさ、閉じ込められてさ、ああいうところ知ってるんだあたしは、暑すぎる、そうだろ、いつも暑すぎるもんだ、一度あたしものぞいてみたけどね、まるで息がつまりそうだったよ、だから結局これがいちばんだと思うんだ、ベッドの交換だ、そうなったら前言ってた話にかかれるよね、あたしがあんたのためにここの面倒を見る、気を配るんだあんたのために、そうさ、あんたのために、他のやつじゃない、他の……あんたの弟なんかじゃない、いいだろ、あんなやつのためじゃない、あんたのためだ、あたしゃあんたの手下になるよ、そう言ってくれたら、そう言ってさえくれたら……

（間）

どうだい、あたしの言ってること？

（間）

アストン　駄目だ、おれはこのベッドで眠りたい。

デイヴィス　だけどあんた、あたしの言ってることがわかってないよ！

アストン　とにかく、あれは弟のベッドだ。

デイヴィス　弟の？

アストン　弟がここに泊る時にはね。これはおれのベッド。このベッドでしか眠れない。

デイヴィス　だけど弟なんてもういないよ！　行っちまったよ！

（間）

アストン　駄目だ。ベッドは交換できない。

デイヴィス　だけど、あたしの言ってることわかってないよ！

アストン　とにかく、これから忙しくなるんだ。あの納屋を建てなきゃな。今建てなきゃ、建つことがない。あれが建たないと、何も始められない。

デイヴィス　納屋を建てるんなら、あたしが手を貸すよ、それがいいよ！

（間）

手を貸してやるんだよ！　二人して納屋を建てるんだよ！　いいね？　あっという間にでき上がるよ！　わかるかい、言うこと？

（間）

アストン　いや。おれ一人で建てられる。

デイヴィス　だけど聞いてくれよ。あたしゃあんたの味方だよ、そのあたしがここにいて、やってあげるんだよ！

（間）

二人してやるんだよ！

（間）

畜生、ベッドをかえるんだよ！

（アストンは窓の方へ行き、デイヴィスに背を向けて立つ）

あんた、あたしをほうり出そうっていうのかい？　そんなことはないよね。ねえあんた、あたしは、いいんだよ、ねえ、いいんだよ、これでも、だからこうしようじゃないか、もしベッドをかえるのがいやなら、このままにしておこうよ、あたしはこれまでのベッドで寝るよ、そう、もっと丈夫な袋を窓に張ったら、風が入って来ないんじゃないかな、きっとそれでいいよ、どうだい、このままで行くのは？

（間）

アストン　駄目だ。

デイヴィス　駄目って……なぜ？

（アストンは振り向いて彼を見る）

アストン　あんたは音を立てすぎる。

デイヴィス　だけど……だけど……ねえ……聞けよ……聞いてくれよ……だからさ……

（アストンは窓の方に向き直る）

あたしゃどうすりゃいいんだ？

（間）

あたしはどうなるんだ？

（間）

どこへ行けばいいんだ？

（間）

もし、出て行けって言うんなら……出て行くよ。そう言ってくれよ。

（間）

それはそうとね……あの靴ね……あの靴だよ、あんたのくれた……あれ、うまく合ってるよ……調子いいよ。この分だと多分……出かけて行って……

（アストンは彼に背を向けたまま、窓辺でじっとしている）

ねえ……もしも、その……出かけてさ……もしも、この……書類があったらね……どうだい、あんた……ねえ、あんた……え、その……もし出かけて行ってさ……あたしの書類が……

（長い沈黙）

——幕——

〔*THE CARETAKER*〕

自分のために書くこと

初めて劇場へ行ったのは、私が覚えている限りでは、ドナルド・ウルフィット主演のシェイクスピアを見に行った時でした。ウルフィットのリア王は六回見ていますし、その後同じ劇で共演したこともあります。私の役はリア王に従う騎士の一人でした。実を言うと、私は二十歳になるまではほとんど芝居を見ていません。その後は、たくさんの芝居に出すぎました。アイルランドでアニュー・マクマースターの一座に加わって、十八ヶ月間、仮設舞台の一晩興行を打ってまわったこともありますし、レパートリー劇団に入って国中をまわってもいます――ハダーズフィールド、トーキー、ボーンマス、ウィットビー、コールチェスター、バーミンガム、チェスターフィールド、ワージング、パーマーズ・グリーン、リッチモンドという風に。ほぼ九年間、デイヴィド・バロンという名で俳優をやりましたが、この仕事はもっとしたいと思います。最近チェルトナムで『バースデイ・パーティ』のゴールドバーグを演じましたが、とても楽しい経験でした。この役はまたやりたいものです。そう、俳優としての経験は私の戯曲に影響しています――そうに決っています――もっとも、はっきりどんな風にということは言えませんが。構成についてのある感覚は確かに磨かれたと思います。意外に聞えるかも知れませんが、この構成というのは私にとっては大事なんです――それから、しゃべりやすい対話についての感覚です。初期の戯曲の場合でも、どうしたら観客を黙らせられるかはおよそ心得ていました。ただし、どうしたら観客を笑わせられるか、これはまるで見当がつきませんでした。舞台劇を書く時には、自分が慣れている舞台を思い浮べるだけです。円形劇場で仕事をしたことはあり、それも楽しくはあったのですが、ああいうものを頭において戯曲を書く気にはなりません。私が考えるのはいつも、自分が俳優として使った普通の額縁舞台です。

俳優をやっている間中、私はものを書いていました。戯曲ではなくて、何百という詩――そのうち十いくつはまた活字にしてもいいでしょう――それから散文の小品です。その中には対話形式のものがたくさんあって、独白形式をとったある一篇は、その後レヴュー用のスケッチに書直しました。長篇小説も一つ書きました。これはある程度は自伝的で、ハックニーでの青年時代の経験を多少もとにしています。私もすがたを変えて登場しますが、主人公ではありません。この小説のいけないところは、執筆に時間がかかりすぎて色々な文体がまじりすぎていたという点で、結局ずいぶんごたごたしたものになってしまいました。しかしこの本の中で生かせそうだと思った調子を採入れて、ラジオ・ドラマの『こびとたち』を書きました。これが小説の題なんです。

戯曲は一九五七年まで書いたことがありません。ある日、どこかの部屋へ入って行くと二人の人間がいました。その後ずっとその光景が私にとりついていて、それをうまくまとめて気持からふり切るには、劇にするほかないように感じたのです。私はこの二人の人間がいるところから始めて、その後は成行きにまかせました。意図的にある文学形式から別の形式へ移ったというのではありません。全く自然にことがそう運んだのです。友人のヘンリー・ウルフができ上った作品の『部屋』をブリストル大学で上演してくれ、その数ヶ月後の一九五八年一月に、それは――別の配役で――学生演劇のフェスティヴァルのプログラムに加えられました。マイケル・コドロンがこの戯曲のことを聞いて、すぐさま手紙をくれ、多幕物の戯曲はないかと言って来ました。私は丁度『バースデイ・パーティ』を仕上げたところでした……。

私はある特定の状況におかれている人間たちから始めます。抽象観念をもとにして作品を書くようなことは決してありません。それに、かりにシンボルを見ても私はそれと気づくことはないでしょう。たとえば『管理人』には何も変なところはないと思いますので、なぜ大勢の人があれをあんな風に解釈するのかよく分りません。あれは私にはごく単純明快な戯曲だと思われるのです。私の戯曲がどんな風にして生れるかという点ですか。できるだけ正確に言いましょう。ある部屋へ入って行くと、一人の人間が立ち、もう一人が坐っていた。そしてその数週間後に私は『部屋』を書きました。別の部屋へ入って行くと、二人の人間が坐っていた。そしてその数年後に私は『バースデイ・パーティ』を書きました。更に別の部屋のドアから内部をのぞきこむと、二人の人間が立っていた。そして私は『管理人』を書きました。

私は観客を頭において書いたりはしません。ただ書くだけです。観客のことは運まかせです。もとからそうしていたのですが、これでよかったのだと思います――だって現に観客がいるんですから。かりに世間に向って何か言いたいことを持合せていたら、自分の劇を見てくれる人が数千しかいないかも知れないという事実は気になります。そこで何か他のことをやります。説教師になるとか、場合によっては政治家になるとか。しかし、世間に向ってはっきりと直接に言いたいことを別にもっていなければ、ただものを書き続けるだけで満足していられます。そもそも最初に私の劇を見に来る人がいたというのは、私には終始驚きの種でした。書くことはごく個人的な行為だったのですから。昔も今も、私は自分のために書くのであって、他の誰かがそこに割って入るのは全くの偶然です。徹頭徹尾、終始一貫、ものを書くのは、何か書きたいことがあるから、書かねばならないことがあるからです。自分のために。

私の戯曲で起ることは、どこでもいつでも、どんな場所でも起りうることだと信じています――事件そのものは最初はなじみのないものに見えるかも知れませんが。どうしても定義しろと言われるなら、私の戯曲で起ることはリアリスティックだということになるでしょうが、私のやり方はリアリズムではありません。

テレヴィジョンの仕事ですか。私はどんな媒体のために書いているかという区別はしませんが、舞台劇の場合にはアクションの連続性を守るようにしています。テレヴィジョンなら場面から場面へとすばやく切換えることができるので、近頃では私は画面を手がかりにして考えるようになっています。たとえば誰かがドアをノックする場面なら、ドアが開く場面のクローズアップと誰かが階段を登る場面のロングショットを思い浮べるといった具合です。もちろん画面には台詞がつきますが、テレヴィジョンの場合、究極において台詞は舞台の場合ほど重要ではありません。私が書いた『夜遊び』という劇では、画面と台詞がうまくとけ合っていたと思いますが、もっともそれは私がこの劇をまずラジオのために書いたせいだったかも知れません。テレヴィジョンでは千六百万の人がこれを見ました。このことはとてもピンと来ませんね。およそ想像もつかないことです。ところが実際にテレヴィジョンの仕事をする時になると、こういうことは考えもしません。テレヴィジョンは別に窮屈だとは思いませんし、必ずしもリアリズムの枠を超えられない媒体でもありません。それはこの枠以上の可能性をもった媒体です。目下私はあまりリアリスティックでない作品の案を一つ二つもっていますが、これはテレヴィジョンで非常に効果を発揮するかも知れません。

ラジオのために書くのは好きです、自由ですから。数ヶ月前に『こびとたち』を書いた時には、形式面の実験をすることができました――つまり、動的で柔軟な構造を与えたわけで、他のどの媒体でもこれほど動的で柔軟なものは作れません。それから、内容についても私はやりたい放題をやって、他の媒体ではとても認められないほどの実験を楽しむことができました。でき上ったものは聴取者には全くわけが分らなかったかも知れないと思いますが、少くとも私にはよく分りますし、またそれは非常に貴重な実験でもありました。報酬が少いというんですか。そうとも限りません。これまでのところ、『夜遊び』はテレヴィジョンよりもラジオでたくさんの金を稼いでいるのです。

いや、私は宗教的にも政治的にも、普通の意味でコミットした作家ではありません。それに私は特定の社会的役割も意識してはいません。私は書きたいから書くんです。私はプラカードをかついだり、旗印をかかげたりはしません。つまるところ、私は決定的なレッテルというものは信じないんです。目下の劇壇について言えば、運営のされ方、趣味、制作のやり方一般に欠点があることには、私は誰にも劣らず気づいています。今後かなり長い間、およそのところはこんな状態が続くのではないでしょうか。しかしここ三年ばかり、色々な方面である展開があらわれているような気がします。一九五七年以前なら、『管理人』は上演されなかったでしょう――少くとも、上演が長続きしなかったことは確かです。喜劇、悲劇、笑劇といった古い分類は無意味になっており、プロデューサーたちがこのことに気づいたらしいという事実は、一つの喜ばしい変化です。しかし舞台劇を書くという仕事は、体制がどうであってもおよそむずかしいものです。考えれば考えるほど、それは私にはむずかしく感じられます。

〔*WRITING FOR MYSELF*〕

劇場のために書くこと

私は理論家ではありません。私は劇のあり方についても、社会のあり方についても、どんなもののあり方についても、権威ある解説や信頼できる解説を加えられる人間ではありません。私は何とか書ける時には戯曲を書く――それだけのことです。話はそれにつきます。だからこうして話をするのはあまり気が進みません。と言うのは、どんな言葉にも、その時に自分がどこにいるかとか天気がどうであるかとかいったことによって、少くとも二十四通りの意味が生じて来るからです。断定的な言葉は決して不動で確固たる意味をもちはしないものなのです。それは他にもちうる二十三の意味によってたちまち修飾を加えられます。そんなわけで、私が言うことを最終的で決定的なものだとは考えないで頂きたい。言うことの一つか二つは最終的で決定的に聞えるかも知れない、それどころかほとんど最終的で決定的であるかも知れない、しかし、明日になれば私はそうは考えないでしょうから、皆さんも今日そんな風に考えないでほしいのです。

私はこれまでに長篇戯曲を二つロンドンで上演しています。最初の場合は一週間、二つめは一年間、上演が続きました。もちろん二つの戯曲の間には違いがあります。『バースデイ・パーティ』の場合には、私は本文の語句と語句の間にダッシュをかなりたくさん使いました。『管理人』の場合には、ダッシュをやめて代りに点を使いました。従って、たとえば「おい――誰が――おれが――」となる代りに、「おい……誰が……おれが……」となったわけです。つまり、このことから判断すると、点の方がダッシュよりも受けるのであり、それ故に『管理人』は『バースデイ・パーティ』よりも長い間上演されたのだと言えることになります。どちらの場合にも上演を見ていて点なりダッシュなりが耳に聞えることはないという事実は、関係がありません。劇評家をたぶらかそうとしてもとても長続きはしないものです。劇評家はたとえ点もダッシュも耳には聞えなくても、二つの違いはあっという間に見ぬくからです。

劇場での批評家や一般観客の反応は極めて不規則な体温表に従うものだという事実に慣れるには、随分時間がかかりました。そして作家にとっての危険は、この点についての不安と期待という昔ながらの病気に簡単にとりつかれてしまうところにあります。しかし私の場合には、デュッセルドルフの体験によって免疫が生じたと思います。二年ほど前のことですが、デュッセルドルフで『管理人』の初日の上演が終った時に、私は大陸のしきたりに従ってドイツ人の出演者一同と一緒に舞台へ上ってカーテンコールを受けようとしました。するとたちまち私はブーブーという猛烈な野次を浴びせられました。実際、あれは世界一みごとに野次をとばす連中でした。てっきりメガホンでも使っているのだろうと思いましたが、やはりそれは地声だったのです。ところが出演者も観客に劣らず頑固で、三十四回カーテンコールを繰返しました、終始野次られ放しで。三十四回目には客席にはもう二人しか残っていませんでしたが、その二人はまだ野次り続けていました。私はこの体験で奇妙に元気づけられましたので、今では例の不安なり期待なりにとりつかれそうになると、必ずデュッセルドルフを思い出して落着くようにしています。

演劇は大がかりで活気に富んだ公的活動です。ものを書くことは私にとっては全く私的な活動で、この点は詩であっても戯曲であっても変りはありません。この二つの事実を歩み寄らせることは容易ではないのです。職業的演劇には何かの価値があるに違いないのですが、それが何であるにせよ、職業的演劇とはまがいものの昂揚感や計算ずくの緊張や多少のヒステリーやかなりの非能率を含む世界であります。そして私が仕事をしているらしいこの世界がもたらす脅威は、たえず拡がり、私の仕事に介入するようになっています。しかし基本的には私の立場は変っていません。私が書くものはただそれ自体によって縛られているだけです。私は観客にも批評家にもプロデューサーにも演出家にも俳優にも、また世間一般の人々に対しても、責任をとる気はありません。私はただ目下書いている戯曲に対してだけ責任を負うているのです。先ほど決定的なものの言い方をすることについて警告しておきましたが、どうやら私はそういう言い方をつい今しがたしてしまったようです。

私は大抵はごく簡単なやり方で戯曲を書き始めて来ました。つまり、ある状況におかれている二、三の人物を見つけ、その連中をぶつからせて、どんなことをしゃべるか、じっと耳を傾けてみるのです。状況は私にとってはいつも具体的かつ個別的であり、人物もまた具体的でした。戯曲を抽象的な観念や理論から出発させたことは一度もありません。また、自分の劇の人物を死なり運命なり天なり銀河なりの使者として、つまり、ある特定の力の寓意的表現として——というのは何のことかよく分りませんが、とにかくそういうものとして思い描いたこともありません。ある人物を我々になじみのある考え方によってうまく捉えたり理解したりすることができない時には、人はややもするとその人物を象徴という棚に上げてしまってわが身の安全を図りがちです。一旦こうして棚上げしてしまえば、この人物は話題には上っても、必ずしも一緒に暮す相手にはしなくてもよいことになります。こういうわけで、批評家や観客にとっては、相当に有効な煙幕を張って、分るものを分らずにすませ、能動的で積極的な参加をせずにすませることは、何でもないことなのです。

人間は胸にレッテルをつけて歩くわけではありません。たとえ他人がたえずレッテルを貼りつけようとしても、誰もそんなものを信じはしません。自らの経験や他人の経験について真実をつきとめたいという誰もが抱く欲求は無理もないものですが、それは常にみたされるとは限りません。私の考えによれば、リアルなものとリアルでないもの、真なるものと偽なるものとの間には、厳密な区別はありえないのです。ある事柄が真か偽かどちらかであるとは必ずしも言えないのであり、それは真であってしかも偽だということもあるのです。舞台に登場する人物が、自分の過去の経験だの現在の行動や願望だのについて、何らもっともらしい議論や情報を提供できず、また、自らの動機を隅々まで分析することもできないとします。こういう人物といえども、驚くべきことにこうしたことをすべてなしうる人物と同じように、まっとうで注目に値するのです。経験とは、痛切になればなるほど、明瞭なかたちで表現しにくくなるものなのです。

他のことはこの際考えないでおきますが、過去について真実をつきとめるのは、不可能ではないまでも甚だしく困難な仕事です。私が言うのは何年も前のことだけではなくて、昨日とか今朝とかのことでもあります。一体何が起ったのか、起ったこと、生じたことの性質はどうなのか。もしも、昨日本当に何が起ったかを知るのが困難だと言えるなら、現在についても同じ言い方ができると思います。今何が起っているのか。それは明日なり六ヶ月後なりにならなければ分らない、いや、その時になっても分らない、忘れてしまっていたり、想像力によって全くでたらめな特徴が今日というものに加えられていたりするからです。ある瞬間は、しばしばその瞬間が生れた途端に、吸い取られ歪められてしまいます。人々は我々の間に共通の基盤、明確な基盤があるという考え方を支持したがりますが、実際には我々は共通の経験をひとりひとり全く異ったやり方で解釈するでしょう。私に言わせれば、確かに共通の基盤があるにはあるが、それは流砂のようなものだということになります。《リアリティ》というのは非常に確固とした強い言葉なので、それが意味する状態も同様に確固としていて安定していて一義的なものだと、我々は考えがちです——と言うより、そう望みがちです。だがどうもそうではないようです。そして私の考えでは、それで別にどうということもありません。

戯曲は評論ではありません。また劇作家は、どんなことがあっても最後の幕では《解決》が現れることを期待するように我々が育てられて来たという、ただそれだけの理由で、最後の幕に登場人物の行為についての説明や弁解を盛りこみ、その結果、人物の首尾一貫性をそこなうようなことを、どれほど求められてもしてはなりません。徐々に発展し、それ自身の力をもって動いている劇的イメージに明白な教訓をつけ加えるのは、安易で僭越で不正直なことのように思われます。こうなれば、劇ではなくてクロスワード・パズルになってしまいます。観客が新聞を手にしていると戯曲が空白を埋めてくれ、それで誰もが満足するというわけです。

目下かなり多くの人々が、現代劇においては何らかの明瞭でそれと分る立場がはっきりと示されることを求めています。劇作家は予言者たれというわけです。確かに当節の劇作家たちは、戯曲の中でもそれ以外の場でもさまざまな予言を述べることに耽っています。警告、説教、訓戒、イデオロギー的説得、道徳的判断、出来合いの解決を含んだあり来りの問題——何もかもが予言という旗印の下に陣取ることができるようになっています。こういうものの背後にある態度は、要するに「おれがお前に言ってるんだぞ!」という押しつけがましい言い方で要約できるかも知れません。

この世にはありとあらゆる種類の劇作家がいなければならないわけで、私に言わせれば、劇作家Xは私に気兼ねすることなく、どれでも好きな道を進めばいいのです。ありもしない劇作家の流派をいくつもこしらえて、その間にインチキの戦を起させるのは、私にはあまり生産的なひまつぶしとは思えませんし、もちろん私はそんなことをする気はありません。しかし、人間には自らの空虚な好みをいとも気軽に強調する目立った傾向があると、私は感じないではいられません。たとえば、小文字の人生、つまり我々が現実に生きている人生よりも、それとは非常に違ったものだということになっている大文字の《人生》を好む考え方。善意や博愛や仁慈を好む考え方——こういうものは何と安易になってしまったことでしょう。

もしも私が何か道徳的な教訓を垂れねばならないとしたら、こう言いましょう。——自分の関心を皆さんにも抱かせようとする作家、自分の立派さや有用性や利他主義について皆さんに何の疑いも感じさせないような作家、自分の心はあるべきところにあると主張し、それは自分の作品の人物が存在しているべき場所でまさに脈打っていて誰の目にも明瞭に見えるなどと断言するような作家、こういう作家には注意が肝腎です。積極的で肯定的な思想として年がら年中提出されるものは、実は空虚な定義や常套句という牢獄の中で動きがとれなくなっている思想にすぎないのです。

この種の作家は明らかに言葉を絶対的に信頼しています。私自身は言葉について相反する二つの気持をもっています。

言葉の間を動きまわったり、言葉を選び出したり、言葉がページの上に現れるのを見たりすること——これはなかなか楽しいことです。しかし同時に私は言葉について別の激しい感情をもっており、それは事実上嘔吐感と変りません。来る日も来る日も私たちには言葉の大変な重圧がのしかかって来ます。この場のような状況で語られる言葉、私や他の人々が書く言葉、その大部分は全く陳腐そのものです。限りなく繰返され、並べかえられた観念は、単調で平凡で無意味なものになってしまいます。従って、こういう嘔吐感に襲われた時、それに圧倒されて麻痺状態に陥るのはわけもないことです。おそらく大抵の作家はこういう麻痺状態を多少とも経験していると思います。しかし、もしもこの嘔吐感と対決し、それを突きつめ、底まで探って行って遂にそこから脱け出すことができたら、その時には、何かが起ったと——それどころか、何かがなしとげられたとさえ、言えるようになります。

　このような状況においては、言語は極めて曖昧なものです。語られる言葉の下に、分ってはいても語られぬものがある場合が、よくあります。私の描く人物たちは、自らの経験や願望や動機や履歴について、私にある程度のことを語りますが、それ以上は何も言いません。人物たちの伝記的データを私がもっていないことと、人物たちが言うことの曖昧さとの間には、ある領域があって、それは探究に値するばかりか、ぜひ探究せねばならないものでもあります。皆さんや私にしても、あるページに現れる人物たちにしても、大抵の場合は口数が少くて、あまり自分の正体を明かさず、頼りなくて、とらえどころがなくて、曖昧で、非協力的で、消極的です。しかし、まさにこういう特性から言語は生れて来るのです。繰返し言いますが、それは、述べられることの下で別のことが述べられているような言語です。

　固有のはずみをもって動いている人物たちを与えられたら、それから先の私の仕事は、その人物たちをこちらの都合のいいように動かしたりしないこと、彼等にでたらめなもの言いを無理にさせたりしないことです。言いかえれば、ある人物に、何も言えない筈の場合にものを言わせたり、できないようなやり方でものを言わせたり、語れないような事柄について語らせたりすることを避けるのです。作者と人物との関係は互いに高度の敬意のこもったものでなければなりません。そして、もしもものを書くことによって一種の自由が得られるといった言い方ができるなら、それは人物に計算ずくの決った態度をとらせることから生れるのではなく、人物に自分のことは自分で責任をとらせ、しかるべき自由を与えることから生れるのです。こういうやり方は恐しく苦しいものになることがあります。人物たちを生かさないでおく方がずっと楽で、ずっと苦痛も少いのです。

同時に、はっきりさせておきたいのですが、私は自分が描く人物たちを抑えの利かないものとか無秩序なものとか考えてはいません。とんでもないことです。選択したり配列したりするのは私の仕事です。実のところ、映えない仕事はみんな私がやるのです。そして敢えて申しますが、私は一つの文のかたちから戯曲全体の構造に至るまで、かたちには細心の注意を払います。こうしてかたちを整えることは、控え目に言ってもいちばん重要なことです。しかし私はこの場合に二つのことが起ると考えています。つまり、自ら配列を行うと同時に、自分が自由に処理できる手がかりには従いながら、人物を通して、自らのしていることに耳を傾けるのです。すると時にはあるバランスが生れ、イメージが自由にイメージを生み出す一方では、作者は人物が沈黙して姿を隠す場合を見逃さずにすむといった状態が実現します。人物が私にとっていちばん明瞭なのは沈黙している時なのです。

沈黙には二つあります。一つは言葉が全く語られない時のものです。もう一つは、おそらくは奔流のような言葉が語られている時のものです。この言葉はその下に閉じこめられているもう一つの言語について語っています。それをたえず考えに入れねば、こういう台詞は理解できません。我々に聞える台詞は、我々に聞えない台詞を指示するものなのです。それはやむをえぬ回避手段であり、他者を遠ざけておくための暴力的な、あるいは狡猾な、あるいは苦しまぎれの、あるいは嘲笑的な煙幕なのです。本当の沈黙が襲って来ても、我々にはまだ残響が聞えていますが、ただ我々はそれまでよりも赤裸な状態に近づいたことになります。ある意味では、台詞というものは赤裸な状態をおおうためにたえず用いられる仕掛けだと言えます。

私たちは例の「意思の疎通の不可能さ」という手垢のついた決り文句を何度も聞いたことがあります……ところが、この文句は私の作品に終始一貫当てはめられて来ました。私はこれは逆だと思います。私の考えでは、人間は沈黙によって——語られないことによって——極めてうまく意思を疎通させており、また、現実に起っているのは、たえざる回避である——自らのことは自らの内に秘めておいて他人に知らせまいという必死の試みである——ということになります。意思の疎通とはあまりにも恐しいものなのです。他人の人生に入りこむのは恐しすぎます。他人に向って自己の内部の貧しさをさらけ出すのは、考えただけでも身の毛のよだつことです。

劇の中の人物が実際に意味していることを語ることは決してありえないなどと、私は言っているのではありません。そういうことは実際に起ります。私の経験によると、そういうことが現実に起る時がいつかは必ずやって来て、その時には人物はそれまでに言ったことがないようなあることをおそらく口にするのです。そしてここまで来ると、その人物が言ったことは決定的で、決して取消せません。

真白なページは魅力的であってしかも恐しいものです。これは仕事の出発点なのです。戯曲の発展には、この後二つの時期があります。稽古期間と上演とです。この二つの期間を通じて、劇作家は劇場での活動的で密度の高い経験からたくさんの価値あるものを吸収するでしょう。しかし、最後には劇作家はまたもや真白なページをひとりで眺めていることになります。そのページには何かがあるかも知れないし何もないかも知れない。ページを文字で埋めるまでは分りません。しかもその時になっても分るという保証はないのです。それでも、これは常に試してみる値打ちのある仕事です。

私はこれまでにさまざまの媒体のために九篇の戯曲を書いていますが、今この場では、どうしてそんなことがやれたのかまるで分りません。どの戯曲も私にとっては「異った種類の失敗作」でした。そしてこの事実の故に私は次の作品を書く気になったのだと思います。

私は戯曲を書くことを一種の喜ばしい行為だとは思いながらも、恐しく困難な仕事だと感じていますが、もしそうなら、その過程を理論的に説明しようとすることが、それよりもどれほど困難であるか、またどれほど空しいかは、今朝の話でよく納得して頂けたと思います。

サミュエル・ベケットは『名づけられぬもの』の初めの方でこう書いています——「どうやらこういうことらしい、つまり、もしも私の状況において事実について語ることができるのなら、私は語れないことについて語らねばならないだけではなくて、同時に、これの方が更に面白いのだが、同時に私は、これの方がもしも可能なら更に面白いのだが、せねばならないだろう、何を、それは忘れてしまった、どうでもいい」。

〔*WRITING FOR THE THEATRE*〕

解　題

数年前——厳密に言えば一九七一年になるが、『シェイクスピアはわれらの同時代人』の著者ヤン・コットと現代の世界演劇の動向について話し合ったことがある。コットは劇壇の雰囲気の変化にふれ、《大劇作家》という名に値する人がほとんどいなくなってしまったと語った。一九五〇年代にはベケットやイヨネスコやジュネが活躍していたが、今ではこの名に値するのは僅かにアラバールとピンターだけだというのである。しかし、もっと詳しく聞いてみると、コットはこの二人のうちアラバールの仕事は認めていないことが分った。「アラバールの作品はシュルレアリスムの崩れたものにすぎないと思います」と彼は言った。「とすると、残るはピンターだけということになりますね」と私が念を押すと、「ピンターだけということになります」とコットは答えた。

それから六年たつが、事情は全く変っていない。《大劇作家》と呼ばれるような存在は相変らず現れない。一方ピンターは、新作が本国のイギリスだけでなくアメリカやフランスやドイツでも首を長くして待たれ、発表されたら必ず話題になる唯一の作家として、ゆるぎのない地位を確保している。ただわが国では、不幸にして彼の作品はごく一部しか紹介されておらず、従って劇作家としての彼のすがたも必ずしも正しく捉えられてはいなかったような気がする。この全集はこれまでに何らかのかたちで活字になった彼のすべての劇作品に、劇化したのと同じ素材を用いた短篇小説や詩、自作について語った講演などを加えて三巻に編集したものだが、これらの中には雑誌に掲載されただけで未だに単行本には収められていないものがいくつもあり、劇作家ピンターの仕事の集大成としてはイギリスでもこれほど網羅的なものは作られていない。これによって、単に劇作家としてでなく、文学者としても現在世界で最も重要な存在の一人であるこのすぐれた作家に対する理解が、深められることを切に望むものである。（なおピンターはいったん活字にした作品をしばしばその後に書き改めているが、飜訳はす

べて最も新しいテクストによった）

それでは、ピンターが現在これだけ高い評価を受けているのはなぜなのだろうか。ヤン・コットは先ほどのやりとりに続いて、ピンターを高く評価する理由を次のように説明してくれた――「ピンターは、ベケットの作品に認められるような《無》への接近をふまえた上で、もう一度、社会へ、リアルな人物へ、行動へ立戻ろうという動きを見せています。ピンター劇はさまざまな解釈の可能性を秘めています。一見リアリスティックでもあり、祖型《アーケタイプ》を捉えたようでもあり、不条理的でもあるという風に。それから、ピンターは言葉の巨匠です。彼の台詞はおそろしく密度が高くて、しかも現代の俗語や口語による詩を作り出しています」。この言葉はピンター劇の本質を簡潔に捉えていると思う。口語的でしかも詩的な言葉によって書かれた作品が、リアリスティックであって同時にリアリスティックでないということは、言いかえれば、ピンターの言語観、現実観、ひいては演劇観が、一見相反する二つの原理によって支えられているということであり、おそらくこの点に彼の作品の独自の迫力はこもっているのであろう。

おおむねの劇作家と違って――しかし、ジョイス、プルースト、カフカ、ベケットなど、ピンター自身も愛読した今世紀の代表的な前衛文学者と同じように――ピンターは作品を書くという行為を自覚的な認識論に基づいてなしている。具体的に言うなら、彼の作品を貫いているのは、古風で楽天的なリアリズムの認識論に対する激しい否定である。リアリズムの認識論に従えば、ある人間は過去においても現在においても未来においても、どのような状況においても、また誰の目から見ても、必ずその人であって他の誰かではないということになる。しかし、ピンター劇の世界では人間はアイデンティティを失ってしまっている。Aという人間に見えているBという人間と、Cに見えているBとは――あるいはまた、Aが昨日見たBと、今日見るBとは――同一であるかも知れないし、同一でないかも知れない。いや、アイデンティティを失っているのは人間だけではない。時間や空間もそうなのだ。二人の人間がある部屋のことを話している時、その部屋は一つであるかも知れないし、一つでないかも知れない。あるいは、過去のある時のできごとについて複数の人間が語っている時、彼等は同一の時を念頭においているかも知れないし、いないかも知れない。リアリズムの認識論によって捉えられた時や場所は首尾一貫したあり方を保っている。しかしピンターの世界においては、時間や空間は矛盾する複数のあり方を同時に含んでいるのである。

注目すべきことに、ピンターのこういう認識論は処女戯曲『部屋』に既に十分に明瞭なかたちで現れている。この劇の女主人公ローズのところへ家主の——あるいは、家主らしい人物の——キッド氏がやって来て、自分の妹のことであれこれと話をする。キッド氏が退場すると、ローズは「あの人に妹なんていた筈ないんだけど」と言う。リアリズムの認識論からすれば、真実は一つでなければならず、従って、キッド氏が嘘をついているとか、ローズが思い違いをしているとかいった説明がなされねばならない。だが、こういう《説明》はピンターの世界とは縁がない。

やがてローズのところへは貸間を探している若い夫婦が現れ、家主に逢いたいと言う。ローズがキッドという名を挙げると、若い夫婦は、家主はそんな名の人ではないと主張する。とすると、キッド氏は家主ではないのか。それとも家主は二人いるのか。もちろん、ピンターは客観的な説明など与えはしない。しかも、若い夫婦が空室だと聞かされて来たのは、他ならぬローズが住んでいる部屋であることまで判明する。この種の混乱はまだいくつも現れるのだが、要するに、ピンター劇は人間や時間や空間のアイデンティティに徹底的に疑いをさしはさむことによって成立しているのである。

だから、その世界で起る事件の客観性もまた疑われることは言うまでもないだろう。ある事件は実際に起ったのかも知れないし、起らなかったのかも知れない。実際に起ったと、我々が思いこんでいるだけのことかも知れない。別の言い方をするなら、我々がもつことを許されているのは、過去に現に起った事件についての客観的な認識ではなくて、過去に起ったかも知れない事件についての記憶だけだということになるであろう。(プルーストの場合と同じく、記憶はピンター劇の重要なテーマである) リアリズムの認識論は、リアリティが誰の目にも同じすがたで見えるような唯一無二の視点が存在することを前提としているが、ピンターにおいてはあらゆる認識が相対化されているのである。

ピンターのこういう現実観ないし世界観は、彼の言語観に端的にあらわれている。この巻に収めた一九六二年の講演『劇場のために書くこと』の中で彼はこう語っている——「沈黙には二つあります。一つは言葉が全く語られない時のものです。もう一つは、おそらくは奔流のような言葉が語られている時のものです。この言葉はその下に閉じこめられているもう一つの言語について語っています。それをたえず考えに入れねば、こういう台詞は理解できません。我々に聞える台詞は、我々に聞えない台詞を指示するものなのです。……ある意味では、台詞というものは赤裸な状態を覆うためにたえず用いられる仕掛けだと言えます」。

「沈黙には二つある」という言い方は、言葉を変えれば、「言葉には二つある」となろう。つまり、一つは我々の耳に聞える言葉であり、もう一つは、我々の耳には聞えない、《沈黙の言葉》とでも呼ぶべきものである。そして、つまるところ、前者は後者の存在を保障するために——結局において人間には捉えられぬものが存在するという事実を我々に示すために——書かれているのだと言える。ピンターの戯曲を読む人は誰でも、台詞の中に現れる休止（「……」の部分）や、「間」だの「沈黙」だのといった指定が甚だ多いことに気づくに違いない。考えようによっては、肝腎なのは文字になっている言葉よりもむしろこれらの方だということになるであろう。そして文字化されている言葉そのものは、沈黙と沈黙との間に僅かに顔を出して、かえって沈黙の存在を際立たせるのである。多くの台詞が聞えれば聞えるほど、我々には何も聞えてはいないという感覚が強まるのである。

ピンターの台詞を聞いて、《名づけられぬもの》の存在に我々が気づくことと、ピンター劇の世界にふれて、我々が、人間には何も見えていない——人間にはせいぜい自分に見えるものしか見えはしない、見えているものはそれよりもはるかに広大な見えていないものの世界を暗示する——と感じることとは、もちろん表裏一体をなしている。ここで働いているのは、部分を捉えることはできても全体をつかむことはできないような認識であって、こういうものに従うかぎり劇は解体の方向を辿るほかない。事実、たとえばサミュエル・ベケットの劇は同じ認識に基づいてかなりの程度まで解体の方向をとっている。彼の劇の台詞は次第に断片化し、遂には完全な沈黙にまで到り着いた。また、言葉と俳優の肉体とが次第に分裂することにもなった。ピンターの場合にもこういう断片化ないし解体の傾向が確かに顕著に認められはする。しかし、まことに逆説的なことに、本来は解体の原理である彼の認識論は、実際には統合の原理として機能している。彼の認識論からすれば、さまざまの部分がばらばらに提出されているような戯曲しか書けない筈であるのに、彼が現実に書いているのは——とりわけ最近のものは——一つの確固たる秩序をもった作品なのである。このことは、おそらく、リアリズムの認識論が本来もっている矛盾にピンターが逸早く気づき、それを逆に利用したせいであろう。

リアリズム劇とは現実を忠実に再現することを建前としているものである。同時にそれは、現実を全体的につかむような視点の存在を前提としてもいる。そして、もちろんこの二つは矛盾している。なぜなら、現実を全体的につかむような視点は――それこそ現実の世界では――人間に与えられてはいないからだ。とすると、人間に実際に見えているような現実を再現する劇は全体ではなくて部分を捉えたものでなければならない。だから、おおむねのリアリズム劇がやるように、人物の行動について動機づけを行ったり、事件と事件との間に論理的な因果関係を見出したりするのは、本当はおかしいのである。同様に、通常のリアリズム劇のように文法にかなった、辻褄の合った台詞を書くのもおかしいということになる。なぜなら人間は現実にはそういう言葉をしゃべりはしないからだ。つまり、世間でリアリズム劇の名のもとに通用しているのは、現実を再現すると称しながら実は秩序化ないし合理化された現実を提示するものでしかないのである。

ピンターは、現実を全体的に認識する視点の存在という、《リアリズム劇》の原理の欺瞞性を執拗に指摘し、現実の再現というもう一つの原理に忠実すぎるほど忠実に従った――と言うより、従うようなふりをしたのだ。リアリズムの原理を忠実に守るならば、『部屋』や『バースデイ・パーティ』のような劇しか作れない筈だと、彼はいわば主張したのである。ただ彼のしたたかなところは、こういうふりをしながら、現実の再現という原理に従うことをも早くからやめ、現実とは全く別の次元に劇の存在理由を見出していたという点にある。

これは言語に即して言うならこういうことになる。たとえば『バースデイ・パーティ』第二幕に、ゴールドバーグとマキャンがスタンリーを訊問するくだりがある。首尾一貫した脈絡がないという意味で、ここでは言葉に確かに一種の断片化が起っている。しかしそれは、たとえば現実の会話を録音したものに認められるような断片化とは明らかに違う。個々の台詞はいずれも文法にかなっており、意味をもっているのである。但し全体として何が語られているのかということになると、我々は途方に暮れるほかない。このくだりで劇的に重要なのは、つまるところ、ゴールドバーグとマキャンの個々の質問の内容ではない。言葉が何を表示しているかは問題ではないのだ。（スタンリーが過去に何をやったか懸命に考えて、謎解きをしようとするのは、この劇の正しい読み方ではない）あえて言うなら、言葉は何も表示してはいない。しかし、何も表示していないということは、実は、現実ではないもの――虚構――を表示しているということである。そして、全体として見れば、ここには現実とは別の――そして人間に認識できる現実にはそなわっていないような秩序をもった――ある一つの世界の存在が確かに感じとれる。こうして、ピンターの認識論は解体の原理から統合の原理へと転化するのである。

別の例として、『管理人』の第二幕や第三幕でミックがデイヴィスに向って語るいくつかの長台詞をとってもいい。「お前を見てると、叔父貴の弟を思い出すよ」と、ミックはデイヴィスに言う。しかし、「叔父貴の弟」とは一体何か。(それは「叔父」とどう違うのか)もう少し後でミックは同じ人物(この人物が実際にいたと考えねばならぬ理由はどこにもない)について、「もしかするとその逆じゃないかな。つまり叔父貴の方が弟で弟がおれの叔父貴ってわけだ」とも言う。あるいは、デイヴィスが部屋を借りる条件についての台詞や、建物の飾りつけの台詞についても事情は同じだ。表示するものが表示されるものを伴うことなくひとり歩きしているという意味で、これらの言葉は要するにナンセンスなのである。

しかし、「叔父貴の弟」のくだりに典型的に現れているように、ある言葉は非常にしばしば、一見逆の内容をもつ言葉によって補われる。こうして、ナンセンスにすぎないかのような言葉は、全体としてある規則的なパターンないし秩序を獲得し、虚構の表示として積極性をもつに至るのだ。ピンターの台詞がひどく日常的でありながら独自の劇場の詩を形成しているというのは、つまりこういうことなのである。

言語におけるこういう特徴は、劇全体の構造についても指摘できる。すなわち、ここでも多様な視点、事件の描写の矛盾などの間に一定の規則性が認められるのだ。たとえば『コレクション』においては、ある女と関係したことを認めた男が、今度はそのことを否定する。『昔の日々』の場合には、一人の男がある映画を見に行って一人の女に逢い、やがてその女と結婚したと語る。するとこの女の友人は、同じ映画をこの女と見に行った日のことを詳しく述べる。こういう設定を通じて、個々の事件は相対化されてしまうのだ。あるいは、『かすかな痛み』では夫とマッチ売りとの間に関係の逆転が起る。『料理昇降機』でも、殺し屋が殺される者になるという、同様の現象が描かれている。同一の――あるいは正反対の――事件や状況が反復されたり並置させられたりする結果、それらは個性を失って機械的なものになる。それは我々が思い描いている現実とはほど遠いが、同時に、我々はそこに一つの秩序を見てとるのである。

こういう風にして、ピンターの作品は、言語の次元では日常的のようで詩的、構造の次元では極度に断片的でリアリスティックのようで、実は秩序ある虚構をこととするという逆説を実現しているのである。

これだけのことを言った上で、しかし、ピンター劇の著しい現実性ないし風俗性をも私は指摘しておかねばならない。たとえばサミュエル・ベケットの戯曲では現実にある場所で事件が起ることはない。『ゴドーを待ちながら』は「一本の木」が生えている「田舎道」を舞台にしているのであって、それはどこであっても構わない。これに対して、ピンターはほとんど常に実在の場所を頭において作品を書いている。『管理人』は「西部ロンドンのあき家」で、『料理昇降機』はどうやらバーミンガムらしい町で、『帰郷』は「北部ロンドンの古い家」で、『恋人』は「ウィンザー附近の一軒家」で、それぞれ進行するのである。こういう指定がない場合でも、劇中に豊富に散りばめられている実在の場所への言及や現実の風俗への言及によって、我々は劇の場所を具体的に思い描くことができるようになっている。ピンターはしばしば《不条理劇》の作家のように扱われるが――そしてそれはある程度当ってはいるが――大抵の不条理作家と違って、彼が土着的な要素に強く依存していることを、我々は決して忘れてはならない。(このことは、言語についても当てはまる。台詞に現れる語彙や語法や訛りによって、ある人物がどの地方の出身でどういう階級に属しているかを判定することは、少くともイギリス人の観客にはそれほど困難ではない筈である)ピンター劇は究極において現実ではなくて虚構の劇であるけれども、それを現実の劇として解釈することもまた可能なのである。彼の作品では、我々のごく日常的な認識が許容するような事件しか起らないと言ってほぼ差支えない。人間が犀になったり(イヨネスコの『犀』)、死体が成長して部屋をふさいだり(イヨネスコの『アメデ』)、主人公が砂の中に埋もれて生きていたり(ベケットの『幸せな日々』)することはないのである。

ピンターの劇の現実的な側面で最も重要なのは、おそらく場所というものであろう。『部屋』や『管理人』のような初期の戯曲、もっと後の作品でも『ベースメント』などは、つまるところある場所の所有権をめぐる争いを描いた劇だと言える。また、『バースデイ・パーティ』、『料理昇降機』、『帰郷』、『昔の日々』などにおいては、外部から切離され、閉ざされたものとしての場所が重要な意味をもっている。ピンターはユダヤ人だが、場所というものについての異常なほどのこだわりに、我々は彼のユダヤ性を見てとることもできよう。

場所はほとんど常に争いの対象となるが、かりに場所という言葉を抽象的に解して、ある立場とかあり方とかいう意味を含めるならば、ピンターの作品のテーマは常に場所をめぐる争いだとさえ言える。『かすかな痛み』のエドワードとマッチ売りはフローラの夫という地位をめぐって争うし、『昔の日々』のディーリーとアナは、ケイトと親しい関係にある者という立場をめぐって争う。そして、この場合に注目せねばならないのは、こういう争いが肉体的暴力よりも言葉によってもっぱらなされるという点である。

この意味で、彼の初期の作品についてある劇評家が用いた《脅威の喜劇》という言い方は、うまく核心をついている。この表現を初めて使ったのは、演劇誌『アンコール』一九五八年九月号に記事を寄せたアーヴィング・ウォードルであった。彼はその頃のイギリス劇壇に現れた新しい傾向の一つをこう呼んだのである。ある人物が特定の状況におかれている。彼はこの状況から説明のつかない脅威を感じとる。それが説明のつかないものであるだけに、彼には余計に恐しく感じられる。人物たちが互いに脅威を与え合うことはあっても、それは大抵は漠然としたものであり、実際に一方が他方をなぐるといったことは例外的にしか起らないのである。極言すれば、脅威はそれにさらされていると感じる人間の主観のうちにしか存在していないのかも知れない。ピンター劇の恐怖感は、おおむね脅威という暗示的なものにとどまっていて、肉体化されることはないのだ。

《脅威の喜劇》という言い方は、同時にピンターの作品が滑稽感にみちていることをも意味している。つまり、ある状況はその内部にいる人間にとっては説明のつかないものであるかも知れないが、その状況を説明できる視点もまたありうる筈である。そしてこのことを悟った者には、当事者の恐怖はたまらなく滑稽に見えるであろう。ピンターの笑いは、こんな風に恐怖感と滑稽感の両方を含んだ《黒い笑い》なのである。

実際に演じられる場合には、ピンター劇の笑いはタイミングに多く頼ることになる。たとえば『料理昇降機』の中に、ベンとガスが殺人の手順を復習するくだりがあり、その結びはこうなっている――

ベン　おれたちは男を見る。
ガス　男は一言も口をきかない。
ベン　男はおれたちを見る。
ガス　そしておれたちは男を見る。

ベン　誰も一言も口をきかない。

（間）

ガス　どうやるんだ、もしも女だったら。

観客はここで笑う筈だが、しかるべき効果が生れるためには、ガスの台詞のタイミングが――つまり、「間」の長さが――少しの狂いもないものになっていなければならない。（厳密に計算されたタイミングに頼る点で、ピンターは、今世紀のイギリスの最もすぐれた喜劇作家であるノーエル・カワードに酷似している）レヴューのためのスケッチなどに明瞭にあらわれているように、ピンターはヴォードヴィル的な技巧を愛用しているが、彼がいわゆるドタバタ喜劇の作者ではないことを、我々は頭においておく必要がある。人物がバナナの皮で足をすべらせて尻餅をつくといったことから笑いが生れるのではなく、タイミングが笑いを支えているのだ。恐怖感について私が指摘した肉体性の欠如という特徴は、滑稽感についてもかなりの程度に当てはまるのである。

最後に、ピンター劇の重要な要素としてエロティシズムを挙げておかねばならない。『料理昇降機』や『管理人』のような例外はあるが、彼の劇は概して甚だエロティックである。そこで扱われている男女関係はほとんどの場合常識をこえている。それでいて、裸の男女が舞台上でもつれ合うといった事件は現れないのだ。つまりピンターのエロティシズムは暗示的で窃視者的とでも呼ぶべきもので、行為そのものよりも行為についての想念を重視するのであり、この場合にも肉体性の欠如という特色が認められるのだ。肉体性を切りすてたエロスは何ほどか人工的にならざるをえないのであって、彼の劇が現実よりもむしろ虚構を捉えているということは、この点からも明らかである。

＊

ハロルド・ピンターは一九三〇年十月十日にロンドンのイースト・エンドでユダヤ系の家庭に生れた。父親は婦人服専門の仕立屋であった。ピンターが育ったハックニー地区は、彼自身が語るところによると、かなりごみごみした下町であったという。一九三九年に第二次大戦が始まり、ピンターはコーンウォールの田舎へ疎開して一年あまり過した。いったんロンドンに戻った彼はまた町を離れ、一九四四年になってあらためてわが家へ帰って来る。しかしその後も附近はドイツ軍の空襲を受け続けたため、ピンターは何度もロンドンを離れねばならなかった。

一九四七年に彼は地元のハックニー・ダウンズ・グラマー・スクールを卒業した。在学中のピンターはサッカーやクリケットに熱中し(クリケットは今でも彼の趣味だ)、また優秀な短距離走者でもあった。一方、学校劇でマクベスやロミオを演じたりもしている。卒業後は、オックスフォードかケンブリッジへ入ってイギリス文学を専攻したいと思ったが、ラテン語を学んでいなかったので大学へ進むことをあきらめ、翌一九四八年、奨学金を得てロイアル・アカデミー・オヴ・ドラマティック・アートで俳優術の勉強を始めた。しかし、自分が周囲の人間に比べて垢抜けしていないように感じられ、雰囲気にとけこめなかったので、やがてノイローゼになったふりをして学校をやめ、何もせずにぶらぶらする生活を一年ほど続けた。(なお、一九五一年に、今度はセントラル・スクール・オヴ・スピーチ・アンド・ドラマに入って俳優としての訓練をあらためて受けた)

一方、一九四八年に十八歳に達したピンターは兵役に服さねばならなくなったが、良心的反戦論者としてそれに応じず、裁判にかけられた。しかもそれは、信仰上の理由からなどではなく、戦争の恐しさと愚かさを増大することに協力するのはいやだという、純粋に個人的な理由からであったために、彼は有罪を宣せられ、あやうく投獄されそうになった。(法廷がいくらか同情的であったために、実際には罰金刑ですんだ)

この前後のピンターは読書と執筆活動に熱中している。いくつかのインタヴューによれば、彼が愛読した作家は、ヘミングウェイ、ドストエフスキー、ジョイス、ヘンリー・ミラー、カフカ、ベケット、プルーストなどであった。書いたものが活字になったのは、一九五〇年八月号の『ポエトリー・ロンドン』誌に掲載された二篇の詩が最初である。早熟なピンターは十三歳の頃から詩作を始め、本巻に収めた『自分のために書くこと』で彼自身が語っている通り、十代の終りから二十代にかけて何百という詩を作った。それらの一部にその後の作品を加えて編んだ薄い『詩集』が一九六八年に出ている。(一九七一年に増補版が出た)また、短篇もたくさん書いたほか(本全集第二巻の『ブラック・アンド・ホワイト』、第三巻の『試験』はこの時期のものだ)、長篇小説『こびとたち』を書き続けた。これは二十歳の頃から六、七年を費して書かれ、完成を見ながら結局発表されなかった。ただし、題材の一部は後に同名の戯曲に利用された。ある程度自伝的な作品で、ピンター自身もすがたを変えて登場するということである。

一九五〇年に彼は初めて俳優としての仕事をする。最初の仕事はラジオ出演だったが、一九五一年にピンターはアイルランド出身の俳優アニュー・マクマースター（一八九四―一九六二）の主宰する劇団に加わり、シェイクスピア劇を演じながらアイルランドを巡業することになった。（この頃の経験は、一九六八年に発表された回想記風のエッセイ『マック』の中で語られている）一九五三年には、ピンターは有名なシェイクスピア俳優ドナルド・ウルフィット（一九〇二―六八）の劇団でシーズンを過し、そこで女優ヴィヴィアン・マーチャントに逢う。三年後に二人は再会し、結婚する。そしてヴィヴィアン・マーチャントはこの後二十年近くピンターと生活をともにし、彼の多くの作品に出演することになるのである。（なお、一九五四年以後しばらく、ピンターは俳優としてはデイヴィド・バロンという名を使った）一九五八年に夫妻の間には長男ダニエルが生れ、また時を同じくして『バースデイ・パーティ』が商業劇場で上演されることになっていたので、彼は遂に意を決して旅から旅への俳優の生活をやめ、ロンドンに定住した。それ以後、彼は戯曲と映画シナリオの執筆を主な仕事とし、時には演出家や俳優としても活動しながら生活しているのである。

ピンターの最初の戯曲『部屋』が書かれたのは一九五七年であった。この一九五七年というのは、ジョン・オズボーンの『怒りをこめてふり返れ』の初演の次の年に当る。周知の通り、この作品は《怒れる若者たち》という言葉を生み、ピンター自身もそういう者の一人に数えられたことがある。しかし、この見方は明らかに誤りで、労働者階級出身で大学教育を受けていないという背景を別にすれば、既成秩序に対して激しい批判を加えた作家たちとピンターとの間には何の共通点もない。ただ、オズボーンの作品によって劇壇の雰囲気が変化し、新しい作家の実験的な作品がそれまでよりも上演しやすくなったという事情がピンターに幸いしたことは確かであろう。『部屋』は作者が目撃したある光景をもとにしている。ある時、彼はパーティの席上で二人の男を見かけた。小男はしゃべりながら、ずっと大男にものを食べさせていた。一人は小男でたえずしゃべっており、もう一人は大男のトラック運転手で、一言も口をきかなかった。（言うまでもなく、これは『部屋』の冒頭の場面に生かされている）ピンターはこの光景を記憶に留め、ブリストル大学演劇科の学生だった古くからの友人ヘンリー・ウルフに、それについての劇を書いてみたいと語った。そしてその後、ウルフのもとめに応じて四日間で一気に書上げたのが『部屋』である。

この作品は一九五七年五月十五日にウルフの演出によってブリストル大学で、ついで同じ町のブリストル・オールド・ヴィック附属の演劇学校によって上演されて好評を博し、作者ピンターの名は、若いプロデューサー、マイケル・コドロンの注目するところとなった。そして『部屋』に続いて同じ一九五七年に書上げられた『バースデイ・パーティ』と『料理昇降機』の台本がコドロンの手に渡り、コドロンは『バースデイ・パーティ』の上演を決意した。

『バースデイ・パーティ』は一九五八年四月にケンブリッジで幕をあけ、かなりの評判をとったが、五月に始まったロンドン公演は全くの不評で（『サンデイ・タイムズ』でハロルド・ホブソンが激賞したのが例外で、ほとんどの批評家はこの作品を古風なリアリズムの演劇観で捉えようとしたのだ）、興行的にも大失敗となり、結局、僅か一週間で上演は打切られてしまった。その後ピンターはこの作品を大幅に書き改め、自らの演出によって一九六四年六月にロイアル・シェイクスピア劇団の俳優たちを使って上演した。この時にはもはやこの作品がすぐれていることを認めない者はいなかった。なお『バースデイ・パーティ』は、ピンター自身のシナリオ、ウィリアム・フリードキンの演出によって一九六八年に映画化された。また、ゴールドバーグの役でピンター自身も舞台に立ったことがある。これに添えた『パーティの光景』は一九五八年の作品で、同じ素材を詩のかたちにまとめたものである。

『バースデイ・パーティ』はスタンリーを襲う脅威《い》を扱った劇だが、ここで脅威を与える二人の人物を逆に脅威にさらされる側の人間として捉えたのが『料理昇降機』である。これは一九五七年の作で、最初の上演は一九五九年二月にフランクフルトでドイツ語訳によって行われた。イギリスでは一九六〇年一月に『部屋』と一緒にハムステッド・シアター・クラブで行われた上演が最初である。この時にはピンターは『部屋』の演出を担当した。また、ローズはヴィヴィアン・マーチャント、キッド氏はこの戯曲の生みの親であるヘンリー・ウルフが演じた。

この二本の作品は、配役の一部を変え（現在は有名な映画スターであるマイケル・ケインがサンズ氏を演じた)、『部屋』の演出も別の人が担当するというかたちで、ロイアル・コート劇場で同年三月に上演されたが、その時のプログラムに無署名で添えられたのが「『部屋』と『料理昇降機』のプログラムのためのノート」である。(題は訳者がかりにつけた) これはピンターが珍しく自らの作品の底にあるものの見方を正面から語った文章だと言えよう。

これより先、ピンターはBBCの演出家ドナルド・マクウィニーからラジオ・ドラマを書くことをすすめられた。その結果でき上ったのが、一九五八年作、一九五九年七月放送の『かすかな痛み』と、一九五九年作、一九六〇年三月放送の『夜遊び』(第二巻収録)である。『かすかな痛み』はピンターとしては初めて中流階級の家庭を舞台として標準的な英語で書いた作品であり、また、『部屋』や『バースデイ・パーティ』では一つの要素にすぎなかったエロティシズムがここでは中心にすえられている。夫とマッチ売りとの間のアイデンティティをめぐる争いは、純粋に男女関係を軸として捉えられている。幕切れにエドワードが視力を失うのは、完全な屈伏ないし自己喪失を意味するものであろうが、それはとりわけ性的能力の喪失として捉えられている。『かすかな痛み』は一九六一年一月に他の作家の一幕物二本と合せて舞台化された。この場合にはマッチ売りが実際に登場するが、ラジオではこの人物は一言も発しない(従って俳優を必要としない)のだから、客観的に存在するのかどうかさえ疑わしい。ある意味ではその方が恐怖感を高めることになるであろう。

時期的には、第二巻に収めた『夜遊び』やレヴューのためのスケッチがこれに続くのだが、この巻には一九五九年に書かれ、一九六〇年四月に上演された『管理人』を収めた。演出には『かすかな痛み』と同じくドナルド・マクウィニーが当り、ピンターにとっては商業劇壇における最初の本格的成功をもたらす作品となった。ウエスト・エンドでの一年以上に及ぶ興行の最後の四週間ばかり、ピンターはミックの役で舞台に立った。また、この作品はピンターのシナリオ、クライヴ・ドナーの演出によって映画化され、一九六四年に公開された。

『自分のために書くこと』は『二十世紀《トウエンティエス・センチュリー》』誌一九六一年二月号に発表されたエッセイで、劇評家リチャード・フィンドレイターの質問に答えるというかたちになっている。『部屋』を書いて劇作家として出発するに至るまでの経緯などが説明されており、初期のピンターの考え方を理解するための重要な資料なのであえて収録した。なお、ここで言及されているレヴュー用スケッチに書直した独白形式の小品というのは、第二巻に収めた

『ブラック・アンド・ホワイト』、自伝的な長篇小説とは既に言及した『こびとたち』のことである。

『劇場のために書くこと』は、一九六二年にブリストルで開かれた第七回全国学生演劇フェスティヴァルにおける講演で、同年三月四日の『サンデイ・タイムズ』紙に掲載された。「『部屋』と『料理昇降機』のプログラムのためのノート」の一節がそのまま生かされている。全体としてはこれはピンターの言語観、現実観、演劇観を要領よく語ったものである。

一九六〇年頃から後のピンターの仕事については、第二巻と第三巻の解題でそれぞれふれる予定である。

喜志哲雄

一九七七年八月

＊本書には、今日の観点からすると差別的あるいは差別的と受け取られかねない語句がありますが、作品の意図が差別を助長するものではなく、また作品の社会的背景を考慮し、旧版のままとしました。

＊本書は、一九八五年小社刊行の「ハロルド・ピンター全集」全三巻セットの新装版です。

HAROLD PINTER

ハロルド・ピンター全集《ぜんしゅう》 I

発　行　2005年12月10日

著　者　ハロルド・ピンター
訳　者　喜志哲雄《きしてつお》・小田島雄志《おだしまゆうし》・沼澤洽治《ぬまさわこうじ》
発行者　佐藤隆信
発行所　株式会社新潮社
〒162-8711 東京都新宿区矢来町71
電話　編集部 03-3266-5411
読者係 03-3266-5111
http://www.shinchosha.co.jp
装　幀　新潮社装幀室
印刷所　大日本印刷株式会社
製本所　加藤製本株式会社
製函所　株式会社岡山紙器所

ISBN4-10-518002-9 C0097

価格は函に表示してあります。
乱丁・落丁本は、ご面倒ですが小社読者係宛お送り下さい。
送料小社負担にてお取替えいたします。